현대시와 시인을 만나다

1

현대시와 시인을 만나다

1

| 황선열 지음

머리말

　시는 인간 정신의 산물이고, 그 정신은 삶을 풍요롭게 한다. 과거와 현대를 관류하는 인간의 정신은 어떤 것이며, 어떤 것이 올바른 삶의 지표일까. 인간의 가치가 급속도로 전락하는 요즘 시대에 시의 가치는 더욱 중요하게 부각되어야 할 것이다. 인간의 정신을 순화하고 더 높은 정신세계를 향해 나아가게 하는 시정신의 회복이야말로 인류가 지향해야 할 가장 아름다운 가치가 아닐까 한다. 인간의 가치가 전락하게 된 궁극적인 이유도 어쩌면 시정신의 몰락과 연관되어 있는 것은 아닐까 한다. 물질이 풍요로워질수록 시가 더욱 필요한 까닭은 시의 근원이 인간의 정신에서 출발하기 때문이다. 잃어버린 인간 정신을 옹호하는 것, 이것이야말로 시가 존재하는 근본 이유일 것이다.

　인간은 언어라는 고도로 치밀한 기호체계를 가지고 상호소통하고 있다. 시는 인간의 여러 가지 소통 수단 중에서 가장 정제된 형태인 언어기호로 표현된 예술이며, 이러한 언어를 사용하여 다양한 시적 방법론을 통해서 사물과 감응하는 예술이다. 동양 시학에서 말하는 자연주의 시학은 자연과 동화되는 인간의 보편적이고 근본적인 정신세계를 지향하고 있는데, 이것은 시의 근본주의 정신과도 통한다. 아름다운 시 한 편은 사물과 교감하고 인간과 인간이 교감하고 더 나아가 우주의 질서와 교감한다. 시가 지향하는 동일성의 미학은 시대와 공간을 초월하여 동기감응을 통하여 사물의 근원에 도달하는 것을 말한다. 시는 결국 우주의 근원을 탐색하는 언어예술이라고 할 수 있을 것이다.

지금까지 한국 현대시사에는 양적으로 질적으로 뛰어난 시편들이 족출(簇出)하였다. 그 수많은 시편들 중에서 필자가 고른 작품을 통해서 얼마나 많은 시적 근원을 파악할 수 있을까마는 이렇게라도 우리의 현대시를 살펴보지 않으면 안 되겠다는 일종의 범박한 강박증 때문에 이 작업을 하기 시작했다. 한 편의 시를 통해서 그 시인의 시세계를 모두 드러낼 수는 없지마는 달리 보면 시 한 편이 그 시인의 정신세계를 온전히 드러내기도 한다. 비록 시 한 편이라는 작은 창을 통해서 한 시인의 시세계를 들여다보지만, 그 작은 창문으로 만나는 정신세계는 또 다른 미적 체험을 하게 될 것이다. 이 책은 한국 현대시사에서 주목할 만한 한 편의 작품을 통해서 그 시대의 시적 특징을 살펴보고, 이를 통해서 한국 현대시사라는 큰 산맥의 윤곽을 살펴보기 위한 취지에서 기획되었다. 시 한 편을 놓고 그 시인의 전체 시세계를 조망해 보기도 하고, 그 시인의 삶의 궤적을 통해 한 편의 시가 완성된 과정을 살펴보기도 했다. 그만큼 시 한 편 한 편은 한 시대뿐만 아니라, 한국 현대시사에서 매우 중요한 의미를 가지고 있다. 이 책은 편안한 마음으로 현대시를 만나고, 그 속에서 어슬렁거리며 시를 읽어 보자는 뜻에서 기획되었다. 더 많은 시인들의 시가 있고, 필자의 좁은 시안에서 벗어난 시들이 있기는 하지만, 현대시의 큰 흐름 속에서 인간 정신의 맥을 짚어 보는 것은 의미 있는 일이라고 생각한다.

사실 한국 현대시라는 큰 산맥을 살펴보기로 마음을 먹었던 것은 오래전의 일이었다. 한 편의 시를 놓고 발표하고, 토론하면서 그 시의 가치를 살펴본 적이 있었는데, 이것이 계기가 되어서 한국 현대시사를 한 편의 시들을 통해서 정리해 보는 것도 의미가 있을 것이라는 생각이 들었다. 각 시대의 시들은 나름대로 동일한 시대적 의미를 띠기도 할 것이고, 더러는 당대의 시대적 논리를 뛰어넘기도 할 것이다. 또한 이 시들 중에는 당대를 대표하는 시도 있을 터이고, 그렇지 않은 시들도 있을 것이다. 전체의 부분을 통해서 전체를 에둘러 살펴볼 수 있을 것이고, 그것은 또 시공을 뛰어넘어 전체를 살펴볼 수도 있을 것이다. 1908년 신체시라는 이름의 새로운 시가 등장하면서 시작된 한국 현대시는 그동안 숱하게 많은 시련과 고통의 역사 속에 놓여 있었다. 많은 시인이 이 땅에서 명멸해 갔고, 그 시인들이 남긴 많은 작품들이 한국 현대시를 풍족하게 만들었다. 한국 현대시 100년 동안 작품을 남긴 수많은 시인들의 시들을 모두 아우를 수야 없겠지만, 적어도 그중의 일부라도 살펴서 그 시인들의 시세계를 살펴보는 것은 가능할 것이다.

그런 측면에서 먼저 한 시대의 의미를 되새길 수 있는 시들을 고르는 작업을 했다. 그리고 그 시인의 시세계를 살피기 위해서 그 시인의 삶의 흔적을 조사했다. 시 한 편에는 시인의 개인적 욕망만 표현되는 것이 아니라, 그 시대의 의미까지도 표현되어 있다. 그런 점에서 시인의 삶은 시를 이해하는 기초 작업이 될 수 있기 때문이다. 한 편의 시가 그 시인의 전체 시세계에서 어떤 위상을 차지하는지를 밝히고, 아울러 그 시가 발표되었던 시대 상황도 조사했다. 그런 점에서 여기에 수록된 시들에 대한 해석방법은 한 편의 시를 이해하고 감상하는 데 그치는 것이 아니라, 한 편의 시를 둘러싸고 있는 시인과 그 시대의 상황을 동시에 이해하고 감상하는 방향으로 나아가려고 했다. 시 한 편에는 그 시인의 정신세계뿐만 아니라 그 시인의 전 생애를 관류할 만한 소양이 들어 있는 경우도 있어서 시 한 편이 그 시인을 이해하는 시금석이 되기도 하기 때문이다.

이 책은 전체 2권으로 기획되었다. 1권은 현대시의 태동에서부터 일제강점기까지의 시들을 다루었다. 1부는 한국 현대시의 전체 흐름을 개괄적으로 살펴본 것이다. 시대 구분은 특별한 의미를 두지 않았지만, 현대시의 변화요인이 많이 일어나는 일들을 중심으로 시대를 구분하였다. 2부는 일제강점기 한국 현대시가 태동하고 활로를 모색하는 시기의 시들이다. 시조나 가사와 같은 정형성에서 벗어난 새로운 시 형식이 나타나고, 이에 부응하여 새로운 시 운동이 일어나던 시기의 시들이다. 3부는 일제강점기의 체제가 강화되는 1925년 이후의 시들이다. 일제식민지라는 오욕의 시대에 주옥같이 빛나는 시들을 발표했다는 것은 어떠한 억압과 탄압이 있더라도 민족의 정신은 말살할 수 없다는 것을 상징적으로 보여 주고 있는 것이다. 일제강점기 친일 행위를 한 시인들과 일제에 저항했던 시들을 통해서 한국 현대시의 부침을 만날 수 있을 것이다.

2권은 해방 후부터 산업화가 일어나는 1980년대까지의 시들이다. 해방과 더불어 찾아온 새로운 시대는 혼돈의 시대였다. 그만큼 이 시기는 현실의 상황이 흐르는 방향에 따라 시의 대응 방식도 부침이 심했던 때이기도 하다. 1부는 해방 정국의 혼란 상황 속에서 분출된 시들이다. 억눌린 시대를 벗어나 새로운 기운이 왕성하던 때 또 다른 시대의 화두가 가로놓이게 된다. 이 시기는 분단의 상황에서 어떤 시적 대응전략을 꾀하고 있는지 살필 수 있는 때이다. 2부는 한국전쟁이라는 초유의 민족적 비극이 일어난 뒤에 발표된 시들이다. 이 시기는 인간 존재의 근원에 대한 회의가 지배하면서 실존의 문제가 고조되고, 정신적 황폐함을 어느 때보다 강하게 체감했던 때이다. 3부는 근대화의 몸부림이 거세게 일어났던 시대에 발표된 시들이다. 정치적 혼란과 이념의 문제, 자본주의와 경제성장이 시대의 화두가 되었던 시대에 현대시는 어떤 방식으로 저항하고 있는지를 살필 수 있을 것이다.

한국 현대시가 일제강점기라는 사생아에서 출발했지만, 일제강점기와 현대에 이르면서 그 변화의 양상은 다양하고도 활발하게 일어났다. 서구의 영향으로부터 시작된 자유시는 최근에 이르면서 더욱 뛰어난 시적 완성도를 보여 주고 있다. 아직 정리가 되지 않아서 섣불리 말을 할 수는 없지만, 2000년대 이후 한국 현대시의 변화는 괄목할 만한 성장을 보여 주고 있다. 80년대 이후부터 2000년대까지의 시들은 다시 정리해 볼 생각이다. 어설프게 시작한 글들이 모이면서 한국 현대시라는 큰 산맥의 지류를 훑어볼 수 있게 되었다. 해묵은 원고인데도 불구하고 꼼꼼하게 살펴보고 기획 출판해 주신 한국학술정보(주)에 감사드린다.

가을이 깊어 가는 계절에 원고를 정리해서 보내고 나니 또 다른 계절이 성큼 다가서고 있다. 겨울이 깊어지면 봄도 그만큼 기다려지는 법이다. 내년 봄에는 이 땅에도 겨울이 가고 생명과 같은 시의 나라가 펼쳐질 것이라는 기대를 해 본다.

2010년 겨울
백양산 갈현서재에서
황선열 씀

차례

제3부 어두운 시대의 빛　131

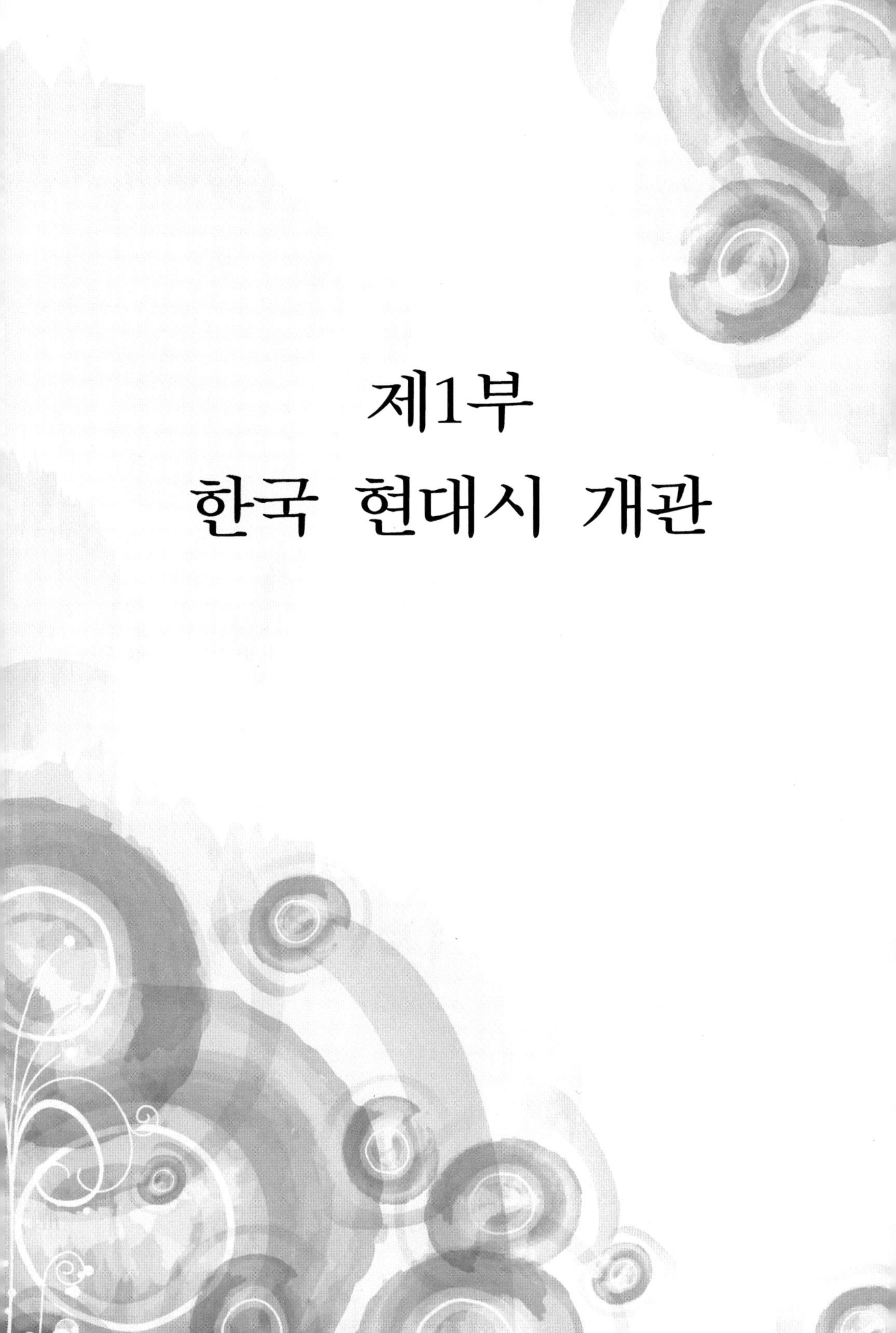

제1부
한국 현대시 개관

Ⅰ. 현대시의 쟁점

　　한국 현대시의 출발은 어디일까. 그 기점의 논의는 우리 문학사에서 매우 중요한 하나의 화두였다. 그 대표적인 것이 이식문학론(移植文學論)이다. 이식문학론은 서구문학이 우리 문학에 그대로 옮겨 심어졌다는 것으로 무비판적 문학 관점이다. 사실 일제의 식민지 통치를 합리화시키는 서구문학의 이식관점은 오랫동안 우리 문학을 지배한 이데올로기였다. 그러나 한국 현대시의 출발은 이식문학의 관점이 아니라, 자생적 문학의 관점에서 출발한다. 관비 유학생들로 파견된 지식인이 국내에 들어오면서 서구의 근대문화를 받아들였다. 이때 문학의 근대화에 힘을 쏟은 사람들은 일군의 유학생들이었다. 유길준(兪吉濬, 1856~1914), 이인직(李人稙, 1862~1916), 최남선(崔南善, 1890~1957)은 근대문학 태동기에 중요한 역할을 한 지식인이었다.

　　이들은 근대 시민의식의 성장, 경제적 부흥운동, 국문운동의 각성을 통하여 현대시를 주도해 나갔다. 근대 시민의식은 이미 허균의 『홍길동전』에 나타난 한글의식에서 잘 알 수 있다. 경제 부흥과 사유재산의 확보는 근대의 발전을 도모하는 경제기반이었다. 최남선의『해에게서 소년에게』(『소년』, 1908)는 형식의 과도기성, 불안정성과 내용의 계몽성에 있어서 선구적 위치에 있다. 또한 형식 면에서 볼 때 한 연단위는 내재율에 지배받는 자유시처럼 보이지만, 시 전체는 모두 일정한 자수율을 가진다는 점에서 정형성을 가진 자유시 형식을 취한다. 이는 전통적 음수율에서 벗어난 새로운 리듬과 의성어의 효과적 사용, 구어체의 대담한 표현 등에서 새로운 시 형식이다. 이때의 시들은 주로 외세에 대한 반항을 전제로 하였다. 19세기 말『독립신문(獨立新聞)』과 기타 신문은 이러한 경향을 반영하는 시들이 많았다.

현대시는 근대 시민사회의 봉건성을 벗어나 반봉건, 반외세를 지향하는 민족주의 이념을 어떻게 드러낼 것인가, 이를 토대로 전통 율격을 벗어난 새로운 율격을 어떻게 수용할 것인가, 또한 개인의 문제로 볼 때, 개인의 서정과 새로운 시 형식을 어떻게 창출할 것인가가 가장 중요한 과제였다. 외국문물을 수용한 새로운 지식인들의 개혁정신은 신흥 부르주아 개혁을 위한 물적 토대, 사회적 토대가 구축되지 못한 상태에서 개혁을 시도한 갑신정변(1884), 동학농민운동(1894)이 일어났다. 비록 이들 개혁운동은 실패했지만, 개혁의 주체인 민중을 계도해야 할 필요성은 고조되었다. 이들 지식인과 농민들의 개혁운동은 결국 문학을 통한 개혁, 문학을 수단으로 한 계몽문학을 싹트게 하였다.

현대시는 이들 시기를 전후로 하여 싹트기 시작하여, 사회, 문화의 변화 양상을 수용하면서 발전한다. 시대적 상황에서 볼 때, 계층이 분화되고, 신분질서의 혼란이 가중되면서, 봉건질서는 위기의 상황에 직면하기 시작한다. 이 시대는 자유의 물결에 부응하는 시대로 변화의 욕구가 충만한 시대였다. 이 시대는 시 창작을 전문으로 하는 문학계층이 등장함으로써 자유시의 전 단계인 개화가사와 신체시가 왕성하게 발표되었다. 봉건질서가 해체되면서 서얼, 중인, 새로운 지식인들이 대거 등장한다. 이들은 모두 개혁의 주체 세력으로 부상하였다. 이들은 내용과 형식의 상관성을 동시에 고려하면서 서구적 근대 자유시를 지향했다.

근본적으로 한국 현대시는 시민계층의 계몽사상을 바탕으로 집단 교술 문학의 성격에서 출발한다. 근대시가 출발하는 정신적 사회적 토대가 기본적으로 집단성을 전제로 하고 있다는 점에서 아직 봉건적 틀을 벗어나지 못했다는 것을 말하며, 미완성된 자유시라 할 수 있다. 이들 현대시의 불완전한 문학의 형식은 1920, 30년대 이후에 와서야 완성된 형식으로 발전한다. 결국 한국 현대시가 자유시로 발전하는 과정은 교술 문학에서 개인 서정시로 옮아가는 과정이며, 봉건질서를 해체하고 새로운 근대시민질서로 옮아오는 과정이라 할 수 있다. 현대시는 다양한 방법으로 새로운 시 형식을 추구하였으나 전통적 형식을 타파하고 새로운 혁신에 도달하기까지는 여러 가지 점에서 미흡하였다. 현대시는 현실보다는 이상주의 경향에 매몰되고 말았다고 할 수 있다.

II. 현대시의 태동

1. 개화기 시가

　개화기는 국권수호를 위한 전통문화를 지키려는 세력과 새로운 문
화를 받아들이자는 세력이 맞서는 시기였다. 전자는 위정척사파(衛正
斥邪派)로 수구파(守舊派)를 말하고, 후자는 반봉건과 반외세를 통한
자주 문명개화를 하려는 개화파(開花派)를 말한다. 외세가 끊임없이
세력을 확장하고 있는 시점에서 개화파는 점차 그 세력을 확장할 수
있었다. 이러한 시대적 경향을 반영하면서 새로운 문필가들이 나타나
기 시작했다. 이들은 신문이라는 새로운 문화매체와 출판문화를 통해
서 새로운 문화와 문학 전반을 주도했다.

　이 시기의 두드러진 현상은 출판 인쇄 매체 등장이다. 그중에서도
신문은 그 중심역할을 했다. 『독립신문』(1898), 『매일신문』(1898), 『경
성신문』(1898), 『제국신문』(1898), 『대한매일신보』(1904), 『만세보』(1906),
『경향신문』(1906), 『한성월보』(1898)와 같은 신문이 발간되었고, 『소

년한반도』(1906), 『태극학보』(1907), 『서우』(1907), 『소년』(1908)과 같
은 출판매체가 나왔다. 특히 민간에서 발행한『황성신문』, 『제국신문』,
『대한매일신보』, 『만세보』는 많은 독자층을 확보하는 데 주력했다.
이들을 통하여 근대문학작품이 등장하였고, 이들 작품들은 과도기 사
회를 개혁하는 역할을 담당했다.

2. 시가문학의 형성

　강화도조약(1876)과 제물포조약(1882)으로 불평등 문호 개방을 열
기 시작한 19세기 말 우리 사회는 제도와 풍속의 변화가 현격하게 일
어나기 시작했다. 신식문물이라는 말이 통용되면서 과도기의 상황이
일어나기 시작하였다. 한국 시문학에서 이 변화의 시기를 맞는 때는
1890부터 1910년까지이다. 이 시기는 다양한 모색과 변화의 움직임이
일어난다.

　문학의 변화는 내용의 변화 못지않게 형식의 변화도 일어났다. 그
런데 내용과 형식은 항상 나란히 일어나는 것은 아니다. 특히 18세기
말에서 1900년대까지의 이른바 개화기는 심각한 역사적 격동기였기
때문에 형식의 변화나 세련보다는 거기에 담기는 시대정신이 더 급
박하였다. 이 시기의 시가문학은 대체로 전통적 형식을 그대로 빌리
거나 약간 변형하면서 그 형식에 새로운 이념과 사상을 담아냈다. 이
러한 시대의 흐름과 부합하는 문학 장르로『독립신문』과『대한매일
신보』에 실린 우국 가류가 있으며, 다른 지면이나 필사본을 통해 유
포된 의병 가사와 우국 시조 등을 들 수 있다.

　이 시기 시가 문학 중에서 가장 두드러지게 나타난 것으로『독립

신문』(1896)에 실린 애국경시가류의 창가이다. 이들은 주로 작가 미상의 작품들이 많았고, 자주독립, 개화사상, 새로운 문명에 대한 갈망 등을 주제로 하고 있었다. 그 형식은 네 도막 4음보의 율격을 갖추고 있었으며, 단조로운 율격에 단순한 주제를 담아냈다.

1905년에 창간되어 우리의 국권이 상실되는 1910년까지 치열한 비판 정신과 항일 의식을 발휘한『대한매일신보』에는 우국가 또는 우국경시가(憂國警時歌)라고 불리는 독특한 가사들이 많이 발표되었다. 『독립신문』의 애국가들이 대체로 희망적인 분위기를 가졌던 데 비하여, 『대한매일신보』의 가사들은 나라의 운명이 나날이 기울어 가던 당시의 실정으로 인하여 매우 침통하고 심각한 색채를 띠었다. 그 속에는 무능, 부패한 조정의 관리들에 대한 날카로운 비판과 침략자 일본에의 굳센 저항 정신이 담겨 있었다. 이처럼 절실한 시대 문제를 담기 위하여 그 길이는 독립신문의 애국가들보다는 훨씬 길어졌고, 연을 나누어 풍자적 후렴구를 넣는 등 새로운 시도를 보였다. 이 밖에『대한매일신보』에는 옛시조의 형식을 빌려 나라를 걱정하고 시대를 비판하는 내용을 담은 작품들이 더 많이 발표되기도 하였다. 1905년의 을사조약을 고비로 하여 불길처럼 일어난 의병 운동의 과정에서는 의병들의 신념과 투쟁 경험을 담은 의병 가사가 생겨났다. 그 형식은 예전의 가사와 같았으나 내용은 전혀 새로웠다. 개화기 시가는 격변기의 상황을 반영하는 여러 가지 문학 양상이 나타난다. 전통 문학 장르뿐만 아니라, 새로운 문학 장르가 나타나기 시작했다. 이는 시대적 양상을 반영하는 것으로 관점에 따라 다양하게 나눌 수 있으나, 일반적으로 개화가사, 창가, 신체시로 나눈다.

(1) 개화가사

　개화가사는 4·4조로, 『독립신문』, 『대한매일신보』가 주된 발표지면
이었다. 개화가사에 담은 내용은 충군사상, 진보사관, 대동단결사상,
개화사상, 부국강병론, 유교적 윤리관, 사회의 부조리와 모순에 대한
비판 등이었다. 그 당시에는 '개화가사'라는 명칭 대신에 애국가, 독
립가, 학도가, 애민가, 군가 등으로 불렀다. 이들 작품은 계몽운동으
로서의 목적, 교술 문학의 성격을 띠었다.

　개화가사는 주로 근대적 보도 매체를 통해서 발표했으며, 전통적
형식의 지속과 변화가 두드러지게 나타났다. 이는 전근대의 봉건의식
의 잔존과 새로운 근대의식 간의 갈등으로 나타난 당연한 현상이었
다. 개화가사는 주로 새로운 문물에 대한 동경과 민족의식의 개조라
는 측면을 띠었는데, 과도기적 복합성을 갖고 있었다. 그런가 하면 개
화가사는 많은 작가들이 참가하면서 다산현상(多産現像)을 보였다. 그
것은 개방성과 시사성이라는 측면에서 많은 사람들이 참여할 수밖에
없는 여건을 갖고 있었다. 개화가사의 특징은 비전문인의 참여로 작
가가 개방되었으며, 신문의 '시사단편', '편편시사' 등에 영향을 받아
서 주로 시사적인 문제를 다루었다. 그 내용은 자주독립, 문명개화,
우국경세(憂國經世)였다.

　개화가사의 성격은 비판적 현실 인식과 풍자정신을 담고 있었으며,
문명개화 등을 동적·활성적으로 수용하려는 계몽성이 강했다. 전통적
가사문학에 비할 때, 시대의 상황에 민감하게 반응했다. 개화가사 창
작의 주체는 동도서기론(東道西器論)에 기초한 개화론을 주장하는 개
신유학자들이었다. 이들은 주로 자유 민권사상, 세계 시민으로서 주

체의 자각의식을 드러내었다. 그러나 이들은 전문작가와는 거리가 있다.

조선조의 가사에서부터 완전히 자유로울 수 없으며, 형식상 4·4조의 율문 형식을 계승하면서도 연장체 형식과 동어반복으로 계몽의 수단을 위한 단조로운 율격을 선택했다. 이러한 형식의 변화는 전근대적인 정형성에서 탈피하여 근대적인 자유시를 지향하려는 의식이 서로 갈등, 대립하는 과정이었으며, 새로운 발전 방향을 모색하는 역동성으로 찬 것이다. 그럼에도 불구하고 창작 주체들은 역사적 성격에 일정한 한계를 보였다. 그것은 역사인식의 불균형과 외세의 침략이 가속화되는 시점에서 미래에 대한 전망이 결여되었다는 것이다. 동도서기론에 기초한 개신 유학자들로는 박은식, 신채호, 양기탁 등을 들 수 있다. 신채호의 「낭객의 신년만필」(『동아일보』 1925. 1. 2.)에서 '문예운동의 폐해'를 민족주의의 결여라고 지적하고 있다. 시기적으로 개화가사에 대한 비판은 아니라고 하더라도 경청할 만한 지론이다. 개화가사는 시 형식의 자기 발전보다는 강렬한 비판 정신이 강했다. 이러한 시정신은 진보적인 시문학에 계승되었다.

개화가사로 눈여겨 살펴볼 작품으로는 최제우의 『용담유사』(1860), 신채호의 『괫심한 서양되놈』(1860), 의병가사, 창의가(倡義歌) 등이 있다. 특히 『대한매일신보』의 사회등(社會燈) 난의 가사는 대개 정치 사회 비판의 성격이 강했으며, 개화사상의 계도를 위한 보다 간결한 형식 변화가 일어났다. 이는 창가의 발생에 중요한 동기가 되었다.

⑵ 창가(唱歌)

창가(唱歌)는 음악과 문학이 미분화 상태로 된 독특한 장르였다. 이는 기독교의 전파로 찬양, 찬송을 내용으로 하고 있으며, 형식도 기독교의 찬송가에 많은 영향을 받았다. 김기범의 「경축가」(1898)는 고종 탄신일을 맞아 찬미를 위해 지어 부른 것인데, 이는 창가의 원류를 짐작하게 하는 동기가 될 것이다. 초기 창가는 민요나 가사와 같은 전통 시가율격에 의존했다.

창가의 발전 양상은 초기(~1900)에는 주로 단체와 행사에 관계되는 창가에서 발생했다. 민족의 단결을 위해 만든 조직에서 그들의 의식을 고취시키기 위한 목적의식이 강했다. 독립협회(1896), 만민공동회, 헌정연구회, 대한자강회, 신민회 등이 결성되면서 창가가 만들어졌다. 두 번째 시기(~1908)는 창가의 분량이 늘어나면서 장편화되는 경향을 보였다. 일본 쇼우카의 율격에 영향을 받은 것으로 교술적이고, 직설적인 어법을 주로 썼다. 창가의 목적의식 때문에 문학의 본질적 기능에는 많이 멀어져 있다. 최남선의 장편 기행체 「경부철도가」(288행), 「한양가」, 「세계일주가」(582행, 7·5조) 등이 있다. 세 번째 시기(~1910 이후)는 교술성이 완화되면서 문학적 성과가 나타나기 시작한다. 표현기법으로 비유법이 사용되었으며, 단체적 성격보다는 개인의 주관적 감정이 개입하기 시작한다. 이는 새로운 시 형식과 결부하면서 '신체시'에 많은 영향을 주었다.

창가의 성격은 우선 찬송가, 행진곡풍의 가창을 고려한 양식으로 가창 암송이 용이한 짧은 형태를 취했다. 그 내용은 진취적이고, 백성으로 교화하고, 청년들이 깨어나기를 강조했다. 찬송의 형태는 조선초기의 악장 형식과 같은 찬송이 주를 이루었다. 고종황제의 생일을 축하하는 「황제탄신 경축가」(1896. 7. 25.)가 있다. 또 다른 내용으로 계몽성을 들 수 있다. 문명개화 부국강병 등의 공통주제, 학교교육을 위한 교과로 채택하면서 학생들을 선도하는 기능을 담당했다. 이를테면 「학도가」(1906), 「권학가」 등이 이에 속한다. 또한 찬송가는 당대의 세계관을 여실히 반영했다. 창가는 관념적인 현실 인식과 추상적이고 당위론적인 낙관주의를 표명하면서 개화가사의 자주독립성이 약화되고 독립과는 분리된 문명개화에 비중을 두었다. 최남선의 「경부철도가」, 「세계일주가」 등이 그 사례가 될 것이다. 그러나 이들 창가는 대부분 탈정치적 성향으로 반일성(反日性)이 희석되어 변질되고 말았다. 이러한 창가는 대부분 신흥 부르주아 계층들로서 이들은 갑오경장(1984), 독립협회 결성(1896)을 계기로 부르주아 계몽운동에 낙관적 전망을 소유할 수 있었던 계급이다.

창가는 근본적인 변화는 없었으나 정형성의 제한된 범위에서 벗어났다는 점에서 자유시의 모태가 된다고 할 수 있다. 그러나 내용상 자주독립 정신을 희석시키고, 자연예찬 등 계몽적 의도로 변질, 일본의 율조, 유행 창가의 통속적인 애상과 감상 등의 영향으로 오히려 후퇴하고 말았다.

(3) 신체시

국권 상실의 시대에 문학은 근대문학의 태동기에 해당한다. 최초의 신체시는 최남선이 1908년 11월 근대잡지의 효시로 치고 있는 『소년』지에 발표한 「해에게서 소년에게」이다. 신체시를 반(半)자유시로 볼 수밖에 없는 이유는 후렴구의 반복성, 자수의식(字數意識)의 집착이라는 한계가 있기 때문이다. 그러나 서구시의 영향을 받아 산문적인 리듬을 취한 것과 구어체의 시어 선택 등은 분명 이전 시대의 시에서는 볼 수 없던 새로운 요소였다.

　신체시의 내용과 형식은 계몽의 테두리를 벗어나지 못하고 매개를 통한 주제의 표현에 접근했다. 또한 대개의 시들은 정형의 굴레 속에 있었다. 변칙적인 자유시와 정형, 자유로운 시형의 추구, 불안정한 형태, 일본의 7·5조 영향에 놓여 있었다. 문체적 특성으로 구어체, 의성어 사용, 구두점 사용으로 운율조정과 함께 속도감을 주었다. 신체시 작가로는 최남선과 이광수가 대표적이다. 신체시는 계몽문학의 성격을 지닌 시문학으로 근대 서정시를 향한 '잠행시가' 형식이다.

Ⅲ. 현대시의 발전

1. 시대적 배경

1910년대에 들어서서 우리 현대시에는 두 가지 주목할 만한 변화가 일어났다. 하나는 앞에서 보았던 사회 비판적 이념과 계몽 의식을 가진 작품들이 사라진 점이고, 다른 하나는 신체시에서 실마리가 보였던 자유시의 지향이 상당히 다듬어진 서정시의 형태로 전개된 점이다.

그러한 작품들을 우리는 동경의 한국 유학생 기관지였던 『학지광(學之光)』(1914~1915년 무렵)과 한국 최초의 주간 문학잡지인 『태서문예신보(泰西文藝新報)』(1918)에서 볼 수 있다. 이들의 흐름을 이어 뚜렷한 모습으로 등장한 것이 주요한의 「불노리」(『창조』 창간호, 1919)이다. 이보다 앞선 시기에 발표하는 돌샘의 작품은 현대시의 기반이 얼마나 탄탄했는지 알게 한다.

침묵의 지배를 따라

고요히 나는 혼자 있노라

야반(夜半)의 울림 종(鍾) 소리에

내 가슴은 울리며 반향(反響) 나도다

나의 영(靈)이여!

너는 무엇을 바라느냐?

나의 육(肉)이여!

너는 무엇을 바라느냐?

- 출전: 돌샘, 「이별」(『학지광』 3호, 1914)

이와 비슷하거나 좀 더 나은 수준의 자유시는 『태서문예신보』에도 김억, 황석우의 작품으로 여러 편 나타난다. 따라서 주요한의 「불노리」는 신체시 이후의 공백 상태에서 갑자기 나온 것이 아니라, 1910년대의 이와 같은 흐름 속에서 서정적 자유시의 진전이 이룩된 결과 가능하였던 것이다. 1918년경 『태서문예신보(泰西文藝新報)』에서 김억(金億)은 상징주의(象徵主義) 작품을 번역하기 시작했다. 1919년 문예 동인지 『창조(創造)』가 간행되었다.

2. 시단의 특징

이 시기의 특징은 『태서문예신보』[1](1918. 1. 26~1919. 2. 17.)의 영

---

1) 태서문예신보(泰西文藝新報)(1918. 9. 26~1919. 2. 17.) 주간발행. 16호로 종간. 김억의 시론 번역시 창작시. 투르게네프의 산문시. 베르레느, 구르몽 등의 상징시 에이츠 등을 폭넓게 소개함. 율격의 중요성을 강조함. 최남선의 관념시에서 벗어나게 하였다. 한용운의 시에 영향을 주었던 타골 『원정』을 번역 소개하였다.

향을 무시할 수 없다. 1920년대 후반이긴 하지만 이때부터 이 문예지를 통해서 일본의 시집, 잡지가 소개되었고, 프랑스의 상징주의 계열의 시가 선보였다. 시의 모든 구속과 제약에서 벗어나 '언어의 음악'을 강조하였다. 이른바 자유로운 율격 선택을 통해서 개인의 정서를 표현하였고, 이들은 국가의 운명을 토로하는 우울, 비탄의 정서를 드러냈다. 서구의 상징주의가 표방하는 퇴폐적 정서에 잘 부합하는 특징을 나타냈다.

감정의 자유로운 분출은 결국 일제식민지 시대의 음울한 정서를 대신할 수 있는 기제였다. 지식인들의 정서와 일정하게 맞아떨어진 서구의 문예사조는 1920년대 시단의 정서를 지배하는 것이었다. 형태면에서 다양한 실험 방식을 도입하면서 자유시 운동을 전개했고, 우리 시문학의 독창성과 언어표현미의 구현을 위해 노력했다. 시대는 비록 우울했지만, 밝고 건강한 것을 추구했으며, 향토적인 정서와 대중에 접근하는 민요조 율격을 선보였다. 이들이 도달하고자 했던 방향은 시를 통해서 민족애를 회복하는 것이었다. 김억(金億, 1893~?)의 민요시 운동, 주요한(朱耀翰, 1900~1979)의 자유시, 조금 뒤의 세대이긴 하지만 김소월(金素月, 1902~1934)의 초기 시가 이를 잘 반영하고 있다. 그러나 이들 시들은 과도기적 상황을 여실히 드러냈으며, 시의 형식 면에서 여전히 불안정한 상태였음은 부인할 수가 없다.

최남선(崔南善, 1890~1957)의 시는 바이런의 영향을 받아서 낭만적 시상을 전개하기도 하고, 국토예찬을 통해서 민족계몽의식을 고취시키기도 하였다. 시조의 현대적 조명에도 남다른 열정을 보였다. 진취적 기상을 보인 「해에게서 소년에게」(1908), 창가 「신대한 소년」, 「경부선철도가」, 「세계일주가」 등이 있다. 이광수(李光洙, 1892~1950)는 안창호의 영향으로 민족주의 운동을 전개하였으며, 잠시 중국 임시정부에도 관여한 것으로 알려져 있다. 이순신을 찬양한 우국시도 발표하면서 정열적인 민족정신을 표방하기도 하였다. 그러나 그의 민족주의는 점차 친일의 길을 걸으면서 퇴색하고 말았다. 이는 우리 시문학의 불행한 운명이기도 하다. 신채호(申采浩, 1880~1936)는 항일 독립운동가, 애국지사, 역사학자로 활동하면서 항일과 구국을 표방하는 시들을 썼다. 그의 시는 대부분「독립군가」형식으로 전하는데 문학성보다는 계몽성이 강하다. 이 때문에 신채호는 문학보다는 현실적 상황에 깊이 침잠한 시인으로 시문학의 본류에는 비껴가고 말았다. 시대가 낳은 문학의 사생아라 할 수 있을 것이다. 그러나 그의 문학정신은「낭객의 신년만필(浪客의 新年漫筆)」(『동아일보』 1925. 1. 1.)에 고스란히 남아 있다. 이는 그의 역사인식과 더불어 문학의 정신으로 높이 살 만하다.

3. 현대시의 물결

1920년대 현대시의 움직임은 유학생 지식인이 등장하는 개화기 문단 시대를 마감하고, 새로운 지식인의 동인지 운동과 자유시 운동으로 시작한다. 『창조』(1919. 2), 『폐허』(1920. 7), 『백조』(1922. 1), 『개벽』(1920. 6), 『장미촌(薔薇村)』(1921), 『영대(靈臺)』(1923) 등의 문예지가 속출(續出)하였다. 이들 동인지가 양산되면서 문학의 대중화 경향이 나타났다. 이때를 분기점으로 많은 시인들이 등장하기 시작한다. 이러한 서구시 수입과 문예지 발간 등으로 인해서 초기 시단이 완성되었으며 아울러 한국에서 새로운 시의 시대가 전개되었다.

　주요한의 「불노리」는 종래의 지나치게 굳은 시의 형식을 타파하고 새로운 자유시를 창조하려는 의지를 분명하게 보여 준다. 주요한과 함께 김억, 김동환(金東煥, 1901~?)은 새로운 시의 방법을 발견하려 노력하는 한편 한국적 운율의 재생에도 큰 배려를 했다. 이렇게 해서 1920년대의 시는 1910년대의 최남선의 신시(新詩)에 대한 거부와 반동에서 탄생했다. 따라서 20년대의 시들은 주로 교훈시에 반발하는 순수한 서정시를 지향하였다. 그들의 지향으로 말미암아 1919년 3월 전 민족이 일제의 압제에 저항하여 많은 피를 흘렸지만 이러한 궐기를 시로 노래한 시인은 없었다. 그만큼 이 시기의 시들은 신시의 이상주의적 영역에서 벗어나 예술적 세계로 근접하고 있었던 것이다. 물론 일제의 식민지 치하에서 저항시가 쉽게 나타날 수 없으리라는 것을 이해할 수 있지만 1910년대 시의 기반이 튼튼한 것이었더라면 민족의 역사에 있어 중대한 시기였던 3·1운동 무렵에 독립선언서(獨立宣言書)에 비견할 수 있는 훌륭한 작품들이 나타났을 것이다.

　이러한 문예지 운동으로 발표 지면이 많았던 만큼 이 시기의 시는 경향도 다양해지기 시작하였다. 그중에서 특히 두드러진 시의 경향은 낭만주의, 프로문학, 복고주의 시 운동이었다. 낭만주의는 퇴폐성을 동반한 우울한 정서가 주조를 이루었고, 프로문학은 일본 유학생들 사이에 일어난 사회주의 운동의 일환이었다. 복고주의는 전통적 형식인 시조 부흥운동을 말한다. 이들은 주로 개인과 사회문제라는 두 가지 문제의식에서 출발하고 있었다.

　그런 점에서 1920년대는 일제강점기의 상황에서도 격동의 한 시대였다고 할 수 있다. 그것은 3·1만세운동과 민족자결주의라는 세계 조류가 이 땅의 시문학에도 많은 영향을 끼쳤다고 볼 수 있는 것이다.

일제의 폭압적 상황을 극복하려는 움직임은 다양한 문학운동으로 이어졌다고 할 수 있다. 이는 개인의 번민과 사회의식이라는 문제가 혼돈의 시대로 몰아갔다고 보는 것이 옳을 것이다. 이 시대를 낭만적 상상력의 혼돈 시대라는 말로 설명하려는 까닭도 여기에 있다.

1920년대 초기의 문예지들은 많은 시인들을 양산해 내었는데, 이들 동인지를 중심으로 활동한 오상순, 황석우, 박종화, 홍사용, 이상화, 박영희, 변영로, 김억 등은 서로 비슷한 처지에서 시대적 정황들을 시로 표현하였다. 이들은 억압의 시대를 부정적 아우라로 접근하면서 죽음과 파괴의 속성을 여실히 드러내었다. 이들이 관망하는 세계는 일제 식민지와 제국주의의 만행이 사회 곳곳에 만연해 있었으며, 이 세계를 벗어나는 방법은 상상, 꿈, 이상뿐이었다. 허무의 심연에서 돌파구를 마련하려는 것이 더 깊은 허무의 세계로 내몰렸고, 죽음만큼이나 깊은 잠 속으로 빠져 들어갔다.

서구의 낭만주의가 자연 친화와 순수 세계를 지향했다면 우리 시의 낭만주의는 이상과 꿈이라는 탈세계관을 보여 주었다. 그것은 일제식민지 시대 지식인이 공통으로 처한 삶의 현실이기도 하였다. 그런 점에서 1920년대 낭만주의는 절망, 패배, 죽음과 같은 우울한 정서가 지배적일 수밖에 없었다. 시대가 만들어 낸 일그러진 자화상의 모습이었다. 1920년대 패배적 낭만주의는 당시의 지식청년들이 지녔던 이상과 암담한 현실 상황 사이의 절망적 분열을 반영한 것이다. 그들은 당대의 상황에 대해 적극적으로 맞서기보다는 개인적 번민과 절망감을 노래하는 데 힘을 기울였다.

1920년대 초기의 시인들이 이처럼 개인의 고통, 절망을 노래하는 데 몰두하면서 한편에서는 새로운 문학적 조류를 형성하면서 현실의 모순에 대한 투쟁과 시의 사회적 책임을 강조하는 주장이 나오기 시작했다. 우리 문학에서 사회의식이 본격적인 문학의 화두로 제기되는 때는 1925년 8월 카프의 결성과 함께한다. 염군사와 파스큘라의 멤버들이 모인 창립 당시 구성원은 박영희, 김기진, 이호, 김영팔, 이익상, 박용대, 이적효, 이상화(李相和), 김은, 김복진, 안석영, 송영, 최승일, 심대섭, 조명희(趙明熙), 이기영(李箕永), 박팔양(朴八陽), 김양 등이다. 이들은 자탄과 퇴폐주의로 물들어 있던 당시의 세계관을 일신하고, 새로운 투쟁의식을 다지는 계기를 마련하기 시작했다.

카프(KAPF, 조선프롤레타리아 예술가 동맹)는 문학의 이념성을 강조하면서 문학과 사회의 상관관계 속에서 문학의 본질을 이해하려고 했다. 비록 지나친 구호성으로 말미암아 문학의 본질을 잃고 말았지만 문학의 사회의식 공헌에는 지대한 역할을 했다.

한편 카프의 급격한 이념성에서 벗어나 문학의 본질을 추구하려는 일련의 노력은 전통 양식의 계승이라는 복고주의로 나타났다. 이 움직임은 한편으로는 일제의 지배 아래 점차 쇠퇴하여 가는 전통적 문화를 재인식하고 되살리자는 문화운동의 일부분이었고, 다른 한편으로는 카프 계열의 문학인들이 주창한 계급 문학에 대하여 민족 문학의 방향을 내세우고자 한 움직임이었다. 이들은 최남선, 이병기, 이은상 등이었다. 그러나 이 운동은 성공적이라 할 만한 작품들을 얼마간 내기는 하였으나, 시조가 현대시의 일부로서 충분한 가능성이 있는지에 관해서는 논쟁의 여지를 남긴 채 한정된 수의 시인들에게만 받아들여졌다.

위에서 살핀 조류들이 1920년대의 우리 시에서 두드러지게 나타난 현상이기는 하지만 이것만으로 당시의 시적 성과를 말할 수는 없다.

문학사에서는 어떤 사조나 운동에 속하지 않으면서도 탁월한 성과를 이룬 이들이 흔히 있기 때문이다. 1920년대의 대표적 시인인 김소월과 한용운이 바로 그 본보기이다.

김소월은 서정시집 『진달래꽃』(1925)이 유일하지만, 남북한에서 모두 인정하는 민족 시인이다. 1934년에 세상을 떠났으나 1920년대 초에서 중엽까지 가장 많은 활동을 했다. 그는 민요의 맛과 가락을 살린 시를 즐겨 써서 '민요시인'으로 불리었으며, 불행한 생애를 살면서 삶의 외로움과 고통 그리고 슬픔을 노래한 작품들을 많이 남겼다. 그 중에는 저급한 감상적 작품들도 더러 있지만, 그의 뛰어난 운율 감각, 섬세한 말씨, 날카로운 시적 감수성 등은 현대 서정시의 한 전형이라고 할 만하다.

한용운의 시집 『님의 침묵』(1926)은 1920년대뿐만 아니라 우리 현대시에서 가장 높은 정신적 위상을 차지한다. 승려이면서도 조선독립과 민족종교 운동에 헌신한 그의 정신세계는 시인으로서 갖추어야 할 높은 품격을 보여 주었다. 그는 당시의 암담한 시대 상황을 노래하면서도 절망에 빠지지 않고, 심오한 종교적 정신과 시대 의식이 결합된 명작을 남겼다.

1920년대 시대 경향은 『폐허』와 『백조』에 발표된 일련의 시들에서 찾아볼 수 있다. 1920년대 전기의 병적 퇴폐주의 혹은 지나친 감상주의는 한동안 우리 시단의 우울한 풍경이었다. 1920년대 시는 1910년대의 한계를 극복하는 듯했지만, 기실은 주관주의와 감상주의에 빠져들면서 세기말적 풍경을 낳고 말았다. 이는 세계사조의 흐름과 무관하지 않지만, 무엇보다 3·1운동의 실패와 같은 내적 요인이 더 큰 문제였던 것은 사실이다.

임화, 김기진, 박영희, 안막, 권환, 이기영, 김남천 등이 등장하여 문학의 이론논쟁을 이끌었던 것도 주목할 만한 사건이었다. 이들 논쟁은 소설건축설, 대중화론, 농민문학론, 창작방법론 등이었다. 결국 문학의 예술성보다는 이론이 밀려나는 형국을 맞고 말았다. 1920년대 후반은 문학을 하나의 운동을 생각하는 경향이 지배하면서 문학의 본질을 전도시키는 결과를 초래했다. 정지용(鄭芝溶, 1902~?)은 당시 시단의 한 풍토를 뛰어넘는 시인이라 할 수 있다. 그는 「향수」(『조선지광』, 1927)를 발표했으며, 이후 도시적인 소재로 시를 써 모더니즘적 경향의 시를 선보였다.

4. 다양한 시적 조류

1930년대에 와서 우리의 현대시는 더욱 다양한 조류로 분화되었다. 그 요인은 여러 가지가 있겠지만, 내부적으로 본다면 그간의 과정을 거쳐 오는 동안 우리 시에 축적된 경험과 관심이 그만큼 다채로운 가지로 뻗어 나갈 만하게 확대된 때문이라 할 수 있을 것이다. 다만 한 가지 유의해 둘 점은 이 다양화의 흐름에서 시의 사회의식과 현실 비판적 정신을 강조하는 경향은 제외되었다는 사실이다. 그 요인은 일제의 식민지 지배 정책에 있다. 그들은 중국 대륙을 침략하는 등 새로운 전쟁을 해 나가기 위해 한반도 안의 위험 요소를 미리 없애 두려 하였다. 이에 따라 사회적 탄압이 강화되어 일체의 이념적 경향을 띤 움직임이 제약을 받으면서 시에도 그 영향이 미쳤던 것이다. 그리하여 1930년대의 우리 시단에서는 사회 현상보다는 개인의 문제, 도시 문명의 모습, 자연과 생명의 문제 등을 중요하게 여기는 조류들이 확대되어 갔다.

그러한 흐름으로서 가장 먼저 나타난 것은 『시문학』(1931)을 중심으로 박용철, 김영랑, 신석정, 이하윤 등이 보인 '순수시'의 경향이다. 이 중에서 특히 중요한 인물이 박용철과 김영랑이다. 박용철은 그 자신이 적지 않은 시를 쓴 시인이기도 하나 작품보다는 순수시 운동을 뒷받침하는 이론에서 더 중요한 활동을 보였다. 그가 내세운 이론에 어울리는 작품으로서의 뛰어난 성과는 김영랑에 의해 이루어졌다. 김영랑은 우리말을 다루는 언어 감각에서 김소월 이후 가장 뛰어난 시인으로서, 섬세하고 은은한 서정시의 극치를 이루었다.

이들이 주창한 순수시란 시에서 일체의 이념적, 사회적 관심을 배제하고 오직 섬세한 언어의 아름다움과 그윽한 서정성을 추구하는 시라는 뜻이었다. 그 결과 지나치게 개인의 내면세계에만 편중되면서 말을 다듬는 데에 빠졌다는 결함은 있으나, 이들에 의해 우리의 현대시가 시의 언어와 형식에서 좀 더 세련된 차원으로 나아갔다는 점은 널리 인정되고 있다.

1930년대 중엽에 들어서면 모더니즘이라는 이름으로 한데 묶이어 불리는 일련의 실험적 경향들이 나타난다. 모더니즘이란 우리말로 번역하면 '근대주의' 혹은 '현대주의'로 번역할 수 있다. 이는 현대의 도시 문명에서 나타나는 여러 현상과 경험을 종래보다 지적이고도 참신한 방법으로 그려 내고자 하는 경향들을 가리킨다. 시에 있어서 지성 내지 지적인 태도의 역할을 강조하는 주지주의, 이미지 특히 시각적 이미지를 무엇보다도 중요시하는 이미지즘, 현대인의 복잡한 심리 상태와 혼란된 경험을 파격한 실험적 수업으로 작품화하려 한 초현실주의 다다이즘 등이 모두 모더니즘의 범위 안에 들어간다. 이들은 시를 대하는 방법과 태도에 적지 않은 차이가 있으나, 전체적으로 보아 서양의 현대시에 보이는 여러 새로운 경향을 흡수하면서 도시적 세계의 경험들을 그리려 했다는 점에서 공통점을 가진다.

이 중에서 이미지즘을 내세운 시를 쓴 인물로 김기림, 김광균, 장만영 등을 들 수 있다. 그들은 과거의 시가 감정과 음악성에 치우쳤다고 보고, 새로운 시는 지적인 태도와 시각성을 중시했다. 초현실주의, 다다이즘 계열의 대표적 인물은 이상(李箱)이다. 그는 암담한 식민지 시대의 현실과 개인적 파탄을 겪으며 불행한 생애를 보냈는데, 시 「오감도」는 기이한 실험적 작품으로 사람들을 놀라게 하였다.

위에 말한 모더니즘 계열의 시들이 성행하는 동안 1930년대 후반 무렵부터 이와는 퍽 다른 경향을 가진 한 무리의 시인들이 등장하였다. 이들은 모더니스트 시인들이 도시와 현대 문명을 강조하고 주지적, 실험적 경향에 몰두함으로써 만들어 낸 메마른 시세계를 좋아하지 않았다. 그 대신 이들은 고뇌로 가득 찬 삶의 문제, 사람의 생명과 우주적 근원의 문제, 조화로운 자연의 모습 등을 중요한 주제로 삼았다. 이 중에서 『시인부락』(1936)의 서정주, 함형수, 『생리』의 유치환은 생명을 주제로 시들을 발표하여 독특한 시세계를 이룬다. 또한 조지훈, 박두진, 박목월은 『청록집』을 묶어 내면서 자연주의 경향을 드러냈다.

생명파는 모더니즘 경향과는 반대로 인간의 근본 문제인 생명에 천착함으로써 그들만의 새로운 시세계를 형성하게 되었다. 서정주의 「문둥이」, 함형수의 「해바라기 비명」은 삶과 죽음의 절박한 상황을 잘 표현하고 있다. 자연파는 자연을 하나의 이상향으로 설정하고, 그 속에서 삶의 진정한 모습을 발견하려고 하였다. 현실로서 존재하지 않는 세계는 자칫 낭만주의 경향을 드러내기도 하지만, 그보다는 척

박한 현실을 극복하려는 방어기제로 이상형의 세계를 그려 내고 있
다는 점에서 일정한 의의를 갖는다.

일제 말기의 우리 시문학에서 비껴갈 수 없는 시인은 이육사와 윤
동주이다. 일제 말기의 폭압적 상황에서 대부분의 문인들이 갈피를 잡
지 못하고 있을 때, 이육사와 윤동주는 민족이 가야 할 길을 제시하고
있다. 어두운 일제 말기의 상황에서도 양심을 지키며 민족의 굽힐 수
없는 의지를 노래한 시인들 중에서 이육사와 윤동주는 단연 돋보이는
어둠 속의 별이었다. 이육사는 「광야」, 「청포도」, 「절정」과 같은 작품
을 발표하면서 의연한 기품과 시적 균형을 보여 주었다. 윤동주는 시
대의 현실에 대한 고뇌와 반성을 섬세한 시어로 표현하고 있다.

5. 혼돈의 시단

해방은 한국 문학사의 새로운 방향을 보여 주었다. 이념의 차이와
일제강점기의 타성이 한국문학의 갈피를 혼돈과 갈등으로 몰고 갔다.
분단의 상황이 지속되고, 한국전쟁을 치러야 했던 비극은 우리 문학
에 뜨거운 시대적 고뇌를 갖게 했다.

해방 직후는 사회적 혼란과 정치적 혼란 속에 놓인 첨예한 이념 대
립의 시기였다. 진보와 보수진영[2]의 갈등으로 시작되는 해방기의 문

---

2) 과거에 좌익과 우익으로 부르던 개념을 여기에서는 진보 진영과 보수 진영의 개념으로 부르기로 한다(이양
숙, 「해방 직후 문학이념과 정책논쟁」, 김윤식 편, 『해방공간의 민족문학 연구』, 열음사, 1989, 57쪽, 참조).
진보에 대해서는 발트 벤야민이 " '진보'란 불안정하게 복귀의 위험에 계속 처해 있으며, 이것은 도덕성
의 (형태적인) 구조 속에서 나타나기보다는 합법성의 생산물에 있다."는 것이 시사적이다. 벤야민에 따르
면, 진보는 변증법적 발전 법칙에 놓여 있을 때, 참다운 의미를 가진다는 것이다(차봉희, 『비판미학』, 문학
과지성사, 1990, 83쪽, 참조). 그러나 철학에서는 진보(progress)를 낮은 단계에서 높은 단계로 나아가는 객
관적 발전 과정의 동인 및 그 결과로 본다(한국 철학 사상연구회, 『철학소사전』, 도서출판 동녘, 1990, 355
쪽, 참조). 이러한 관점에 따라서 진보(progress)는 높은 단계로 발전하는 상승적 발전 과정으로 보고, 보수
(conservative)는 낮은 단계에서 낮은 단계로 혹은 높은 단계에서 높은 단계로 지속되는 평면적 발전 과정

단 상황은 통시적으로는 30년대 카프와 국민문학, 해외문학과의 논쟁
선상에 놓여 있다. 다만 해방 직후는 30년대의 상황보다도 훨씬 첨예
한 방향으로 진행되었다는 것이다. 해방 직후 민족문학의 중심과제는
일제 잔재 청산의 방법이었다. 이것은 일제강점기 스스로 붓을 꺾은
문인과 친일의 길을 택한 문인들 사이의 갈등으로 말미암아 첨예하
게 대립할 수밖에 없는 사안이었다. 해방 직후 민족문학은 반민족적
행위를 스스로 정당화하기 위한 자기 합리의 방편이었다.

이 시기 비평의 핵심 과제는 민족문학 논쟁이었다. 이 논쟁의 중심
에 진보진영의 김동석, 김병규와 보수진영의 김동리, 조연현이 있었
다. 김동리와 조연현은 향후 남한의 문단을 주도하는 인물로 부각되
었고, 김동석과 김병규 등은 인멸된 문인으로 기억에서 사라지고 말
았다. 이것은 남한 단독정부 수립 이후 남한의 문단이 김동리, 조연현
등이 이끄는 청년문학가 동맹에 의해 주도되었기 때문이다.

사실 해방기 민족문학 논쟁의 중심에 있었던 좌우익 논쟁은 그동
안 왜곡된 시선으로 남아 있었던 민족문학의 의미를 새롭게 인식하
기 위한 틀이 될 것이다. 이들 논쟁의 핵심은 문학의 실천과 행동에
있었다. 이들은 향후 한국 시단을 두 흐름으로 나누는 계기가 되었다.
좌우익 논쟁은 해방기 민족문학의 개별점검을 꾀하는 일이고, 30년대
민족문학 논쟁과 70년대 순수-참여 논쟁의 매개항을 살펴보는 일이
기도 하다.

해방기의 시대현실은 우리 민족에게 있어 일본 식민지 지배에서
벗어남과 동시에 좌우익의 대립 및 분단이라는 새로운 역사의 시작

으로 설정할 수 있다.

을 의미한다. 문학사 역시 8·15를 기점으로 좌익과 우익으로 양분되어 각각 문학단체를 결성하여 대립하였다. 좌익계열에는 임화, 이태준, 김남천 등의 주동에 의한 '조선문학건설본부'(음악, 미술, 영화 등을 종합하여 '조선문화건설중앙협의회'로 통합)가 점차 그 세력을 확장해 나가고 있었고, 이에 반감을 품은 이기영, 박세영, 한효 등이 1935년 해산되었던 '카프(KAPF)'의 정신을 계승하는 '조선프롤레타리아문학동맹'('조선프롤레타리아 예술동맹'으로 통합)을 조직하였다. 이 두 좌익 문학단체는 1945년 '조선문학가동맹'으로 통합되어 기관지 『문학』의 발간 등 다양한 활동을 벌이지만, 공산당에 대한 미군정의 탄압으로 대부분 월북하거나 야산투쟁 등의 빨치산 활동으로 최후를 맞이하게 된다.

우익진영의 문학은 주로 조선청년문학가협의회를 중심으로 이루어진다. 우익계열에는 일제강점기 '카프'에 대결하여 싸웠던 '민족문학파'와 '해외문학파'의 변영로, 오상순, 박종화, 김영랑, 김광섭 등이 '조선문화협회'('중앙문화협회'로 개칭)를 발족하는데, 활동이 부진하자 이에 속해 있는 박종화, 양주동, 이병기, 이병도, 정인보, 김동인, 정지용, 오상순, 변영로, 이희승, 송석하, 조윤제 등의 문인들을 중심으로 '전조선문필가협회'가 새로 창설된다. 그러나 '전조선문필가협회'도 순수한 문학단체는 아니어서, 이에 불만을 품은 당시 '생활문화사'에 자주 모이던 '토요회'라는 문학단체 구성원들, 즉 정태용, 조연현, 김동리, 서정주, 조지훈 등을 중심으로 순수문학 단체 '조선청년문학가협의회'를 결성하게 된다. 이들은 '자주독립 촉성에 문화적 헌신을 기함, 민족문학의 세계사적 사명의 완수를 기함, 일체의 공식적 노예적 경향을 배격하고 진정한 문학정신을 옹호함'이라는 강령도 채택하였다. 여기에는 조선문학가동맹의 활동노선에 대한 노골적인 반발이 포함되어 있고, '당의 문학'으로 문학의 기능을 고정시킨 그들의 불순한 책략에 대한 비판이 담겨 있다. 조선청년문학가협회의 결성과 그 활동은 문단에 새로운 기풍을 불어넣으면서 민족문학의 방향정립을 위한 가능성을 나타내기 시작하였다. 그러나 문학의 독자성과 자율성에 대한 신념을 지펴 가기 위한 조선청년문학가협회의 활동은 조선문학가동맹의 여러 가지 방해를 받았다. 작품의 발표기관을 거의 장악하고 있던 조선문학가동맹이 조선청년문학가협회의 문인들에게 지면을 할애하지 않은 것은 물론이었고, 정치적인 현실 자체도 조선문학가동맹에 유리한 방향으로 전개되고 있었던 것이다. 이러한 대립은 1947년 좌익계의 월북으로 우익만 남아 '전국문학단체총연합회'를 결성함으로써 정비되었다.

해방 이후의 우리 시는 당시의 사회 상황이 전체적으로 그러하듯이 여러 갈래의 지향이 뒤얽힌 가운데 매우 착잡한 양상을 보였다. 더욱이 이 시기는 이념의 대립, 정치적 갈등이 치열한 때였기에 시에 있어서도 창작의 성과보다는 우리 시가 어떤 방향으로 나아가야 할 것인가를 둘러싼 논쟁이 거세게 일어났다. 이 당시에 나온 시로서 값진 성과라고 할 만한 것은 대개 해방 이전의 암흑기에 쓰여서 발표되지 못하고 있다가 출판된 것들이었다.

그와 같은 혼란이 대략 정리된 이후의 상황은 크게 두 갈래의 경향으로 나누어 볼 수 있다. 그 하나는 1930년대의 순수시, 인생파, 자연파들의 뒤를 이은 비교적 온건한 경향이며, 다른 하나는 모더니즘의 뒤를 이은 실험적, 현대적 경향이다. 인생파, 자연파를 계승한 시적 흐름이 이 시기에 주류를 차지하게 된 이유는 간단하다. 그 중심이

되었던 서정주, 유치환, 조지훈, 박목월, 박두진, 김영랑, 신석정 등이
이 무렵의 시단을 대표한다.

그들의 시는 해방 이전의 작품 세계에 비하여 상당한 개인적 변모
를 보인 경우도 있으나 전체적으로 보아 기본적인 성격에는 변화가
없었다고 할 수 있다. 그들의 시는 1920년대 이래 우리에게 익숙한
가락과 소재를 다루었고, 그러한 시세계에 친근한 독자들에게 잘 정
돈된 정서를 느끼게 해 주었다. 그 주제는 대개 삶의 의미, 자연의 질
서, 사라져 가는 옛것에의 향수 등이 중심이 되었다.

6. 전후 시단과 현대시의 만개

1950년대는 한국전쟁의 발발로 시세계의 굴절이 심화되는 시기이
다. 김춘수, 유치환, 조향, 전봉건, 김차영 등이 전후 문학의 다양성을
시문학으로 승화하고 있다. 이 시기는 일제 말기와 더불어 우리 문학
의 암흑기를 이루었다. 50년대 후반에는 실존주의와 모더니즘의 영향
을 받은 후반기(後半期) 동인의 활약이 두드러진다. 후반기 동인은 실
존의 위기의식을 체험하면서 이국취미, 염세적 세계관, 도시적 서정
의 표현, 20세기 물질문명에 대한 불안을 공유했다. 전후의 기계문명
에 대한 거부, 실존의 위기에 대한 절망으로 이념보다는 개인의 허무
의식에 주력했다. 이는 결국 시의 개인화에 머물렀다는 한계점을 갖
고 말았다. 50년대 시단은 여러 가지 양상을 보이지만, 그중에서 실존
주의, 허무주의, 리얼리즘, 현실풍자와 같은 경향이 지배했다. 송욱은
현실에 대한 아이러니 기법과 언어유희를 보였으며, 조향은 초현실주
의, 유치환, 조지훈은 리얼리즘, 김춘수는 실존주의 경향을 대표한다.

50년대는 제2모더니즘 운동이 일어난다. 50년대 모더니즘의 특징은 '① 현실 상황과 현대의 도시문명 ② 외래어와 문명어 ③ 이미지와 관념의 조화'3)로 압축할 수 있다. 박인환은 1949년 5인 합동시집 『새로운 도시와 시민들의 합창』을 통하여 모더니즘의 기수로 등장하였다. 그는 「기적(奇蹟)인 현대」, 「최후의 회화」, 「일곱 개의 층계」 등에서 도시적 삶의 허무와 고독을 그리고 있다. 한국전쟁 중 피난지 부산에서 결성된 '후반기동인'의 모더니즘 시 운동을 전개하면서 그는 도시적인 일상의 삶과 그 비애를 시화하고 있다. 50년대 모더니즘 시는 현대인의 비애와 시대적 상황을 회화적 기법으로 형상화하기도 하였다. 조향은 50년대 모더니즘 시의 실험성을 잘 보여 주고 있다. 그는 외래어를 과감히 도입하고, 상징과 숫자의 상상력을 동원하여 시의 자유로운 연상을 추구하고 있다. 이처럼 1950년대는 매우 중요한 의미를 갖는다. 한국전쟁은 우리 민족을 고통과 공포와 죽음의 비극으로 몰고 갔지만, 그 속에서도 현실을 고발하고, 그 현장을 생생하게 드러내려는 시적 대응은 지속되었다.

1960년대는 일제와 독재의 시대를 지나서 민주화의 물결이 봇물처럼 터지던 시대였다. 우리 문학은 모색의 시대에서 도전과 응전의 칼날을 세웠다. 그 칼날의 선봉에 있었던 것은 시였다. 시가 운동이어야 하고, 그 운동의 하나로 시를 창작한 시대였다. 깃발 아래 모여서 새로운 시대적 소명을 다하려고 꿈꾸었을 때, 시는 무엇을 해야만 했다. 그러한 격동의 시대에 시는 참여와 실천의 장으로 뛰어나왔다.

현대사에서 60년대는 정치, 경제, 사회, 문화 등 여러 면에 걸쳐 어

---

3) 조남현, 『현대시해설』, 세운문화사, 1977, 30쪽 인용.

려운 시기이면서 또 중요한 시기였다. 광복 후의 혼란과 전란의 소용돌이를 마무리하면서 민주화를 실현해야 하고, 동시에 근대화를 추진해야 했기 때문이었다. 그러나 분단 상황 아래에서 추진돼야 했던 이 두 가지 민족적 과제는 그 시작부터 험난한 시련을 겪지 않을 수 없었으며, 그 모순과 시련이 폭발된 것이 4·19혁명이었다. 해방 후 민주화 실천과 근대화의 추진은 분단 상황에 놓인 국가의 안보논리와 부딪히면서 일정한 한계를 노정시키고 말았다. 따라서 5·16쿠데타 이후에는 민주화 문제보다도 근대화 문제가 최우선 과제로 설정됨으로써 조국근대화를 통한 신자본주의 시장 경제시대를 열어 갔다.

4·19혁명이 이 땅에서 근원적인 자유의 문제를 제기했지만 실패하고 말았듯이, 군사정권의 등장으로 산업의 근대화를 이루었지만 그에 따른 여러 가지 부작용을 낳았다. 그것은 사회 불평등의 심화, 계층 간의 갈등, 물질만능주의의 조장과 같은 비인간화를 조장했다.

이러한 시대 상황을 반영하는 60년대 시는 크게 두 가지 흐름으로 나타난다. 그 하나는 현실의 불합리한 상황에 저항하는 참여시이고, 다른 하나는 존재의 미학에 몰입하는 순수시이다. 군사 정부의 등장은 외적으로 경제를 표방하고 있으면서도 민주 헌정 질서에는 위배되는 정부였다. 그 정부의 정체성을 위한 투쟁은 사상계를 비롯한 일련의 실천적 지성인들에 의해 일어난 참여시의 움직임이었다. 다른 하나는 그런 현실과 동떨어져 예술의 본질을 추구한 순수시의 움직임이었다. 문학의 순수성과 참여시의 논쟁은 이 시대의 가장 중요한 화두였다. 이를 반영하듯이 당시의 시단은 뚜렷한 문학의 계보를 형성하기 시작했다.

⑴ 참여시와 순수시

　1960년대 4·19혁명과 5·16쿠데타가 우리 시에 미친 영향은 엄청났
다. 4·19혁명 후 4·19세대의 문학이 등장하는데 지식인의 민중시가 주
축을 이루게 된다. 신동문의 정치풍자시, 김수영의 참여시론, 신동엽
의 참여시가 한 시대를 풍미했다.

　한편으로는 박재삼, 박용래 등의 서정시가 등장하여 정한의 미학
이 완성되었다. 마종기, 오규원, 이수익, 이승훈, 정진규, 정현종, 황동
규가 등장하여 순수시의 주류를 이루게 되는 것도 특기할 만하다. 60
년대의 시는 인간성의 깊은 측면을 파고 들어가는 한편 시어에 대한
새로운 실험이 본격화되었다. 그리고 4·19 이후에는 현실 속의 시에
관한 원론적 문제가 크게 대두되었다. 60년대 이후 각종 문예지의 창
간은 현대시의 다양한 전개를 촉진시켰다. 많은 문예지는 물론 본격
적인 동인지의 출현으로 시문학 풍토는 더욱 다원화되었다. 또한 60
년대에 이르러 더욱 많은 신인들이 등장하였으며, 이와 아울러 수많
은 시집이 간행되어 시사적 전개는 더욱 본격화되었다. 이러한 시사
적 흐름은 시의 창작은 물론 그 시에 관한 시론과도 상보적 관계를
이루기 시작했다. 현대시는 이 시기에 이르러 차츰 이론적 실체를 획
득하기 시작한 것이다.

　60년대에 접어들면서 젊은 시인들 중 일부는 이러한 경향들을 비
판하고 우리의 현실 상황과 민중들의 생활에 충실한 시를 요구하였
다. 이 현상은 외부적으로는 독재 정권의 억압을 무너뜨린 4·19의 자
극에 의한 것이고, 내부적으로는 50년대 시의 흐름이 그 나름의 전개
과정을 거쳐 반성을 필요로 하는 단계에 도달하였기 때문이기도 하

다. 이러한 맥락에서 나타난 주장들 중에는 시의 사회 참여를 핵심적
명제로 제창한 것도 있었기 때문에 이들을 흔히 '참여파'라고 부르기
도 한다. 이들이 중시한 점은 시인들이 사회 현실의 문제와 이웃들의
경험, 느낌 등을 절실하게 노래하여야 한다는 사회적 책임이었다. 그
러한 입장에서 볼 때, 자기만의 고립된 세계에서 말들을 섬세하게 다
듬는 데 골몰하거나 혹은 난해한 실험적 방법들만을 추구하는 태도
는 바람직하지 못한 것이었다.

　이 경향의 대표적인 시인은 신동엽과 김수영이다. 김수영은 50년대
까지는 전형적인 모더니스트였으나 60년대에 들어서면서 그 세계를 벗
어나기 시작했고, 신동엽은 때 묻지 않은 힘찬 목소리로 민족의 역사적
상황과 민중들의 생활을 노래하면서 새로운 시세계를 전개해 나갔다.

⑵ 다양성의 시론

　60년대 한국 시단의 참여시 경향은 70년대에 이르면 더욱 공고해진
다. 김수영의 참여시 계열로 신경림, 이성부가 있는데, 이들은 민중적
감수성으로 리얼리즘 시를 이끌었다. 이와 반대로 김춘수의 모더니즘
계열로 무의미시와 비대상시를 주로 썼다. 이승훈, 오규원이 이런 경
향을 나타냈다. 이와는 달리 전통적 감수성을 노래한 서정주, 박목월
이 있다. 이들 시의 경향은 산업사회의 등장과 일정한 연관이 있다.

　1970년대에는 우리 사회가 산업화 사회로 돌입함에 따라 문학도
다양한 사회문제에 접근하게 된다. 유신체제에 대한 항거, 분단극복,
이농현상과 도시화의 문제 등이 많이 나타났다. 이 때문에 문단에도
많은 변화가 일어나는데 첫 번째 변화는 계간지가 등장하여 영향력

이 확대되었다는 것이다. 시집의 상품화 현상이 일어나고 수많은 동인지가 등장한다. 장르 확산의 노력, 전통 리듬의 수용, 현실 풍자, 연작의 유행 등 시 형식에 있어서도 큰 변화가 일어난다.

김수영(金洙暎, 1921~1968)은 초기에는 모더니스트로서 현대문명과 도시생활을 비판했으나, 4·19혁명을 기점으로 현실비판의식과 저항정신을 바탕으로 한 참여시를 썼다. 신동엽(申東曄, 1930~1969)은 역사에 대한 재해석과 비판, 민족적 운명에 대한 뜨거운 사랑을 밝은 감성과 격정적인 언어로 표현하였다. 70년대 민중적 감수성을 반영한 시인으로 김지하를 들 수 있다. 김지하는 민요와 풍자정신을 결합하였다. 그 대표작이 「오적(五賊)」이다. 그는 비판적 감수성으로 현실 저항 의지를 표명했다. 정희성의 「저문 강에 삽을 씻고」는 문학성과 함께 대중의 지지를 확보하고 있다. 이런 경향을 대표하는 시인으로 이시영, 김지하, 정희성, 김준태, 양성우, 임홍재, 이유경, 홍신선, 박용래, 김명수 등이 있다.

70년대 도시적 감수성을 나타낸 시인의 대표 주자는 김춘수인데, 이 경향의 시인들은 신세대 시인들로서 소시민적 한계를 자각하고 민중적 토대를 지향했다. 참여시가 반민중적 세력에 대한 공격이라는 이데올로기에 지나치게 지배당하는 데 반해 도시적 감수성을 나타내는 시인들은 그런 이데올로기로부터 한결 자유로운 상태에서 산업시대의 모순을 형상화한다. 이런 경향의 시인으로 감태준, 정호승, 김승희, 이하석, 김광규, 이성복, 최승호, 장석주, 황동규, 최하림, 장영수, 김명인, 이동순 등이 있다.

70년대 전통적 감수성을 반영한 시인들은 보수적인 경향이 강했다. 이들은 변혁의 의지보다 전통을 계승하려는 의지의 시인들이었다. 김

화영, 박정만, 신대철, 강은교, 조정권, 이성선, 나태주, 권달웅, 정현
종, 이승훈, 오규원, 박제천, 김영태, 김형영, 마종기, 김종삼, 전봉건,
이수익, 정진규, 박희진, 성찬경, 오세영, 이성선, 강우식 등이 있다.

(3) 노동시와 새로운 리얼리즘시

1980년대 벽두에 광주민주화운동이 일어난다. 그 이후 운동권소설
과 반미소설, 노동쟁의와 공해문제를 다룬 소설이 등장하는데, 시단
의 가장 큰 특징으로 현장 노동자의 창작품이 생산되었다는 것이다.

산업현장의 민중 시인을 대표하는 시인은 박노해와 백무산이다.
이들은 노동의 계급성을 강조하여 70년대 지식인의 민중시와는 그
양상을 완전히 달리하게 된다. 80년대는 순수문학 진영의 시인들이
이데올로기와 사회의식의 중압감에 시달린 시대라고 할 수 있다.

군사정권이 들어서고 민주세력을 탄압하던 제5공화국 시대에는 억
눌린 울분을 표출하는 참여시가 나타났다. 88년 해금조치가 발표되면
서 문학은 이념을 넘어서 새로운 활로를 찾기 시작했다. 국제 팬클럽
에서 한국 문인 중에서 해금요구자 170명의 명단을 통보하고, 올림픽
불참선언을 하게 된다. 이 때문에 사회는 혼란의 정국에 빠지고 결국
대통령 직선제와 연좌제 폐지, 월북문인에 대한 해금조치를 골자로
하는 6·29선언을 채택하기에 이른다. 이러한 일련의 조치로 한국시는
해빙기를 타기 시작한다. 백석의 시가 소개되고, 정지용의 시가 새롭
게 조명된다. 이와 더불어 그동안 위축되었던 참여시가 문학의 중심
으로 떠오른다.

이때부터 시는 무크지를 중심으로 활발한 창작 활동을 전개한다.

이들 무크지는 이념지향성과 민중지향성을 지닌다. 1980년 광주의 5월 항쟁 때부터 싹 트기 시작한 무크지 운동은 곧 문예지 운동으로 이어진다. 서정시와 민중지향의 경향을 보인『실천문학』,『시운동』,『시와 경제』와 같은 문예지가 창간된다.

1990년대는 공산주의 사회의 민주화 이후 다양한 경향으로 변모하게 된다. 대중문학에 대한 허용과 문학의 대중 친화 노력이 이 시대의 가장 큰 변화이다. 2000년대에는 문학에 환상성과 가상현실 등이 대폭 도입된다. 판타지 문학작품과 인터넷 문학이 등장하면서 새로운 문학의 판도를 형성하고 있다. 문학이 인접 예술과 활발히 교류하고 있는 것이 하나의 특징이라 할 수 있다.

제2부
시의 다양성

해(海)에게서 소년(少年)에게

- 최남선

1

텨……ㄹ썩, 텨……ㄹ썩, 텩, 쏴……아.
따린다 부슨다 문허 바린다.
태산(泰山) 갓흔 놉흔 뫼, 딥태 같은 바위ㅅ돌이나,
요것이 무어야, 요게 무어야.
나의 큰 힘 아나냐 모르나냐, 호통까디 하면서,
따린다 부슨다 문허 바린다.
텨……ㄹ썩, 텨……ㄹ썩, 텩, 튜르릉, 콱.

2

텨……ㄹ썩, 텨……ㄹ썩, 텩, 쏴……아.
내게는 아모 것 두려움 업서,
육상(陸上)에서, 아모런 힘과 권(權)을 부리던 자(者)라도,
내 압헤 와서는 꼼짝 못하고,

아모리 큰 물건도 내게는 행세하디 못하네.
내게는 내게는 나의 압헤는
텨……르썩, 텨……르썩, 텩, 튜르릉, 콱.

3

텨……르썩, 텨……르썩, 텩, 쏴……아.
나에게 멸하디 아니한 자(者)가,
지금(只今)까디 업거든 통긔하고 나서 보아라.
진시황(秦始皇), 나팔륜, 너의들이냐.
누구 누구 누구냐 너의 역시(亦是) 내게는 굽히도다.
나허구 겨르리 잇건 오나라.
텨……르썩, 텨……르썩, 텩, 튜르릉, 콱.

4

텨……르썩, 텨……르썩, 텩, 쏴……아.
됴고만 산(山)모를 의지(依支)하거나,
됴ㅅ쌀갓흔 텩은 섬, 손ㅅ벽만한 짱을 가디고,
고 속에 잇서서 영악한 톄를,
부리면서, 나 혼댜 거룩하다 하난 자(者),
이리 둄 오나라, 나를 보아라.
텨……르썩, 텨……르썩, 텩, 튜르릉, 콱.

5

뎌……ㄹ썩, 뎌……ㄹ썩, 텍, 쏴……아.
나의 짝 될 이는 한아 잇도다.
크고 길고 널으게 뒤덥흔 바 뎌 푸른 하날,
뎌것은 우리와 틀님이 업서,
뎍은 시비(是非), 뎍은 쌈, 온갓 모든 더러운 것 업도다.
됴싸위 세상(世上)에 됴 사람텨럼.
뎌……ㄹ썩, 뎌……ㄹ썩, 텍, 튜르릉, 콱.

6

뎌……ㄹ썩, 뎌……ㄹ썩, 텍, 쏴……아.
뎌 세상(世上) 뎌 사람 모다 미우나,
그 중(中)에서 쏙한아 사랑하난 일이 잇스니,
담(膽) 크고 순정(純精)한 소년배(少年輩)들이,
재롱(才弄)텨럼 귀(貴)엽게 나의 품에 와서 안김이로다.
오나라 소년배(少年輩) 입 맛텨듀마.
뎌……ㄹ썩, 뎌……ㄹ썩, 텍, 튜르릉, 콱.

- 출전:『소년』(창간호 1908.11) 전문

이 시는 1908년 11월『소년』창간호 권두시로 발표되었다. 최초의
신체시이며, 서구와 일본의 선진문화를 수용하여 힘 있고 활기찬 새
사회를 건설하고자 하는 열망을 담아내고 있다. 각 연의 처음과 끝에
의성어를 배치하고 있는데, 이는 구두점과 함께 바다의 이미지를 청
각적으로 부각시키고 있다. 이 시에서 또 하나 주목할 점은 구어체의

사용이다. '요것이 무어야, 요게 무어야', '진시황, 나팔륜, 너의들이
냐' 등과 같이 말 건네는 식의 구어체의 사용은 당시 전통시가에서는
상당히 파격적인 것이었다.[4]

　이 시는 우리 시가 율격의 3·4조, 4·4조, 7·5조의 외형율을 벗어나
비교적 자유로운 율격을 구사하고 있다. 그런데 이 시는 정형율을 크
게 벗어난 것처럼 보이나, 실제로는 각 연의 시행수가 일치하며, 각
대응 행간에서도 서로 동일한 리듬의 반복으로 짜여 있다. 이 때문에
완전한 자유시가 아니라 노래의식이 작용한 '준정형적'인 형태라고
말할 수 있다. 과거 창가의 형식에서 진일보한 이와 같은 준정형의 형
태가 자유시로 발전하지 못한 것은 최남선에게 장르의식이 결여되어
있었기 때문으로 생각된다. 형태적·용어적인 면에서 획기적인 변화
를 보여 주었음에도 불구하고 이러한 장르의식의 부재로 인해 발전상
의 한계를 지니고 있다. 그러나 창가에서 자유시로 넘어가는 징검다
리 역할을 수행했다는 데에서 문학사적 의의를 충분히 찾을 수 있다.

최남선(崔南善, 1890~1957)사학자. 문인. 본관은 동주(東州: 철원).
호는 육당(六堂). 자는 공륙(公六). 아명은 창흥(昌興)이다. 세례명은 베
드로. 중인계층 집안의 3남 3녀 중 둘째 아들로 출생하여 1901년 3살
연상의 현씨(玄氏)와 결혼하였다. 스스로 한글을 깨쳐 1901년부터 『황
성신문』에 투고했고, 이듬해 경성학당에 입학하여 일본어를 배웠다.

---

4) 김현자, 『한국현대시 작품연구』, 민음사, 1988. 참조.

1904년 10월 황실 유학생으로 뽑혀 일본에 건너가 동경 부립 제일중
학교에 입학했으나 3개월 만에 자퇴하고 귀국했다. 그러나 1906년 다
시 일본으로 건너가 와세다 대학 고등사범부 지리역사과에 입학하여
유학생회보인『대한흥학회보』를 편집하여 새로운 형식의 시와 시조
를 발표했다.

그러나 1907년 모의국회 사건으로 중퇴하고, 이듬해 귀국하여 자
택에 '신문관'을 설립하고 민중을 계몽 교도하는 내용의 책을 출판하
였다. 다음 해 잡지『소년』을 창간하여 논설문과 새로운 형식의 신체
시를 발표했다. 1909년 안창호(安昌浩)와 함께 청년학우회 설립위원이
되고, 이듬해 '조선광문회'를 창설하여 고전을 간행하고 20여 종의 육
전소설을 발간했다. 1913년『아이들 보이』를 창간했으나 이듬해 폐간
되자 다시『청춘(靑春)』을 발간했다.

1919년 3·1만세운동 때 독립선언문을 작성, 민족대표 중의 한 사람
으로 체포되어 2년 6개월의 형을 선고받았으나 다음 해 가출옥했다.
1922년 '동명사'를 설립, 주간지『동명』을 발행하면서 국사 연구에 전
념하여「조선역사통속강화」를 연재했다. 1924년『시대일보』를 창간,
사장에 취임했으나 곧 사임, 이듬해『동아일보』의 객원이 되어 사설
을 썼다. 1927년 총독부의 조선사편찬위원회 촉탁을 거쳐 위원이 되
고 이때부터 친일 행각을 자행하였다. 1932년 중앙 불교 전문학교 강
사가 되었다. 1938년 조선총독부 중추원 참의,『만몽일보』고문으로
있다가 1939년 일본 관동군이 세운 건국대학 교수가 되었고, 귀국 후
1943년 재일조선인 유학생의 학병지원을 권고하는 강연을 하기 위하
여 도쿄로 건너갔다. 광복 후 우이동(牛耳洞)에 은거, 역사논문 집필에
전념하다가 친일반민족행위자로 기소되어 1949년 수감되었으나 병보

석되었다. 6·25전쟁 때 해군전사편찬위원회 촉탁이 되었다가 서울시
사 편찬위원회 고문으로 추대되었고, 그 후 국사관계 저술을 하다가
뇌일혈로 사망했다.

　최남선은 창가·신체시 등 새로운 형태의 시가들을 발표하여 한국
근대문학사에 새로운 시가 양식이 발붙일 터전을 닦았으며, 한문 중
심의 문장을 구어체로 고치고, 우리말 위주가 되게 하여 여러 간행물
과 잡지 매체를 통해서 그것을 선전, 보급하였다. 또한 민족문화가 형
성, 전개된 모습을 한국사·민속·지리연구와 문헌의 수집·정리·발간을
통해 밝히기도 하였다. 총체적으로 보면 그는 유능한 계몽 운동가였
고, 우리 민족의 근대화 과정에 중요한 임무를 담당한 문화운동가의
한 사람이다. 죽은 뒤 1958년 말년에 기거한 서울 우이동 소원(素園)
에 기념비가 세워졌고, 1975년 15권에 달하는 방대한 양의『육당최남
선전집』이 간행되었다.

봄은 간다

― 김안서

밤이도다
봄이다.

밤만도 애달픈데
봄만도 생각인데

날은 빠르다.
봄은 간다.

깊은 생각은 아득이는데
저 바람에 새가 슬퍼 운다.

검은 내 떠돈다.
종소리 빗긴다.

말도 없는 밤의 설움
소리 없는 봄의 가슴

꽃은 떨어진다.
님은 탄식한다.

- 출전: 『태서문예신보』(1918. 11. 18.) 전문

이 시는 김억의 초기 대표작으로 훗날 그가 주력한 민요시와는 달리 정형률도, 민요풍도 나타나지 않는다. 기본적으로 2행 대구의 형태를 띠고 있으며, '밤/봄'과 같이 'ㅏ/ㅗ'의 두운과 '다'나 '데'와 같은 각운을 배치해 운율을 살리고 있고, 5연 모두 2음보 가락으로 빠르게 읽히는 속도감을 지니고 있다. 그러나 억지로 배열한 2행 구조가 시적 긴장을 이완시키고 있어 현대 자유시의 개념과 다소 동떨어져 있다는 평을 받고 있다.[5]

이 시는 전체적으로 애상미를 띠고 있으며, 많은 연구자들이 1920년대의 식민지 시대상황과 결부시켜 이 작품을 분석하곤 한다. 이 시의 애상미는 범상치 않은 무게감을 지니고 있어서 현실과 관련하여 해석한다. 그러나 전체적으로 시대에 관한 구체적 언급이 없고, 김억의 행적을 고려해볼 때 시대적인 상황과 결부시키는 것은 무리가 있어 보인다. 김억은 민요시를 미래시, 입체시, 자유시, 상징시 등의 근대적인 시 양식과 대등한 하나의 양식 개념으로 보고, 특히 자유시와 대비하여 민요시의 형식적인 특징으로 설명하고 있다.

자유시의 특색은 모든 형식을 깨뜨리고 시인 자신의 내재율을 중

---

5) 윤병로, 「한국근대 자유시의 성격과 특징 - 김억과 주요한을 중심으로」, 『인문과학』 Vol.21. 성균관대학교 인문사회과학 연구소, 1991.

요시하는 데 있습니다. 민요시는 그렇지 아니하고, 종래의 전통적 시형(형식상 조건)을 밟는 것입니다. 이 시형을 밟지 아니하면 민요시는 민요시다운 점이 없는 듯합니다.[6]

이러한 민요시의 규정에는 근대시의 이상적인 양식으로 추구되어 온 자유시가 실제 창작에서 드러냈던 문제점이 반영되어 있다. 김억은 일본 유학시절부터 『학지광』을 통해 자유시의 창작을 선도해 왔지만, 자유시가 지나치게 시의 형식을 파괴하고 시인의 내재율만 강조하면서 주관적인 감정의 산만한 표현으로 전락하는 것에 실망하여 이를 해결하는 하나의 방법으로 민요시를 제기하였다. 그는 탁월한 시적 의미를 추구하지 않고 우리말의 율격을 살리는 시운동을 전개하였다고 할 수 있다. 김억은 민족적인 사상과 감정의 구현체로 민요를 생각하지 않았고, 자유시에 대응하는 '노래'의 양식으로 생각한 것이다.

김억이 민요시의 정조는 '한없이 다사롭고 아릿아릿한 무드'로서 괴롭고도 설운 즐거움이라 할 수 있다. 슬픔과 고통 속에서 아름다움을 느끼는 이런 정서는 김소월에게 계승되었다. 이와 함께 김억의 민요시론에서 민요시의 형식과 정조를 통괄하는 상위 기준으로 '단순성'을 들고 있는데, 이는 한 편의 시에 사용되는 어휘와 이미지를 최소화한 뒤 그것을 반복, 변형함으로써, 시적인 응축과 긴장을 높이고 정서적인 효과를 증폭시키는 방법을 통해 실현된다[7]고 할 수 있다.

---

6) 김용직 편, 『김억 창작집』(형설출판사, 1977) 김억의 역시집, 「일허진 진주」 서문 참조.

7) 심선옥, 「특집: 한국 근대문학 양식의 형성과 전개 – 1920년대 민요시의 근원과 성격」, 『상허학보』 제10집, 2003. 2.

김억(金億, 1893~?)호는 안서(岸曙). 본명 희권(熙權). 평북 정주(定州) 출생. 오산중학(五山中學)을 졸업하고 일본 게이오의숙[慶應義塾] 문과를 중퇴하였다. 모교인 오산중학과 평양 숭덕학교(崇德學校)에서 교편을 잡고, 『동아일보』와 경성방송국에서도 근무하였다. 1941년 국민총력조선연맹 문화부 문화위원, 조선문인협회 간사, 조선문인보국회 평의원 등을 지내면서 친일활동을 하였다. 8·15광복 후에는 출판사에 몸담고 있다가 6·25전쟁 때 납북되었다.

20세 때인 1912년부터 시를 발표하기 시작했고, 특히 투르게네프·베를렌·구르몽 등의 시를 번역·소개하여 한국 시단에 많은 영향을 끼쳤다. 최초의 번역 시집 『오뇌의 무도』는 베를렌·보들레르 등의 시를 번역한 것으로서 한국 시단에 상징적·퇴폐적 경향을 낳게 하는 촉매역할을 하였다. 또한 타고르의 『기탄잘리』, 『원정(園丁)』, 『신월(新月)』 등을 번역하였고, 그 밖에 A. 시몬즈 시집 『잃어버린 진주』와 한시의 번역시집 『꽃다발』, 『망우초』, 『중국 여류시선』 등이 있다. 1923년에 간행된 시집 『해파리의 노래』는 근대 최초의 개인 시집으로서 인생과 자연을 7·4조, 4·4조 등의 민요조(民謠調) 형식으로 담담하게 노래한 것이 특징이다.

한편 그는 에스페란토의 선구적 연구가로서 1920년 에스페란토 보급을 위한 상설 강습소를 만들었는데, 한성도서에서 간행한 『에스페란토 단기 강좌』(1932)는 한국어로 된 최초의 에스페란토 입문서이다. 그는 특히 오산학교에서 김소월(金素月)을 가르쳐 그를 시단에 소개했고, 김소월의 민요시에 많은 영향을 끼쳤다.

샘물이 혼자서

— 주요한

샘물이 혼자서
춤추며 간다.
산골짜기 돌 틈으로

(······중략······)

하늘은 맑은데
즐거운 그 소리
산과 들에 울리운다.

— 출전: 『학우』(1919. 1.) 부분

1919년 1월 일본 교토에서 발간된 유학생 잡지 『학우』에 주요한이 '에튜우드'라는 큰 제목으로 발표한 다섯 편의 시 가운데 한 작품으로, 2음보의 간결한 율격에 동시적 서정을 담고 있다. 1910년대 이후부터 이 시가 나오기 전까지의 우리 시문학사상 주류를 이룬 신체시는 주로 사회계몽적인 내용에 압도된 나머지 생소한 한자어, 여기저기 드러나는 교시성으로 인하여 참다운 현대시로 발전하는 데는 많은 문제가 있었다. 이러한 신체시의 한계를 인식하고, 이를 극복하려고 노력한 시인이 주요한과 김억이었다. 이 두 사람은 낭만주의자로서의 단면을 드러내는 작품을 통해 시가 사상이나 교육의 도구가 아닌 시 자체로서도 존립할 수 있으며 즐길 수 있다는 것을 보여 주었다. 시적 대상에 대한 스스로의 느낌을 직접 읊조리고 있는 작가의 시작 태도는 근대적 의미의 자아 개념을 보여 주는 것이라 할 수 있으며, 제대로 된 우리말 서정시라는 장르를 열었다는 의미를 지니고 있다.

1960년대 이전까지만 해도 『창조』에 실린 주요한의 「불노리」는 최초의 근대 자유시이자 산문시라는 수식어를 가지고 있었다. 그러나 이후 연구자들에 의해 「불노리」 이전에도 많은 자유시가 있었고, 주요한의 작품 「샘물이 혼자서」는 자유시의 하나였다. 특히 연작시 '에튜우드' 중의 한 편인 「눈」은 완연한 산문시의 형태로 「불노리」 이전에 산문시가 있었음을 주요한 스스로가 증명하는 사례라 할 수 있다.[8]

주요한(朱耀翰, 1900~1979)시인, 정치가. 호는 송아(頌兒). 평남 평양(平壤) 출생. 3남 2녀 중 장남. 초등학교 졸업 후 일본으로 건너가 메이지학원 중등부에 재학하였다. 메이지학원 재학 중에 문학에 뜻을

---

8) 윤여탁, 「「불노리」는 최초의 자유시도 산문시도 아니다」, 『시와시학』, Vol.30, 시와시학사, 1998, 200-209쪽, 참조.

두고 『학우』를 발행하는 한편 일본 시인 가와지 류코(川路柳虹)의 문하에서 근대시를 공부하다가 1919년 『창조(創造)』 동인에 참가함으로써 문단에 진출했다. 그 후 계속 「아침처녀」, 「빗소리」 등 낭만적인 서정시를 발표하였다. 도쿄 제1고등학교를 거쳐 3·1운동 후 상하이[上海]로 망명, 후장[滬江]대학을 졸업하였고, 귀국 후 동아일보사와 조선일보사 편집국장을 지냈고 일제강점기 말기에는 실업계에 투신하여 화신상회(和信商會) 중역으로 있었다.

8·15광복 후에는 흥사단(興士團)에 관계하는 한편 언론계에 진출하여 정치·경제부문의 논평을 많이 썼다. 국회의원을 거쳐 4·19혁명 후 장면 내각 때는 부흥부장관·상공부장관을 역임했고 5·16군사정변 후에는 경제과학심의회 위원·대한해운공사 사장을 지냈다.

1924년에 시집 『아름다운 새벽』을 간행했고, 그 밖에 이광수(李光洙), 김동환(金東煥)과 함께 『3인시가집(三人詩歌集)』(1929년)을 펴냈다. 1930년에는 시와 시조의 혼합시집으로 『봉사꽃』을 펴내었다. 한편 1943년 조선문인보국회 시부 회장을 지내고, 1945년 조선언론보국회에 참여하여 친일 문필활동을 하였다는 비난을 받기도 했다.

주요한은 「불노리」를 필두로 하는 자유시의 선구자로 불리지만 후기의 그는 오히려 자유시 형을 배격하고 정형시를 추구하려고 하였다. 작품 활동 말기(1930~1941)에 그는 시조부흥운동과 시조 창작에만 몰두하였다.9) 주요한은 민요시적 측면을 빼놓을 수 없는데, 그의 작품은 전기와 후기를 막론하고 민요시적 측면이 강하다.10)

---

9) 김명희, 「주요한 연구」, 『수련어문논집』 Vol.17, 수련어문학회, 1990.
10) 윤병로, 앞의 논문, 참조.

벽모(碧毛)의 묘(猫)

— 황석우

어느 날 내 영혼의

낮잠터 되는

사막의 수풀 그늘로서

파란 털의

고양이가 내 고적한

마음을 바라다보면서

(이 애, 너의

온갖 오뇌(懊惱), 운명을

나의 끓는 샘 같은

애(愛)에 살짝 삶아 주마.

만일에 네 마음이

우리들의 세계의

태양이 되기만 하면,

기독(基督)이 되기만 하면.)

— 출전: 『폐허』(창간호 1920. 7.) 전문

황석우는 주요한, 김억과 더불어 상징주의 시를 수용하고 개척한 시인이다. 한국 상징주의는 식민지 시대적 분위기에 의하여 암울, 절망과 영탄, 현실에 대한 저주 그리고 도피적 열망의 표현이라는 것은 문학사에서 문제없이 받아들여지고 있다. 초기 문학사가들은 3·1운동의 실패라는 식민지 현실에서 비롯된 것으로 그 원인을 지적했다.

1920년대 한국 상징주의는 서구 상징주의를 일방적으로 모방한 것이 아니라 주체의 잠재적 가능성을 탐색하는 정서적 모델로서 그것을 추동한 것이 아나키즘이라는 것이다. 상징주의와 아나키즘의 이러한 차이에도 불구하고 당대 시인들이 이 둘을 연속선상에 파악한 것은 유토피아적 세계에 절대적 삶의 가치를 부여하였기 때문이다. 그러므로 황석우, 이상화, 권구현을 추동한 것은 상징주의와 아나키즘 이데올로기라기보다 스스로 새로운 주체를 발견하여 자신의 절대적 삶의 가치를 실현하려는 욕망에 기인한 것이다. 이러한 삶의 가치를 실현할 수 있는 정서적 등가물이 자유시인데, 속악한 현실을 뛰어넘게 하는 것이 상징주의이고, 속악한 현실에 저항하게 한 것이 아나키즘이다. 이러한 두 층위가 함께하는 것은 서구의 시에서는 찾아볼 수 없는 한국 상징주의의 독특한 구조이다.[11]

이 시는 『폐허』 창간호에 발표된 것으로 패배의식과 상실감이 드러나고 있다. 『폐허』라는 동인지가 독일 시인의 실레르의 시구에서 따온 것으로 이미 그 자체가 상징성을 내포하고 있다. 황석우가 '벽모의 묘'를 쓰게 된 것은[12] 신체시라는 것이 신체시가 아니라 남의 것을 모방해 온 '폐어'로 되었다는 것 때문이다. 오늘날 우리는 서구

---

11) 조두섭, 「황석우의 상징주의 시론과 아나키즘의 연속성」『대구어문논총』 vol 14, 1996, 참조.

12) 황석우, 「조선시단의 발족점과 자유시」, 『매일신보』, 1919. 11. 10.

시의 형식도 일본시의 형식도 완전히 익혔으므로 자유시를 써야 한다고 말하고 있다. 그가 말한 협의적 상징주의와 정서적 상징주의는 근대 상징주의를 의미한다. 주로 프랑스 상징주의 시민 작품들이 여기에 해당하는데, 이는 대체로 주관주의, 정신주의로 요약할 수 있다.

이 시는 '사랑을 상징적으로 표현했다'(박팔양)는 평가와 '난해한 시'(전영택)라는 평가가 맞서고 있다. 발표 당시부터 상반된 평가를 가져온 이 시는 우리나라 최초의 몽롱체(朦朧體) 논쟁을 불러일으켰다. '벽모의 묘'에서 황석우가 상징주의 영향을 받았다는 사실은 '고양이'로부터 시작한다. 고양이는 보들레르 시와 베를렌느 시에도 자주 쓰이는 소재이다. 보들레르의 '고양이(LeChat)' 시편의 발상법[13]과 유사한 이 작품은 인간의 모든 고뇌를 없애 주는 사랑을 상징적으로 표현하고 있으며, 이 때문에 이 시는 프랑스 상징주의의 영향을 받은 퇴폐주의 경향의 시라고 평가한다.[14] 또한 색채 감각을 통해 보이는 악마에 대한 상징이 강하게 나타나며, 그 밖에 시에 도입된 한자어들도 관념적 상징을 나타내려는 의도적인 시작법이라 할 수 있다.[15]

상징시의 난해함을 대표하는 이 시는 인간 구원의 근원적 회의를 보여 주는 작품이다. 먼저 '벽모(碧毛)'는 파란 털을 의미하며, '묘(猫)'는 고양이를 뜻한다. 괄호로 묶인 7행 이후의 시행은 푸른 털의 고양이가 시인에게 속삭이는 영혼의 대화로, 이처럼 이 시는 형식에서부터 매우 특이하게 구성되어 있다. 보들레르의 시에 나오는 고양이는 주로 관능적(官能的)인 여인을 상징하고 있지만, 이 시에서 고양이는

---

13) 김학동, 「프랑스 상징주의의 이입과 경향」, 『한국근대시의 비교문학적 연구』, 일조각, 1987, 107쪽.

14) 김학동, 「퇴폐미의 시학과 자연시의 한계」, 『현대시연구 1』, 새문사, 1995, 118쪽.

15) 안우직, 「황석우의 벽모의 묘」, 『한국현대시 대표작품 연구』, 국학자료원, 1998, 34 – 39쪽.

악마 혹은 악성(惡性)을 상징하고 있다. 이 작품은 괴테의 『파우스트』를 연상하게 하는 점도 있다. 악마가 파우스트 박사의 모든 욕망을 충족시켜 주면서 나중에 영혼을 악마에게 내주기로 한 것처럼, 이 시에서도 고양이가 자신의 세계를 구원해 준다면 나의 오뇌를 해소시켜 주겠다고 흥정한다. 이 시에 등장하는 '고양이'와 '나'는 모두 시인의 분신으로서 분열된 자아의 상반된 두 모습이다. 내가 선(善)하고 나약한 긍정적 자아라면 고양이는 악(惡)하고 강한 부정적 자아라고 볼 수 있다. 사막은 '오뇌에 찬 현실'이며, '낮잠 터', '숲 그늘'은 사막을 지난 오아시스 같은 곳으로, 분열된 자아가 함께 공존하는 세계이다. 인간 내면의 가장 깊숙하고 고요한 구석으로, 잠재의식의 세계이다. 이곳에서 고양이로 분신된 간교한 부정적 자아는 선하고 나약한 나에게 유혹의 말을 건넨다. 즉 내면 깊숙이 자리 잡고 있는 악(惡)의 고양이가 본래적 자아이며, 현상으로 나타나는 나의 선(善)한 모습이 현실적 자아이다. 황석우 개인의 내적 독백 같은 이 시는 선이 악을 이겨 구원에 이르는 것에 대한 근원적 의의를 잘 보여 주고 있다.

황석우(黃錫禹, 1895~1960).호 상아탑(象牙塔). 서울 출생. 일본 와세다[早稻田] 대학 정경과 중퇴. 재학 중 일본의 상징주의 시인 미키 로후[三木露風]의 영향을 받아 시를 쓰기 시작, 귀국 후 김억(金億), 오상순(吳相淳) 등과 『폐허(廢墟)』 동인이 되어 「애인의 인도(引渡)」, 「벽모(碧毛)의 묘(猫)」 등을 발표하여 문단에 데뷔하였다. 『장미촌(薔薇村)』, 『조선시단(朝鮮詩壇)』 등의 시지(詩誌)를 주재했고, 『중외일보(中外日報)』,

『조선일보』의 기자로도 활약했다. 시의 주조(主調)는 퇴폐적인 경향이 강했고 1920년대 초기에는 오상순, 홍사용(洪思容), 변영로(卞榮魯), 주요한(朱耀翰) 등과 더불어 선구적 시인으로 활약했으나 곧 시단에서 은퇴하였다. 1958년부터 다시 시를 발표했으나 반응을 얻지 못했고, 만년에는 국민(國民)대학의 교무처장을 지냈다. 시집으로는 1929년에 간행한 『자연송(自然頌)』이 있다.

방랑의 마음

— 오상순

흐름 위에
보금자리 친
오 — 흐름 위에
보금자리 친
나의 혼(魂) …….

(……중략……)

옛 성(城) 위에 발돋움하고
돌 너머 산(山) 너머 보이는 듯 마는 듯
어릿거리는 바다를 바라보다
해지는 줄도 모르고 …….

바다를 마음에 불러일으켜

가만히 응시(凝視)하고 있으면
깊은 바닷소리
나의 피의 조류(潮流)를 통(通)하여 오도다.

망망(茫茫)한 푸른 해원(海原) ―
마음 눈에 펴서 열리는 때에
안개 같은 바다의 향기(香氣)
코에 서리도다.

― 출전: 『동명』(1923, 18호) 부분

이 시는 그가 남긴 유일한 금석문이면서 그의 시세계와 생애 그리고 생활을 말해 주는 대표적인 시이다. 따라서 '방랑의 마음'은 평생을 집 한 칸 없이, 결혼도 하지 않은 채, 한곳에 머무르지 않는, 아무에게도 구속받지 않는 그의 정신이었다고 할 수 있다.[16] 그 정신은 흐름 위에 보금자리를 치고 자유를 바라며 영원을 꿈꾸는 생명이다.[17] 그의 시는 의지할 곳 없는 마음의 유랑을 그리고 있기 때문에 감정의 노출이 심한 편이다.

특히 이 시는 안착할 수 없는 화자의 혼을 인식하는 데서 출발하여, 안착을 위한 노력, 내면에서 안정감을 획득해 가는 과정, 안정을 획득한 혼으로 완결된다. 보금자리는 안식, 행복, 포근함 따위가 있는 정착된 곳이다. 흐름은 유동적이고 방랑하는 상황이다. 화자는 흐름 위에 보금자리를 틀고 있다고 한다. 이는 역설이며, 이 역설을 통해 시적 자아의 상태를 단적으로 보여 준다. 화자는 방랑하고 있으며, 불

---

16) 김용직, 『한국 현대 시인 연구(상·하)』, 서울대학교 출판부, 2002, 91쪽.
17) 구상 편, 『공초 오상순』, 자유문학사, 1988, 172 - 173쪽.

안정한 상태에서 떠돌고 있다. 안정을 잃은 혼은 허무한 영혼이기 때문에 떠돌아다닐 수밖에 없다. 그러면서 그가 지향하는 곳은 바다이다. 바다는 흐르는 물이 비로소 멈추는 곳, 좁은 골짜기에서 트인 곳, 방랑의 종식, 자유와 안식의 공간이다.[18] 이 시는 제목 그대로 '방랑'을 그 주제로 하고 있다. 방랑은 정착의 반대개념이다. 그러면서 방랑은 그 속에 또 정착에 대한 갈망을 안고 있다. 궁극적인 안식처를 찾으려는 모색이 방랑을 낳게 되는 것이다. 그러므로 방랑은 그 안식처에 이르기 위한 고달픈 과정이라 하지 않을 수 없다. 이 시에서 시어 '흐름'은 방랑을 표상하는 이미지라 할 수 있는데, 화자의 혼은 바로 그 흐름 위에 보금자리를 치고 있는 것이다. 이것은 방랑 그 자체가 이미 궁극적인 안식임을 의미한다.

오상순(吳相淳, 1894~1963)호는 공초(空超)이며, 서울 출생. 일본에 유학하여 종교 철학을 전공하고, 1920년에 『폐허』 동인으로 작품 활동을 시작했다. 그의 초기 시들은 주로 운명을 수용하려는 순응주의, 동양적 허무의 사상이 짙게 깔려 있다. 1924년 보성고등보통학교 교사, 1930년에는 불교중앙학교 교수를 역임하기도 했다. 하지만 그는 일생을 독신으로 지내면서 방랑을 거듭하고, 한때는 참선에 몰두하기도 했다. 시풍은 대체로 관념적인 면이 강하여 문학사적인 의의가 더 많이 평가된다. 작고한 뒤 『공초 오상순 시집』(1963)이 발간되었다.[19]

---

18) 송승환, 『한국 현대시 제대로 읽기』, 우리문학사, 1998, 337쪽.
19) 김흥규, 『한국 현대시를 찾아서』, 푸른나무, 2005, 95쪽.

그는 우리 근대시 초기에 시작활동을 시작한 시인이면서도 시세계가 장대하고 난해하기로 이름난 시인이다. 그의 뛰어난 영어실력으로 광복 이후 출세의 길을 잡았으나 거기서도 뛰쳐나와 1963년 서대문 적십자 병원에서 죽음을 맞을 때까지 각지의 절을 돌아다니며 참선을 즐기면서 살았다. 삶 자체가 하나의 선시(禪詩)라고 할 만큼 자유분방한 세계를 보여 준 시인이다. 노장사상이나 불가에 익숙한 시인이 자유자재로 구사하는 형이상학적 세계 때문에 그의 시는 대중성을 얻기 힘들었다.

나는 왕(王)이로소이다

― 홍사용

　　나는 왕이로소이다. 나는 왕이로소이다. 어머님의 가장 어여쁜 아들, 나는 왕이로소이다. 가장 가난한 농군의 아들로서…….

　　그러나 시왕전(十王殿)에서도 쫓기어난 눈물의 왕이로소이다. "맨 처음으로 내가 너에게 준 것이 무엇이냐?" 이렇게 어머니께서 물으시면은 "맨 처음으로 어머니께 받은 것은 사랑이었지요마는 그것은 눈물이더이다."하겠나이다. 다른 것도 많지요마는……. "맨 처음으로 네가 나에게 한 말이 무엇이냐?" 이렇게 어머니께서 물으시면은 "맨 처음으로 어머니께 드린 말씀은 '젖 주셔요' 하는 그 소리였지마는, 그것은 '으아!' 하는 울음이었나이다." 하겠나이다. 다른 말씀도 많지요마는…….

　　이것은 노상 왕에게 들리어 주신 어머님의 말씀인데요. 왕이 처음으로 이 세상에 올 때에는 어머님의 흘리신 피를 몸에다 휘감고 왔더랍니다. 그 날에 동네의 늙은이와 젊은이들은 모두 '무엇이냐?'고 쓸데없는 물음질로 한창 바쁘게 오고 갈 때에도 어머니께서는 기꺼움보다는 아무 대답도 없이 속 아픈 눈물만 흘리셨답니다. 발가숭이 어린 왕 나도 어머니의 눈물을 따라서 발버둥치며 '으아!' 소리쳐 울더랍니다.

그 날 밤도 이렇게 달 있는 밤인데요. 으스름달이 무리 서고 뒷동산에 부엉이 울음 울던 밤인데요. 어머니께서는 구슬픈 옛 이야기를 하시다가요, 일없이 한숨을 길게 쉬시며 웃으시는 듯한 얼굴을 얼른 숙이시더이다. 왕은 노상 버릇인 눈물이 나와서 그만 끝까지 섧게 울어 버렸소이다. 울음의 뜻은 도무지 모르면서도요.

어머니께서 조으실 때에는 왕만 혼자 울었소이다. 어머니의 지우시는 눈물이 젖 먹는 왕의 뺨에 떨어질 때이면, 왕도 따라서 시름없이 울었소이다.

열한 살 먹던 해 정월 열나흗날 밤, 맨재더미로 그림자를 보러 갔을 때인데요, 명(命)이나 긴가 짜른가 보랴고. 왕의 동무 장난꾼 아이들이 심술스러웁게 놀리더이다. 모가지가 없는 그림자라고요. 왕은 소리쳐 울었소이다. 어머니께서 들으시도록, 죽을까 겁이 나서요.

나무꾼의 산타령을 따라가다가 건넛산 비탈로 지나가는 상두꾼의 구슬픈 노래를 처음 들었소이다. 그 길로 옹달우물로 가자고 지름길로 들어서면은 찔레나무 가시덤불에서 처량히 우는 한 마리 파랑새를 보았소이다. 그래 철없는 어린 왕 나는 동무라 하고 쫓아가다가, 돌부리에 걸리어 넘어져서 무릎을 비비며 울었소이다.

할머니 산소 앞에 꽃 심으러 가던 한식날 아침에 어머니께서는 왕에게 하얀 옷을 입히시더이다. 그리고 귀밑머리를 단단히 땋아 주시며 "오늘부터는 아무쪼록 울지 말아라." 아아, 그때부터 눈물의 왕은!

어머니 몰래 남모르게 속 깊이 소리없이 혼자 우는 그것이 버릇이 되었소
이다.

누우런 떡갈나무 우거진 산길로 허물어진 봉화(烽火) 둑 앞으로 쫓긴 이의
노래를 부르며 어슬렁거릴 때에, 바위 밑에 돌부처는 모른 체하며 감중련(坎
中連)하고 앉았더이다.

아아, 뒷동산 장군 바위에서 날마다 자고 가는 뜬구름은 얼마나 많이 왕의
눈물을 싣고 갔는지요.

나는 왕이로소이다. 어머니의 외아들 나는 이렇게 왕이로소이다. 그러나
그러나 눈물의 왕! 이 세상 어느 곳에든지 설움이 있는 땅은 모두 왕의 나라
로소이다.

— 출전: 『백조』(1923. 9. 제3호) 전문

이 시는 주인공이 성년이 된 현재(1연과 8연), 자신의 탄생에서부터
청년기로 성장하기까지의 불완전한 사회화 과정을 말하고 있는 것이
다(2연에서 7연까지). 그 과정에서 자신이 완전하게 사회화할 수 없었
으며 심리적 고착과 불안정에 대한 모태에로의 회귀의식을 담고 있
다. 그는 새로운 상황에 대해 항상 불안정을 경험하면서, 성인이 된
지금도 눈물을 흘릴 수밖에 없는 현재에 대해 자신이 가장 귀한 아들
인 왕으로 존재했던 과거, 유년에 대한 회상을 하고 있다. 어머니를
떠나 있기 때문에 이제는 사실상 왕은 아니지만(즉 육체적으로는 성
숙해 있지만), '나는 왕이로소이다. 나는 왕이로소이다'를 반복하며
강조함으로써 어머니에게서 미분화되어 있던 과거와 현재를 동일시

하고 있는 것이다.

「나는 왕이로소이다」를 위시하여 '어머니'를 주제로 한 일련의 초기 시에 나타난 감상과 낭만을 기조로 한 애상은 다분히 자전적인 속성을 지니고 있다. 시적 자아이기도 한 '눈물의 왕'인 화자가 갑자기 인생에 대한 회의와 비애, 죽음과 허무를 깨닫게 된다. 그러나 그가 왕도 되고 장군도 되었던, 티 없고 아무런 걱정도 없었던 유년시절의 고향과 어머니에게로 회귀해 갈 수 없는 자신을 비탄하고 있는 것이다. 이 시는 유년 시절의 세계, 아니 고향과 어머니에게로 회귀해 갈 수 없는 비애의식으로부터 시작하고 있다.[20] 이를 당시의 시대상황에 비추어 보면 어머니는 영원한 모성으로서의 조국을 뜻하고, 사회화 과정에서 나타난 화자에 대한 갖가지 횡포는 식민지 시대의 서러움을 뜻한다고 할 수 있다. '나'는 사회화 과정을 완벽히 수행하지 못한 미숙아로서 식민지 시대를 살아가는 수난의 우리 민족을 뜻한다고 할 수 있다. 그러나 문제는 이러한 사회의식이나 민족의식이 개인적 삶의 방식으로 또는 20년대의 보편적인 남성화를 거세당한 고아의식으로 나타났다는 점이다. 그것이 단지 퇴행적인 관념적 내면공간으로, 장르상의 퇴보적 형태로 나타났다는 것은 결코 능동적이고 바람직한 현상은 아니었다고 할 수 있다.[21]

이 시가 실린 『백조』는 1922년 1월 1일 창간, 1923년 9월 6일 통권 3호를 끝으로 폐간되었다. 주요 동인은 박종화, 홍사용, 노자영, 나도향, 박영희, 이상화, 현진건 등이었으며, 『폐허』와 『장미촌』의 뒤를 이어 낭만주의를 표방한 종합문예지였다. 이들 잡지가 표방한 낭만주

---

20) 김은철, 「사회화의 관점에서 본 홍사용의 시」, 『영남어문학』 제20집, 310쪽.
21) 김은철, 앞의 논문, 320쪽.

의는 두 종류가 있다. 하나는 시대적으로 희망과 열정에 젖어 건전한
생장과 비약으로 전진하는 이상주의적 낭만주의요 또 다른 하나는
시대적으로 절망하는 황혼 시대, 즉 암울한 현실에서 생겨난 병적인
낭만주의가 그것이다. 이 두 가지 낭만주의 경향에서 이들 잡지는 병
적인 낭만주의 경향이 농후했다. 3·1운동의 실패라는 비극적 상황을
반영하는 것이 병적 낭만주의라 할 수 있다.[22]

　홍사용(洪思容, 1900~1947)호는 노작(露雀). 홍사용은 실질적인『백
조』의 주역으로서뿐만 아니라 20년대 시사에 있어서 큰 비중을 차지
하고 있다. 그는 1900년 경기도 용인에서 출생하여 1947년 48세에 삶
을 마칠 때까지 시와 소설, 희곡, 수필 등 다양한 문학 활동을 전개하
였다. 그는 휘문의숙을 졸업한 1919년, 20세에 3·1운동을 맞아 학생운
동에 참여했다가 일경에 피체되기도 하였다. 그의 본격적인 문단생활
은 1922년『백조』와 관계되면서부터인데, 그는 재종형 사중을 설득하
여 문화사를 설립하고,『백조』창간호를 발간하였고, 2호와 3호는 자
신의 전답을 팔아 그 경비를 충당하였다.

　또한 1923년부터는 극단 '토월회'에 참여하면서 재정지원을 하기
도 하였고, 27년에는 박진, 이소연 등과 함께 극단 '산유화회'를 조직
하여 신극운동에도 열성을 보였다. 1930년을 전후해서 출가하여 방랑
생활을 하다가 자하문 밖에서 한약방을 경영하며 생계를 삼고 8·15해

---

22) 신용협, 『한국현대시 대표작품 연구』, 국학자료원, 1998, 101쪽.

방을 맞이하고는 근국청년단(槿國靑年團) 운동을 일으키려 하였으나 뜻을 이루지 못하고 1947년 생애를 마감하게 된다. 『백조』 창간호에 「백조는 흐르는데 별 하나 나하나」 등 5편의 시를 쓰면서 실질적인 작품 활동을 시작하게 되고 『동명』, 『개벽』, 『삼천리문학』, 『불교』 등에 30여 편의 시, 10여 편의 수필, 4편의 소설과 5편의 희곡을 발표하였다.

월광(月光)으로 짠 병실(病室)

— 박영희

밤은 깊이도 모르는 어둠 속으로
끊임없이 구르고 또 빠져서 갈 때
어둠 속에 낯을 가린 미풍(微風)의 한숨은
갈 바를 몰라서 애꿎은 사람의 마음만
부질없이도 미치게 흔들어 놓도다.
가장 아름답던 달님의 마음이
이 때이면 남몰래 앓고 서 있다.

근심스럽게도 한발 한발 걸어 오르는 달님의
정맥혈(靜脈血)로 짠 면사(面絲) 속으로 나오는
병(病)든 얼굴에 말 못하는 근심의 빛이 흐를 때,
갈 바를 모르는 나의 헤매는 마음은
부질없이도 그를 사모(思慕)하도다.
가장 아름답던 나의 쓸쓸한 마음은

이때로부터 병들기 비롯한 때이다.

달빛이 가장 거리낌 없이 흐르는
넓은 바닷가 모래 위에다
나는 내 아픈 마음을 쉬게 하려고
조그만 병실(病室)을 만들려 하여
달빛으로 쉬지 않고 쌓고 있도다.
가장 어린애같이 빈 나의 마음은
이때에 처음으로 무서움을 알았다.

한숨과 눈물과 후회와 분노로
앓는 내 마음의 임종(臨終)이 끝나려 할 때
내 병실로는 어여쁜 세 처녀가 들어오면서
당신의 앓는 가슴 위에 우리의 손을 대라고 달님이
우리를 보냈나이다 .
이때로부터 나의 마음에 감추어 두었던
희고 흰 사랑에 피가 묻음을 알았도다.

나는 고마워서 그 처녀들의 이름을 물을 때
나는 '슬픔'이라 하나이다.
나는 '두려움'이라 하나이다.
나는 '안일(安逸)'이라고 부르나이다 .
그들의 손은 아픈 내 가슴 위에 고요히 닿도다.
이때로부터 내 마음이 미치게 된 것이
끝없이 고치지 못하는 병이 되었도다.

— 출전: 『백조』(1923. 9. 제3호) 전문

이 시는 『백조』 제3호에 실린 시로서, 몽환적 문학의 대표작이라 할 수 있다. 그의 시에서 달은 중요한 의미를 지닌다. 그의 아호가 '회월(懷月)'이라는 점, 그리고 그가 쓴 글인 「나의 아호 나의 이명」에서 밝히고 있는 달의 의미, 1937년 『회월시초』라는 자선시집을 낸 것, 그리고 그가 가장 애독했던 텍스트 중의 하나가 보들레르의 「달의 은혜」이었다 것을 살펴볼 때, 그는 '달'에 대한 애착이 남달랐던 것 같다. 이 시도 그의 달 애찬과 일정한 관련이 있다.

이 시는 '백조파' 문학의 몽환적 분위기와 세기말적 증세를 잘 보여주고 있다. 3·1운동의 실패와 좌절, 그리고 유럽의 낭만주의 분위기 유입과 같은 외적 요인과 개인의 실의와 비관이 잘 나타나 있다. 그는 이 작품을 두고 '현실을 떨쳐버린 순수화'라고 주장한다. 그만큼 이 시는 1920년대 병적 낭만주의 경향의 전형성을 잘 보여주고 있다고 말할 수 있다. 이 시는 미묘한 상징의 세계에 눈뜨는 시적 화자의 모습을 엿볼 수 있으며, 병든 달의 이미지를 통해서 죽음의 공포와 삶의 후회, 인생에 대한 슬픔, 두려움, 안일이라는 인생의 근본 문제를 표출하고 있다. 그런 점에서 이 시는 박영희의 정신세계를 상징적으로 보여주고 있다고 말할 수 있다. 다른 측면으로 볼 때, 이 시는 현실도피의 비극성을 상징한다고 할 수도 있는데, 그것은 1920년대에 유행했던 서구 낭만주의 정서가 바탕에 깔려 있기 때문이라고 할 수 있다.

달의 여성성은 이 시의 관념성과 함께 생명의 의미를 다시 생각하게 한다. 영원한 생명으로서 여성 미학은 그의 시가 지향하는 근본주의라 할 수 있다. 병든 시대에 병적 낭만주의가 횡행하던 시절에 그는 죽음 속에서 소생하는 생명의 근원을 발견하고 있는 것이다. 이

시는 패배자의 한탄이 아니라, 그 죽음의 세계를 극복하려는 화자의
역동적 이미지가 반영되어 있다고 할 수 있다.

　박영희(朴英熙, 1901~?)서울 서대문구 천연동(天然洞) 출생. 중산층
집안으로 모물전(毛物廛)을 하는 부친 박병욱(朴秉旭)과 모친 김승일
(金昇日) 사이 3녀 1남 중 막내로 태어났다. 박영희가 태어나기 전에
세 누이는 모두 사망하고, 그는 부친이 23세 때 외아들로 출생했기
때문에 금지옥엽으로 어린 시절을 보낸다. 아명은 거복(巨福). 열다섯
살 때 영희(英熙)로 개명하였다. 호는 회월(懷月), 송은(松隱), 교회 전도
사인 모친의 영향으로 가족 모두 기독교 신자로 기독교 계통의 사립
학교인 공옥소학교를 졸업(1910~1916)하였다. 배재고등보통학교에
입학(1916년)하여 나도향(羅稻香), 김기진(金基鎭), 김복진(金復鎭) 등과
친교를 맺고 김기진(金基鎭)과는 고보 3년간 같은 반에서 수학하였다.
　3·1운동 때 배재고보생들의 독자적인 만세운동 때 장용하, 김기진
과 함께 검거되었으나, 장용하는 1년 형을 선고받고 김기진과 박영희
는 석방되었다. 김기진의 권유로 졸업시험 전 동경유학을 떠난다
(1920년). 배재고등보통학교를 수료하고(1920년) 동경 유학을 떠나던
날 전송 나온 친구 진일선이 서울역에서 내리지 못하고 노량진역에
서 뛰어내리다 기차바퀴에 끌려들어가 사망하였다. 이를 모른 채 박
영희는 동경에 도착, 김기진과 함께 하숙집에 기거하였는데 배재고보
는 두 사람이 인사 없이 졸업시험도 치르지 않고 떠난데다 진일선의
사망 사건이 발생하여 의리 없는 자들이라 비난하고 졸업장을 주지

않아 졸업생 명단에서 빠져 있다.

동경 도착 15일 후 '부친 위독'이라는 전보를 받고 귀국(1920년 4월)하여 한 살 아래(19세) 김봉업과 남대문교회에서 결혼하였다(1920년 6월). 재차 도일(10월)하여 동경에 정착, 동경 세이소쿠[正則] 영어학교에서 8개월간 영어 과정을 마친 뒤 귀국하였다(1921년). 미국에 유학을 가려고 했으나 부모의 반대로 포기하였다.

황석우(黃錫禹)와 함께 시동인지 『장미촌(薔薇村)』을 발간(1921년 5월)하여 「적(笛)의 비곡(悲曲)」, 「과거의 왕국」 등의 처녀작을 발표하였다. 종합 교양지 『신청년(新靑年)』 동인(1921년). 홍사용, 박종화, 나도향, 이상화, 현진건, 안석주, 노자영 등과 『백조(白潮)』 동인으로 활동하면서 이 문예지에 「미소의 허영시」, 「환영(幻影)의 황금탑」, 「월광으로 짠 병실」(『백조』 1923년 9월 제3호) 등을 발표하며 감상주의적, 낭만주의적인 탐미적 시인으로 문단에 데뷔한다.

'병적 낭만주의'에 대한 김기진의 신랄한 비판을 받은 이후 이전의 감상적 경향에서 탈피, 『개벽(開闢)』에 「이중병자」(53호), 「전투」(55호), 「정순의 설움」(56호)과 1925년 단편 「산양개」(58호)를 발표하면서 신경향파로 이후 카프에서 강경 좌파적 논조로 변화하게 된다.

파스큘라(PASKULA, 1923년 10월)를 결성하면서 계급주의 문학에 관심을 두었다. 개벽사(開闢社)에 기자로 입사(1923년 9월)하여 학예부장직을 맡았으며, 『개벽(開闢)』의 문예부 책임자로 신경향파 문학을 주도하였다. 박영희(朴英熙)가 편집을 맡은 뒤, 『개벽(開闢)』은 당시의 계급주의 신경향파 작가들이 집필자로 참여하며 점차 사회주의, 계급주의 색채를 띠기 시작하여 경향문학의 거점(據點)이자 계급주의 문학의 활동 무대로 발전하였고, 이후 카프의 결성과 프로문학운동의 전개에 크게 기여하게 된다.

『개벽(開闢)』의 폐간(1926년)과 함께 퇴임하였다. 염군사(焰群社)와의 결합을 통한 조선 프롤레타리아 예술 동맹(카프, KAPF) 결성(1925년)을 주도하고, 김기진과 초기 카프의 주도분자로 카프를 이끌었다. 카프 결성 후 시 창작보다 소설과 평론에 전념, 김기진과 '내용과 형식 논쟁'을 벌인다. 이 논쟁은 1926년 말부터 1927년 초에 걸쳐 카프의 운동방향과 주도권 장악을 놓고 조직이념의 주도 세력으로 계급성을 강조하는 박영희와 형식을 중요시하는 김기진 사이에 벌어진 논쟁을 말한다. 프로문학운동은 내용(목적)인 이데올로기의 실현을 위해 형식(수단)으로 문학, 예술을 동원하는 형태를 취하는데 이때 야기되는 이데올로기와 문학, 예술의 상관관계에 대한 문제 제기를 하면서 비롯한다. 이에 대해 김기진은 다소 포괄적인 입장을 취한 반면 강경 입장의 박영희는 이데올로기 우선주의를 주장하였다. 이때 임화(林和)가 김기진을 유화주의, 도피경향의 소유자로 비판하고, 박영희의 편을 들면서 카프의 활동경향과 헤게모니가 개편되는 제1차 방향전환이 이루어지게 된다. 이 논쟁 후「문예운동의 방향전환」,「문예운동의 목적 의식론」등을 발표하고 김화산 등 아나키스트들과 아나키즘 논쟁을 벌인 후 아나키스트를 제명하고 카프의 주도권을 장악, 카프의 제1차 방향전환을 주도하여 '운동으로서의 문학'이라는 개념을 주창한다.

신간회(新幹會)에 가입(1927년)하고 카프 중앙 집행위원(1927년)을 역임한다. 박영희를 지지, 카프의 제1차 방향전환에 일조한 임화(林和)의 동경유학을 지원한다. 동경유학 후 철저히 볼셰비키화되어 귀국한 임화(林和)가 '당의 문학'을 내걸고 동경유학생 김남천, 권환(權煥), 안막 등 소장파의 지지를 얻어 카프의 주도권을 장악, 카프의 볼셰비키화를 위한 조직개편을 시도하게 된 제2차 방향전환 이후 박영희는 카프 내 주도권을 상실하고 입지가 약해진다. 임화(林和), 김기진, 이기영, 윤기정, 고경흠과 함께 공산당 재건동맹을 조직, 지하당 재건을 획책한 혐의로 70여 명이 검거되는 공산당 재건사건과 관련된 제1차 카프검거사건에 연루되어 검거되었으나 3개월간의 옥살이 후 불기소처분으로 석방되었다(1931년).

1931년 11월 중앙일보사에 입사하여 학예부장과 사회부장을 역임한 후 사임하였다. 카프의 제2차 방향전환 이후 카프 내 주도권을 상실하고, 예술운동의 볼셰비키화에 따라 문학이 계급이론을 위한 시녀로 전락되는 것에 회의를 품기 시작한 박영희(朴英熙)는 카프 탈퇴원을 제출(1933년)한 뒤, 『동아일보』에 "다만 얻은 것은 이데올로기요, 상실한 것은 예술이다."라는 전향 선언문구가 실린 「최근문예이론의 신전개와 그 경향」을 발표한다(1934년 1월 4일자). 박영희는 이 전향 선언을 한 뒤 다시 초기의 예술주의로 복귀하였다.

다시 개벽사에 입사(1934년 11월)하여 1938년 7월 전향자 대회에 참가하면서 친일활동을 시작하였다. 조선 문인협희 간사(1939년)를 역임하였다. 일본 북지파견군(北支派遣軍)에 종군하여 요시무라[芳村香道]로 창씨개명을 하였다. 조선 문인보국회 총무국장(1943년)으로 친일문학운동에 협력, 해방 후 민족 반역자 명단에 올랐다. 친일시비를 피해 강원도 춘천으로 낙향, 춘천중학 국어교사를 지낸 후 정백과 같이 보도연맹 선도위원(1949년)으로 활약하며 서울대학교 사범대학(1949년), 국학대, 홍익대 등에서 국문학사 강의를 맡게 된다.

1950년 한국전쟁이 발발, 7월 초순쯤 부친에게서 피난자금 만 원을

받아 서울을 떠났으나 노상에서 체포되어 서대문교도소로 끌려간 뒤
납북, 지금까지 생사가 확인되지 않고 있다. 슬하에 3남 4녀의 자녀를
두었다. 가정적으로 충실했고, 이렇다 할 이성교제도 없었으며, 중년
이후에는 단란한 가정생활을 유지했다.

사(死)의 예찬(禮讚)

― 박종화

보라!

때 아니라, 지금은 그때 아니다.

그러나 보라!

살과 혼

화려한 오색의 빛으로 얽어서 짜 놓은

훈향(薰香)내 높은

환상의 꿈터를 넘어서.

검은 옷을 해골 위에 걸고

말없이 주토(朱土)빛 흙을 밟는 무리를 보라.

이곳에 생명이 있나니

이곳에 참이 있나니

장엄한 칠흑(漆黑)의 하늘, 경건한 주토의 거리

해골! 무언(無言)!

번쩍거리는 진리는 이곳에 있지 아니하냐.
아, 그렇다 영겁(永劫) 위에.

(……중략……)

격분에 뛰는 빨간 염통이 터져
아름다운 피를 뿜고 넘어질 때까지
힘껏 성내어 보아라
그러나 얻을 수 없나니,
그것은 흐트러진 만화경(萬華鏡) 조각
아지 못할 한때의 꿈자리이다.
마른 나뭇가지에
고웁게 물들인 종이로 꽃을 만들어
가지마다 걸고
봄이라 노래하고 춤추고 웃으나
바람 부는 그 밤이 다시 오면은
눈물 나는 그 날이 다시 오면은
허무한 그 밤의 시름 또 어찌하랴?
얻을 수 없나니, 참을 얻을 수 없나니
분 먹인 얇다란 종이 하나로.

온갖 추예(醜穢)를 가리운 이 시절에
진리의 빛을 볼 수 없나니
아, 돌아가자.
살과 혼
훈향내 높은 환상의 꿈터를 넘어서

거룩한 해골의 무리

말없이 걷는

칠흑의 하늘, 주토의 거리로 돌아가자.

− 출전: 『백조』(1923. 9, 제3호) 부분

이 시의 특징은 낭만주의, 퇴폐주의 경향을 띤 시로서 상징주의 시법을 응용한 데 있다. 흔히 이 시는 이탈리아의 탐미주의 작가이며 시인인 다눈치오의 소설 「죽음의 승리」에서 영향을 받은 염세주의 시로 알려져 있다. 이 작품에는 20년대의 시대적인 상황으로 인한 세기말적인 퇴폐주의가 강하게 나타나 있다. 당시 식민지 시대의 지식인들이면 누구나 겪었던 실의와 좌절에 대한 불만이 잘 표현되어 있다. 현실을 벗어나는 길은 그가 서 있는 현실이 아닌 피안의 세계로의 도피이다. 이렇듯 현실 패배감에 젖은 시인들이 다시 설정하고 추구하는 도피의 세계는 이상화에게는 '침실'이었고 박종화에게는 '죽음', '해골'과 같은 공간이었다.

이 시는 죽음을 소재로 한 '진리 없는 동공, 결함에 쌓인 인생보다는 차라리 영원의 진리인 죽음'을 노래하고 있다. 1연에서 "때 아니다. 지금은 그때 아니다."로 표현하면서 패배주의 상황을 표현하고 있다. 식민지 시대 상황에 대한 진술, 즉 우리가 품은 꿈도 펼칠 수 없고 희망도 성취할 수 없는 시대임을 묘사한다. 그러면 그가 꿈꾸고 가야 할 유토피아는 어디에 있는가. 그것은 바로 죽음의 세계에 있다는 것이다. 죽음의 양상은 '살과 혼, 화려한 오색의 빛으로 얽어서 짜 놓은 것'이 된다. 육체만의 죽음이 아니라 영혼이 함께 죽음으로써, 완성된 죽음의 경지를 의미한다. 그리하여 그것은 '오색의 빛', '훈향

내 높은’ 등의 색채상징과 후각상징을 보이면서 드디어 환상의 꿈 터를 넘어서 죽음의 세계로 몰입한다.

2연은 죽음의 세계에 대한 실상이다. 그곳에 존재하는 사람들은 시비와 아귀다툼이 없다. 하늘도 경건하고 거리도 경건하다. 이곳에 참 생명이 있고 참진리가 있음을 말해 준다. 3연은 죽음 이전의 현실적인 삶을 노래한다. “이 땅의 젊은이들이여 목청이 터지도록 부르짖어라. 무엇을 부르짖어야 되는가. 가슴에 품은 새로운 살림을 성취하기 위하여 부르짖어야 한다.”는 것이다. 화자나 대상이 집단이다. 이 집단은 또한 젊은 청년들임을 규정하고 있다. 그러므로 이들 집단이 바른 삶, 정의로운 사회, 민족의 광복과 생명과 진리를 위하여 부르짖어야 한다는 것이다.

4연은 죽을 수밖에 없는 이유, 죽음의 과정이 보인다. 집단적인 반항과 분노를 볼 수 있다. “격분에 뛰는 빨간 염통이 터져 아름다운 피를 뿜고 넘어질 때까지 힘껏 성내어 보아라”라는 시구는 3·1운동에서의 성난 군중(민족)의 이미지를 떠올리게 한다. 그러나 이렇듯 목숨을 걸고 죽음까지도 마다하며 현실에 대한 맹렬한 반항을 나타냈지만 모두가 헛된 꿈이라고 절규한다. 5연에는 현실의 세계와 다른, 참생명, 참진리를 볼 수 있는 죽음의 세계를 보여 준다. 이 시에는 어둠에서부터 인간이 탄생하여 어둠으로 돌아가는 과정이 그려져 있다. ‘공수래공수거’의 사상이다. 이때의 죽음이란, 자신의 육체와 영혼을 던져 버림으로써 구원을 받을 수 있다는 종교의식과 맞닿아 있다. 죽음의 세계로의 회귀 요구는 현실과의 반대행위를 함으로써 생명에 대한 반대행위로 오히려 인간 생명의 존엄성을 추구하는 행위이다. 5연에서 보이는 ‘아아 돌아가자’, ‘주토의 거리로 돌아가자’라는 회귀에 대한 반복표현은 단순한 죽음에 대한 갈망이 아니라, 그런 경지를 상회하는 의미에서 생명에 대한 적극적인 긍정이다. 이렇게 볼 때 이 시는 죽음의 공포나 부정이라기보다 삶에 있어서 죽음을 긍정적으로 받아들이고 있는 셈이다.

　　박종화(朴鐘和, 1901. 10. 29~1981. 1. 31.)호 월탄(月灘). 서울 출생. 1920년에 휘문의숙(徽文義塾)을 졸업하였다. 그해 10월에 문학지『문우(文友)』를 창간했고, 1921년에는『장미촌(薔薇村)』의 동인이 되어 시「오뇌(懊惱)의 청춘」, 「우유빛 거리」 등을 발표하여 데뷔하였다. 1922년 1월에 홍사용(洪思容), 이상화(李相和), 나도향(羅稻香), 박영희(朴英熙) 등과 함께『백조(白潮)』 창간호를 발행, 한국문단에 새로운 흐름을 만들었다.

　그는 한국 현대문학의 출발기라 할 1920년대 초에 시, 소설, 비평 등을 겸하여 창작활동을 시작했던 작가이다. 초기에는 시 창작에 집중하는 듯하였으나 1923년『백조』 3호에 단편「목매이는 여자」를 발표한 이래 20년대에는 몇 편의 단편을 발표했고, 1935년『매일신보』에 연재된「금삼의 피」를 시작으로 본격적인 장편소설로, 그리고 민족사와 관련된 역사소설로 지향해 갔다.

　광복 후에는 문단의 중심적 작가로서 여러 문학단체들을 주도하거나, 사회활동, 대학교수 등을 하면서도 소설「임진왜란」, 「여인천하」, 「자고 가는 저 구름아」, 「세종대왕」 등 수많은 역작들을 발표하였다. 그중「세종대왕」은 1997년 KBS에서『용의 눈물』이라는 대하드라마

로 방영되어 인기를 모았다. 수필집으로는 「청태집」이 있다. 서울신
문 사장, 예술원 회장, 한국문인협회 이사장, 성균관대 교수 등을 역
임하였다. 사후에 제자들이 '월탄문학상'을 제정하여 시와 소설을 가
리지 않은 채 그해에 발표된 작품을 골라 시상한다.

박종화의 연구 서지는 주로 소설에 국한되어 있다. 그는 초기에
『백조』파 시인으로 활약했으나 뚜렷한 성과를 내지 못한 채, 소설가
로 전향했기 때문이다. 그는 역사소설을 많이 썼다. 그는 일제치하에
서 창씨개명을 하지 않았으며 그렇다고 민족운동도 하지 않았던 무
난한 삶을 살았다.

그는 「계급주의문학시비론」(『개벽』, 1925)을 발표하는 등 계급문학
의 필요성을 주장했으나, 자신은 결국 민족주의에 경사했다. 1949년에
발족한 한국문학가협회의 초대회장으로서 공산주의에 반대하는 우익
진영의 대표자로 자처하면서 우익으로 전향하는 모습을 보여 주었다.

은행나무 그늘

— 백기만

훌륭한 그이는 우리 집을 찾아왔을 때
이상하게도 두 뺨이 타오르고 가슴은 두근거렸어요.
하지만 나는 아무 말도 없이 바느질만 하였어요.
훌륭한 그이가 우리 집을 떠날 때에도 여전히 그저 바느질만 하였어요.
하지만 어머니, 제가 무엇을 그이에게 선물하였는지 아십니까?

(……중략……)

저녁이 되어 그리운 붉은 등불이 많은 꿈을 가지고 왔을 때
어머니는 젖먹이를 잠재려 자장가를 부르며 아버지를 기다리시는데
나는 어머니 방에 있는 조그만 내 책상에 고달픈 몸을 실리고 뜻도 없는
책을 보고 있었어요.
하지만 어머니, 제가 무엇을 그 책에서 보고 있었는지 모르시리다.

어머니, 나는 꿈에 그이를, 그이를 보았어요.

흰 옷 입고 초록 띠 드리운 성자 같은 그이를 보았어요.

그 흰 옷과 초록 띠가 어떻게 내 마음을 흔들었는지 누가 아시리까?

오늘도 은행나무 그늘에는 가는 노래가 떠돕니다.

고양이는 나무 가지 옆에서 어제같이 조을고요.

하지만 그 노래는 늦은 봄바람처럼 괴롭습니다.

– 출전: 『금성』(1924. 1, 제3호) 부분

이 시는 여성 화자를 통해서 조국 광복의 희망을 노래하고 있다. 그녀를 찾아오는 그이는 '흰 옷 입고 초록 띠를 드리운 성자'와 같은 모습이다. 은행나무 그늘에서 들려오는 희망의 노래는 이 시가 지향하는 광복의 상징이다. 다소 환상적인 분위기로 이어지고 있기는 하지만, 그 바탕에는 잔잔한 희망의 세계가 펼쳐져 있어서 현실성을 획득한다. 그의 시세계는 신선한 감각과 신비주의적 감수성을 기반으로 하며, 시형은 산문적인 긴 호흡을 지니고 있는 것이 특징으로 꼽힌다. 그의 작품에는 궁극적인 자기 현실의 포기가 아닌 유토피아적 탈출이라는 역설적인 저항정신이 나타나 있다. 일생 시를 위해 살아온 그는 자신의 시집은 한 권도 내지 않은 겸허한 인품의 소유자였다. 그의 문학 활동을 단계별로 나누어 보면 다음과 같다.

첫 번째 시기는 『금성』 동인 활동기(1920~1930년대)로서 이때는 소박한 서정 시인으로 활동하였다. 그 다음은 1930년대 이후 1940년대 해방기까지는 저항적인 시상을 침묵 속에서 다진 시기였으나, 불행히도 작품 발표로서는 뜻을 이루지 못했다. 그러나 일제의 식민치하에서 항일독립운동과 민족 중심적인 정치행동을 한 것으로 알려져 있다. 세 번째 시기는 해방 이후부터 한국동란까지는 향토문학 건립기로, 남북대립(문학가동맹과 민족문학 진영의 대립) 어느 편에도 편중하지 않은 채 모름지기 향토문학운동에만 헌신한 시기이다. 향토 최초의 예술 단체인 경북예술협회를 창립한 것은 그의 공적이다. 네 번째 시기는 한국전쟁시기(1950~1950년대 말)인데, 이 시기는 상고(상화와 고월) 예술학원 건립과 경북 출신 예술인 추모회 개최, 상화, 육사, 백신애 등의 문학인과 이인성, 김호령, 서진달의 미술인 그리고 박태준 음악인 등의 위상 정립과 추모 행사 등에 발 벗고 나선 시기이다. 마지막 시기는 60년대 격동기(정치적 혼란기)인데, 이 시기는 경북문학협회를 건립하여 국내 최초의 중앙집권문화에 대항하여 경북문학협회 기관지를 창립하는 시기이다. 지방의 자존심인『문학계』를 창간하는 한편, 60년대에는 청마 유치환의 예련(예술연합회)에 맞서서 경문(경북문학단체 총연합회)을 창립하는 등 많은 문화 사업을 주도했다.

백기만(白基萬, 1902~1967)시인. 호 목우. 필명 백응, 흰곰. 대구 남산동에서 수원 백씨 후예로 출생하였다. 1919년 대구고보 3학년 때 3·1운동에 연좌되어 피검, 징역 1년을 언도받았으나 학생이라는 이유로 집행유예처분을 받고 풀려났다. 1920년 목우 백기만은 이 지역 부호 이상악 등의 학비지원으로 와세다 대학 영문과에 입학한 다음 1923년 3월『개벽』에 최초로「가엾은 청춘」,「고별」등을 발표하면서 문단에 등단한다. 그해 10월 다시 양주동 등과 동인지『금성』을 발간하지만 학비 지원을 더 받지 못하여 와세다 대학을 중퇴한 채 귀국, 서울로 가서 현진건 등과 어울린다. 그런 가운데서도 1924년 5월에는 향리 친구 고월 이장희를 『금성』 동인으로 추천하였고, 황석우와 함께 조선시인회 이사가 되어 1926년 한국 최초의 『조선시인선집』을 발간한다.

1929년 이장희가 자살하자 향리 친구들인 서동진, 오상순, 이상화, 이근상, 김준목 등과 조양회관에서 유작전시회를 개최한 후, 1933년 4월에는 상주로 들어가 얼마간 탄광 일을 보다가 이것이 여의치 않자 북만주 빈강성으로 가서 농장에 머물다 1945년 해방 한 달을 앞두고 귀국하게 된다. 해방 후 그는 반민특위조사위원으로 활약하는 한편, 대구시보, 대구일보, 영남일보 언론인으로 활약하면서 '대구시민의 노래'를 작사하기도 했다. 또 그는 1951년 『상화와 고월』에 이어 1959년에는 향토 출신 문인 평전인 『씨뿌린 사람들』 발간이라는 주목할 만한 일을 한다.

1960년 4·19로 자유당 정권이 붕괴하자 백기만은 참의원 선거에 나섰으나 낙선하였고 5·16 후에는 혁신계 정치인이었다는 이유로 군 당국에 의해 구금되어 곤욕을 치르는 와중에 뇌졸중으로 졸도, 만 8년간의 투병 끝에 1969년 8월 7일 남산동 자택에서 생애를 마감하였다.

대구시 두류공원 인물 동산에 백기만의 시비가 세워져 있다. 그는 대구시민의 노래를 작사하였고 1957년 『문학계』를 펴내는 등 경북지방과 대구의 문학운동의 선구자였다. 그래서인지 자료가 전무하다 할 정도로 없던 중 참고가 되었던 「백기만론」이라는 논문도 경북대학교 강사 김정신에 의해 쓰였다. 그는 1920년대 초에서 1930년대까지 약 6년이라는 짧은 기간 동안 창작활동을 하였으며, 30여 편의 시와 상화론, 현진건론, 고월론 등 13편의 산문을 썼다. 작품이 흔하지 않은 작가로서 그에 대한 연구는 오로지 대구에서만 이루어지고 있는 듯하다. 그러나 그의 시를 읽어 보면 그가 왜 문학사의 그늘에 가려져 있었는가 하는 의문이 들 만큼 문학성이 뛰어나며 불운의 연속으로 박명의 삶을 살았으나 오점이 없는 인생이었다. 그럼에도 불구하고 그가 한국문단에서 충분한 조명을 받지 못한 것은 남긴 작품 수가 많지 않은 이유도 있었던 것 같고 또한 군사정부와 결탁하였던 서정주나 고은과 같은 인물이 문단의 권력을 쥐고 있었던 데 반해 백기만은 유신에 반대하는 시인이었기 때문에 상대적으로 소외된 것이 아닌가 한다. 대구고보 3학년 때, 현진건, 이상화, 이상백 등과 함께 『거화』라는 프린트판 문예지를 창간하였다고 추측하나 발견되지는 않았다. 이것은 시기적으로 우리나라 최초의 문예동인지인 『창조』보다도 앞선 것으로 만약 『거화』가 발견된다면 한국근대 문예지의 역사는 다시 쓰여야 할 것이다.

봄은 고양이로다

— 이장희

꽃가루와 같이 부드러운 고양이의 털에
고운 봄의 향기가 어리우도다.

금방울과 같이 호동그란 고양이의 눈에
미친 봄의 불길이 흐르도다.

고요히 다물은 고양이의 입술에
포근한 봄 졸음이 떠돌아라.

날카롭게 쭉 뻗은 고양이의 수염에
푸른 봄의 생기(生氣)가 뛰놀아라.

— 출전:『금성』(1924. 5, 제3호) 전문

이 시는『금성』3호에 처음으로 선보인 다섯 작품 가운데 한 편이다. 흔히 봄이 나오면 진달래, 고향, 돛단배, 종달새가 나오는 것이 일반적인데, 이 작품은 봄의 정서를 고양이의 특징적 모습과 결부시키고 있다는 점이 특이하다. 고양이를 치밀하고 예리하게 관찰하여 고양이의 '털'과 '눈', '입술', '수염'에 각각 봄의 이미지를 대입시키는 방법으로 봄의 '향기', '불길', '졸음', '생기'를 표현하고 있다.

그의 시어는 대체로 평이하고 문장의 주술관계가 분명하다. 일상 쓰는 낱말 그대로 자기가 알고 쓰는 그 말 외에는 눈을 돌리지 않았다. 이 시에도 생기(生氣)라는 한자말이 있으나 낯익은 생활어로 말의 자연스런 흐름 위에 쉽게 놓인다. 그리고 시어의 주술관계가 분명하여 이해하기 쉽다. 이는 시는 말을 바탕으로 부가한 예술이라는 사실을 깨닫고 쓴 결과다. 보들레르와 같은 프랑스 상징주의 시인들은 특히 따뜻한 햇볕을 등지고 창가에 앉아 졸고 있는 고양이의 모습에서 인간이 가질 수 있는 나태, 무료, 지루함을 찾기도 하고, 더러는 아름다운 여인의 모습을 연상하기도 하였다. 이 시도 이러한 맥락에서 상징주의 시와의 관계 모색이 가능해진다. 원관념 봄이 보조관념 고양이로 상징되고, 봄과 고양이의 유사점을 연상적 감각에 의하여 하나씩 붙잡아 내면서도 그것들을 '~같다'라고 비유하지 않고 봄과 고양이를 하나로 만들고 있다.

이 시는 각 연이 2행으로 되어 있으며, 전체 4연으로 구성되어 있다. 이 시는 정지/움직임, 정지/움직임을 반복함으로써 전체 구조의 안정감을 꾀한다. 각 연의 종결어미가 나타내는 이 시의 안정감은 이 시가 4개의 문장과 각 연 2행으로 된 전체 4연 8행의 시라는 점에서도 잘 나타나 있다. 홀수보다는 짝수가 안정된 형식미를 갖게 된다. 이 시는 형식상 1, 2연과 3, 4연이 각각 유사한 구문으로 되어 있으며,

율격도 거의 동일하다. 1, 2연은 직유가, 3, 4연은 영탄법이 사용되었는데 각 연을 '－도다, －아라' 등의 영탄조의 어미로 맺음으로써 음악적 리듬감을 살리고 있다. 그런데 이들은 그 이미지에 있어서는 각각 대조적이다. 1, 3연이 곱고 부드러운 여성적 어조를 바탕으로 정적인 이미지로 구성된 반면, 2, 4연은 다소 거칠고 과격한 동적인 이미지로 되어 있다. 이 시에서 보인 극도의 감정 절제와 대상의 객관적 심상은 이미지즘에 직결되는 것으로 한국 현대시의 모더니즘과 이미지즘의 선구자로서의 위상을 차지한다.

이장희(李章熙, 1900~1929)경북 대구 출생. 본명은 이장희(李樟熙). 호는 고월(古月). 1924년 시 「청천(靑天)의 유방(乳房)」, 「실바람 지나간 뒤」를 『금성』 3호에 발표하여 등단하였다. 그의 시는 모두 서른네 편 밖에 되지 않는다. 그만큼 과작을 남긴 그의 작품은 주로 『금성』, 『신민』 등을 통해 발표되었다. 그의 시는 마음속으로 파고드는 깊은 감성을 보인다. 또한 섬세한 감각과 심미적인 이미지를 작품에 표출시켜 「봄은 고양이로다」, 「하일소경(夏日小景)」과 같은 시편을 낳았다. 복잡한 가정환경과 친일파인 부친과의 갈등 때문에 고민하다가 1929년 음독자살하였다.

그는 대구의 부호 이병학과 박금련의 3남으로 출생하여 시를 쓰기 시작하면서 고월이라는 필명을 사용하였다. 그의 아버지 이병학은 소금 도매업으로 재산을 모아 대구 농공은행장, 대구 전기회사 설립 참여, 동양 축산흥업을 창설하는 등 재력가로서 중추원 참의를 지낸 당대 권세가이기도 하였다. 이처럼 고월은 대구에서 어느 누구에게도 비할 수 없는 행복한 조건을 갖춘 환경이었지만 생모에 이어 두 계모가 세상을 달리하는 비극적 운명도 함께하였다. 그러한 어머니 부재의 그리움이 자기중심적이며 비타협적인 이미지에 고착하는 서정적 세계관을 형성시켰다. 그의 시는 두 가지 계열로 나눌 수 있는데, 그 하나는「봄은 고양이로다」같은 감각적 계열의 시와 다른 하나는「동경」같은 낭만적 계열의 시이다. 전자는 자아와 세계가 대등한 관계를 맺어 자신의 이미지와 동일한 이미지를 찾는 데 몰두하여 감정을 절제하고 감각적 이미지가 중심이 되었다. 이러한 경향은 30년대 모더니즘 시로 이행하는 자극제가 되었다. 후자는 그리움, 고독, 눈물의 정서를 주조로 하는 감상적인 내용의 서정시로 1920년대 초의 시에서 나타나는 막연한 주관적 감정을 절제 없이 토로하던 낭만적인 시와 비슷하다. 그의 시는 감상적이고 퇴폐적인 낭만주의를 이끈 이상화와 곧잘 비교된다.

흔히 그는 20년대의 모더니스트라고 한다. 한국에 있어서 모더니스트라는 말은 작품에 있어서 자연발생적인 감정을 억제하고 감각적인 언어를 그것도 가능한 객관적인 입장에서 제시하고자 한 시인에게 불린다.「봄은 고양이로다」같은 시를 보더라도 객관적 사물인 고양이를 통해 감각적이고 생동감 있게 봄의 분위기를 표현하고 있다는 점에서 20년대 모더니스트라고 보고 있다. 섬약한 문학과 병적인 문학적 생애로 축소되어 평가된 이장희의 문학과 일생은 재고되어야 한다. 그의 시는 스스로에 대한 자긍심과 자만심으로 충만된 상태에서 신선한 충격으로 다가오고 있다.

백수(白手)의 탄식(歎息)

— 김기진

카페 – – 의자(椅子)에 걸터앉아서
희고 흰 팔을 뽐내어 가며
'우나로 – 드!' 라고 떠들고 있는
60년 전의 노서아 청년이 눈앞에 있다……

Cafe Chair Revolutionist
너희들의 손이 너무도 희구나!

희고 흰 팔을 뽐내어 가며
입으로 말하기는 '우나로 – 드!',
60년 전의 노서아 청년의
헛되인 탄식이 우리에게 있다!

Cafe Chair Revolutionist,

너희들의 손이 너무도 희구나!

너희들은 '백수(白手)――'
가고자 하는 농민들에게는
되지도 못하는 '미각(味覺)'이라고는
조금도, 조금도 없다는 말이다.

Cafe Chair Revolutionist
너희들의 손이 너무도 희구나!

(……하략……)

— 출전: 『개벽』(1924. 6.) 부분

이 작품은 김기진의 시가 본격적인 계급문학의 양상을 띠기 시작
할 무렵에 쓰인 시이다. 특히 앞 시기의 작품은 막연한 상태의 가난
의식이 있었을 뿐이었지만, 이 시에서는 뚜렷한 민중의식과 그를 바
탕으로 한 투쟁의 촉구가 잘 나타나 있다. 그는 「백수의 탄식」을 기
점으로 본격적인 경향시의 활동을 시작한다고 볼 수 있다. 이전에 그
의 시는 빈궁계층의 편에 서서 가난의식을 표현하려는 경향이 있었
지만, 그 이상을 넘어서지 못했다. 그러나 이 시를 기점으로 그는 단
순한 빈궁의식을 넘어서서 실천과 행동을 요구하기 시작한 것이다.
이 시에서 '백수'는 이론만을 일삼는 지식인들을 풍자한다. 피지배계
층들의 비참한 삶을 해결과제로 삼으면서도 항상 입으로만 얘기하는
사람을 말한다. 정작 필요한 것은 입으로만 얘기하는 탁상공론이 아
니라 행동을 통해서 실천하는 것이다. 그러나 당대의 지식인들은 그

느구도 행동에 나서지 않고 있었다. 이를 탄식하면서 그는 젊은 지식인들의 비행동적인 사회 개혁론을 비판하고 있는 것이다.

1, 3, 5, 7연은 제정 러시아 시절 카페 의자에 걸터앉아서 브나로드를 외치는 젊은 지식인들의 탄식을 통해 말뿐인 우리 젊은 지식인들을 비판하고 풍자하고 있다. 그러나 7연에 이르면 러시아 젊은이들이 귀족계급을 버리고 민중 속으로 내려가고자 하였던 노력을 본받자고 말하면서 당대 우리 시대의 젊은 지식인들의 각성을 촉구하고 있다. 이 시는 일본의 초기 프로문학자 가운데 한 사람인 이시카와의 시 「끝없는 토의 끝에」를 수용하고 있다. 이시카와의 시는 1911년에 발표되어 일본 좌파에게 널리 읽힌 작품인데, 김기진은 동경 유학 시절에 이 작품을 접하고 자극을 받아 이 작품을 쓰게 되었다[23]고 한다.

김기진을 얘기할 때 경향시를 빼고 얘기할 수 없다. 그리고 카프라는 최대 단체를 조직한 장본인이 바로 김기진이다. 경향시란 계급의식을 전제로 한 작품들을 가리킨다. 사회를 두 계층으로 나누어서, 즉 유산자와 무산자로 나누어 보는 것에서 출발한다. 다시 말하자면 계급적 투쟁을 통해 프롤레타리아 혁명을 실현하는 데 그 목적을 두고 있다. 그래서 이 투쟁은 뚜렷한 목적의식이 요구된다. 먼저 3·1운동의 실패와 아무것도 할 수 없다는 자괴감으로 나타난 각종 동인지에서 보였던 퇴폐적 낭만주의 경향에 반대하여 현실 생활에 대한 깊은 관심을 보이기 시작하면서 나타난 경향이다. 특히 김기진은 습작기의 작품인 「가련아」에서부터 이러한 계급의식의 경향을 보이고 있다.

---

23) 김용직, 『한국 현대 경향시의 형성 전개』, 국학자료원, 2002, 47 - 48쪽.

김기진(金基鎭, 창씨명 金村八峰, 1903~1985)호는 팔봉. 충청북도 청원군 출생으로 배재고등보통학교 졸업하고, 배재고보 시절 만난 동창이 박영희다. 1921년 동경으로 건너가 릿쿄오 대학 영문학과를 수학하고, 박승희, 이서구와 함께 신극운동단체 토월회를 창립하여 한국 연극의 근대화에 기여한다. 당시 일본에서 유행한 신흥과학, 계급사상에 빠져서 『폐허』, 『백조』의 퇴폐적 몽환적 문학을 폐기하고 대중의 생활에 파고드는 빵을 위한 문학을 제창하게 된다. 1923년 계급주의 문학단체인 파스큐라를 결성하였으며, 1925년 박영희와 함께 조선 프롤레타리아 예술가동맹(카프)을 결성하였다. 30년대까지 카프의 지도적인 이론가로 활동하면서 「백수의 탄식」, 「화강석」과 같은 경향성이 짙은 시와 함께 「붉은 쥐」, 「젊은 이상주의자의 죽음」과 같은 목적의식이 강한 소설도 썼으며 수상과 평론을 통해서도 카프 맹원들의 결속력을 강화하는 데 기여한다. 30년대 접어들면서 임화에게 카프의 주도권이 빼앗기면서부터 카프와는 인연이 멀어지게 된다.

1926년 『중외일보』에서 근무하였으며, 나중에 일제의 탄압으로 프로문학이 봉쇄당하자 1935년 임화, 김남천과 함께 카프 해산계를 제출하게 된다. 카프에서 멀어지면서 김기진은 친일 쪽으로 급선회를 하게 되는데, 일제 말기 그의 행적은 무수한 친일행적으로 점철되어 있다. 1935년 이미 총독부의 기관지인 『매일신보』 사회부장으로 재직하게 되고, 1938년 7월 3일 일제가 조선의 좌익 전향자들을 규합하여 만든 친일단체 '시국 대응전선 사상보국연맹'의 결성준비위원으로 참가하면서부터 본격적으로 친일활동을 하게 된다. 그 후에도 수필 「

미나미 총독 수행기」를 썼고, '전쟁과 문학과 그 작품'24)이라는 좌담
회에 참석하여 친일문학을 옹호하게 된다. 그해 4월 이른바 '황군위
문 작가단'의 장행식에서 개회사를 하고, 10월에는 일제의 어용문학
단체 조선문인협회의 발기인으로 참여하게 된다. 1940년 2월 27일부
터 29일까지『매일신보』의 지상에 평론「문예생활의 지표」,「장래할
역사의 파악」,「재출발의 기본선」과 같은 글을 쓰고, 1941년에는「대
아세아주의와 김옥균 선생」을 비롯한 수필 3편, 1942년에는「국민문
학의 출발」(평론),「역사적 명령」(수필),「신세계사의 첫 장」(시),「향
항함락」(시),「마닐라 점령」(시),「신세계사 첫 장 쓰던 날」(수필), 1943
년에는「님의 부르심을 받들고서」(시),「가라! 군기 아래로 어버이들
을 대신해서」(시),「나도 가겠습니다」(시), 1944년에는「탄환과 충언」
(수필),「신전의 맹서」(수필),「조선영화의 신 출발」(평론, 일문),「이 길
로 가자」(수필),「경산시첩」(시조),「의기충천」(시), 1945년에는「근감
단편」(수필)과 같은 글을 발표하면서 적극적인 친일활동을 전개한다.
한국전쟁 당시에 인민군에 체포되어 사형을 선고받고 인민재판을 통
해서 몽둥이를 맞고 쓰러지지만, 나흘 만에 극적으로 살아나기도 한다.

북청(北靑) 물장수

— 김동환

새벽마다 고요히 꿈길을 밟고 와서
머리맡에 찬물을 쏴 퍼붓고는
그만 가슴을 디디면서 멀리 사라지는
북청 물장수.

(……중략……)

날마다 아침마다 기다려지는
북청 물장수.

— 출전: 『동아일보』(1924. 10. 24.) 부분

이 시는 서울에서 고달픈 유학생활을 해야 했던 자신의 자전적 체험을 바탕으로 북쪽 고향과 부모에 대한 간절한 그리움을 그리고 있다. 김동환의 초기 시 경향인 '북방정서'와 무관한 것은 아니지만, 직

접적으로 북방정서를 드러내는 대신 북쪽의 고향과 부모에 대한 간절한 그리움을 그린 소품이다. 이 작품이 그리고 있는 것은 북청 물장수가 아니라 북청 물장수를 매개로 해서 향수에 젖어들고 있는 시적 화자의 내면이다. 여기서 북청 물장수는 특정한 개인을 가리키는 것이 아니라 함경북도 북청 출신의 물장수 일반을 가리키는 보통명사이다.

1920년대 무렵 서울로 이주해 온 북청 사람들 가운데는 생계와 자녀 교육을 위해서 새벽마다 물을 길어다 집집마다 배달하는 물장사 일을 하는 사람이 많았다. 이런 이유 때문에 북청 물장수란 바로 자식들의 교육을 위해 기꺼이 자신을 희생하는 부지런하고 교육열이 높은 북청 사람들의 일반적인 성품과 기질을 상징하는 말로 사용되었다. 이 시의 화자는 새벽마다 잠을 깨워 놓는 북청 물장수의 발소리와 물지게 소리와 물 항아리에 물 붓는 소리를 통해서 두고 온 고향과 자식의 성공과 금의환향을 기다리면서 고생을 참고 견디는 부모를 떠올린다. 이 연속되는 소리들은 차례로 새벽잠에 취한 화자를 깨우고 그 자신의 처지를 일깨워 줄 뿐만 아니라 고향과 부모에 대한 아련한 그리움을 불러일으키고 있다. '쏴아—'라는 참신한 의성어는 이 물소리가 화자로 하여금 좀 더 잠자리에 머물고 싶은 나태의 유혹을 떨쳐 내도록 하는 역할을 하고 있다. 그리고 멀어져 가는 발소리와 삐걱거리는 물지게 소리는 화자로 하여금 북청 물장수처럼 자식들을 위해서라면 희생을 마다하지 않는 부모의 애정과 고향을 떠나 있는 자신의 처지를 떠올리게 되고, 결국 고달픈 유학생활을 헤쳐 나갈 수 있는 용기와 힘을 얻게 되는 것이다. '날마다 아침마다' 물장수가 기다려진다는 화자의 진술을 단순한 수사적 과장이라고 할 수 없는 것은 바로 이런 이유 때문이다.

간단한 소품이지만 이 작품이 김동환의 대표작 중의 하나로 평가 받는 것은 군더더기 없는 깔끔한 구성과 절제된 언어 그리고 무심코 지나칠 수도 있는 소리의 변주를 통해 시적 화자의 내면을 효과적으로 표현하는 참신한 수법 때문이라고 할 수 있다.

김동환(金東煥, 1901. 9. 21~?)함경북도 경성군 오촌면 수송동에서 김석구와 마윤옥의 7남매 중 3남으로 태어났다. 창씨명(創氏名)은 시로야마 세이주[白山靑樹]. 그의 집안은 경제적으로 비교적 풍족한 편이었고 일가친척들의 교육수준도 높은 편이었다. 그의 부친은 국가 존망의 위기 상황 속에서 개인의 안위를 돌보지 않고 일제에 저항하는 의로운 삶을 택했고, 이는 어린 시절 그에게 많은 영향을 미쳤던 것으로 보인다. 그가 데뷔작에서부터 비슷한 또래의 시인들처럼 퇴폐와 절망의 포즈를 취하는 대신 식민지 조선의 현실을 폭넓게 그려 내려 했고, 실제로 일정한 시적 성취를 거둘 수 있었다. 따라서 「국경의 밤」이나 「승천하는 청춘」과 같은 작품에서 조선 사회의 급격한 변화와 살길을 찾아 유랑하는 조선인들의 참혹한 모습이 그려진 것도 결코 우연이 아니다.

그러나 다른 한편으로 김동환의 부친이 지사적 삶을 택했다는 사실은 그의 유년기가 그다지 평화롭지 못했을 가능성이 높다는 것을 의미한다. 의리와 명분을 좇아 일제와 맞서는 것은 자랑스럽고 떳떳한 일일 수 있었지만, 이에 대한 일제의 탄압은 그와 그들의 가족들에게 돌이킬 수 없는 상처를 남겨 놓는 경우가 많았다. 부친의 부재로 인한 가난과 이산의 고통은 그에게 또한 많은 상처를 남겼을 것이다. 따라서 부친에 대한 그의 감정은 이해와 반감이 교차하는 모순된 것이었다고 보인다. 이 모순된 감정은 그의 삶에서 발견되는 의식과 실제 행위의 괴리를 설명하는 데 도움을 준다. 그는 줄곧 자신의 삶을 비범한 것으로 설정하고 이를 위한 고난을 마다하지 않을 것처럼 이야기해 왔지만, 결과적으로는 늘 현실에 안주하는 길을 택했다.

일본 유학을 마치고 그는 『북선 일일신문』 기자로 활동, 『동아일보』에 「민족개조론」을 발표한 이광수를 격렬하게 비판하면서 개인적으로 그의 장례식을 거행했을 정도로 기개 넘치는 열혈기자였다. 그 후 『동아일보』, 『조선일보』, 『시대일보』, 『중외일보』 등 여러 신문사를 거치면서 언론인으로 다양한 경력을 쌓았다. 동경 유학에서 돌아온 직후의 김동환은 식민지 현실과 타협하는 대신 자신의 이상을 실현하기 위해 그 나름으로 치열하게 살았으나 그의 이런 입장이 오랫동안 지속되었다고 하기는 어렵다. 그의 사상적 입장은 표면적으로는 현실에 대해 비판적이었지만 그의 내면에서는 끊임없이 현실의 질서 속에 안주하고 싶어 하는 은밀한 욕망이 있었다.

김동환이 현실에 대해 타협적인 태도를 보이기 시작하는 시기는 그가 직접 『삼천리』라는 대중지를 창간하면서부터이다. 『삼천리』는 대중적 종합잡지로 이례적인 성공을 거두었다. 이 잡지는 가십거리의 기사가 많이 실렸고, 기사의 논조나 표현에서도 대중의 기호에 영합하는 측면을 보였다. 1930년대에 이런 대중적 취향의 잡지 발간을 기획하고 실천해서 출판인으로 성공을 거두었다는 것은 김동환의 감수성과 편집인으로서의 재능을 확인시켜 주는 것이다. 하지만 이런 세속적 성공이 반드시 김동환에게 긍정적으로 작용했다고 할 수만은 없다. 『삼천리』는 발간 초기부터 다분히 현실 순응적인 경향을 보여 주었고, 1930년대 말부터는 점점 친일적인 색채를 노골적으로 드러내다가 1942년 3월부터는 제호를 아예 『대동아』로 바꾸고 그해 7월까지 대표적인 친일지의 하나로 명맥을 이어 갔다. 이러한 잡지 성격의 변화는 그대로 김동환의 굴절 과정과 일치한다. 그것은 김동환 개인의 불행인 동시에 우리 근대 문학사의 비극이라 할 수 있다.

해방 이후 김동환의 사회 활동이나 작품 활동은 그다지 두드러지지 않는다. 식민지 시대부터 자신이 주관했던 삼천리사를 복구하는 일에 주력하면서 틈틈이 작품을 썼던 것으로 보인다. 하지만 반민특위가 조직되자 그는 반민특위에 자수하여 일제강점기 친일 행적과 관련하여 조사를 받았고, 공민권 5년 정지라는 비교적 무거운 실형을 선고받았다. 이 무렵부터 김동환은 거의 칩거 상태에 머무르면서 재기를 위한 길을 모색했다. 그러나 한국전쟁 발발 후 미처 피난을 떠나지 못했던 김동환은 북한 정치보위부에 자진 출두했다가 납북되었으며, 현재까지 납북 이후의 행적에 대해서는 알려진 바가 없다.

논개

― 변영로

거룩한 분노는
종교보다도 깊고
불붙는 정열은
사랑보다도 강하다.
아, 강낭콩꽃보다도 더 푸른
그 물결 위에
양귀비꽃보다도 더 붉은
그 마음 흘러라.

(……중략……)

흐르는 강물은
길이길이 푸르리니
그대의 꽃다운 혼(魂)

어이 아니 붉으랴.

아, 강낭콩꽃보다도 더 푸른

그 물결 위에

양귀비꽃보다도 더 붉은

그 마음 흘러라.

– 출전: 시집 『조선의 마음』(평문관, 1924) 부분

변영로는 역사 속에 등장하는 여러 충신과 열녀들을 작품의 소재로 선택하여 섬세한 전통 정서와 기개 높은 민족정신으로 형상화시킨 시인이다. 이 작품도 이와 같은 그의 시세계를 단적으로 보여 주는 작품의 하나이다. 이 시는 임진왜란 때 진주 촉석루에서 왜장(倭將) 게다니[主谷村六助]를 안고 남강에 뛰어들어 순국(殉國)한 의기(義妓) 논개의 우국충절(憂國忠節)을 노래하고 있다. 동시대『백조』동인들이 암울한 시대 상황에 굴복하여 한숨과 눈물만을 토로한 퇴폐적이고 감상적인 시를 쓴 데 비해, 그는 민족적 패배감에 젖어 있는 식민지 백성들에게 논개의 우국충절을 보여 줌으로써 민족의식을 고취시켜 주었다.

이 시는 3연으로 된 자유시, 서정시이다. 흔히 이러한 소재의 시는 밖으로 풍기는 정열을 앞세우는 것이 보통이나 이 시에서는 강렬한 찬탄을 내향적으로 응결시켰고, 시적 긴장은 소박하지만 정확한 비유에 의해서 조직적인 형식미와 균형을 이룬 것이 특징이다.

이 시의 시상은 1연에서는 논개의 분노와 정열을 통하여 왜적을 향한 적개심과 뜨거운 애국심을 형상화하였다. 1행의 '거룩한 분노'는 왜적을 향한 논개의 적개심이 개인적이 아니라 공적·국가적인 동

기에서 우러나온 것이고, 또한 죽음으로 이어지는 분노이기에 거룩한 것이 된다. 상징적 표현에 주의하여 살펴보면, '불붙은 정열'의 원관념은 '불타는 애국심'이고, 5~6행의 '푸른 물결'의 원관념은 영원한 청사(靑史)이다. 애국심이나 역사는 우리의 눈으로 볼 수 없는 추상적인 것을 구체적인 것으로 상징하고 있는 것이다. 또한 '푸른 물결'이 '역사'를 상징하면서, 논개가 순국한 그 남강물이 되고 있는데, 그 다음의 충성심을 상징하는 '붉은 그 마음'과 '푸른'과 '붉은'의 색깔의 대조를 이루면서 논개의 조국애를 더욱 선명하게 강조하고 있다.

2연에서는 아름답던 그 눈썹에 분노와 결심이 굳게 스며 석류처럼 붉은 입술이 죽음을 두려워하지 않았다는 것을 나타내 논개의 의로운 죽음을 형상화하고 있다. 1행의 '아미'는 분노와 정열의 승화를 상징하며, 2행은 왜적에 대한 분노와 죽음의 결의를 나타내고 있다. 3행은 논개의 아름답고 지극히 순수한 사랑을 표상하며, 4행은 비장하고 숭고한 죽음을 탐미적으로 표현하고 있다.

3연에서는 논개의 꽃다운 충혼을 통하여 충성심의 영원함을 노래하였다. 1행의 '흐르는 강물'은 영원한 역사의 중의법적인 표현이고, 2행부터 4행까지는 영원한 역사와 더불어 빛날 논개의 충혼을 형상화하였다. 즉 남강물이 마르지 않고 흐르게 한 논개의 조국에 바친 일편단심의 정신을 높이 찬양하는 정신지상주의의 관망을 볼 수 있다. 그것은 민족적 저항의식이 영롱하게 빛나는 서정시의 높은 승화인 것이다.

논개에 얽힌 민족적 비분강개와 그것을 강조하려고 했던 그는 수사적 배려가 내적인 연소와 외적인 형태의 균형을 얻었고, 그러한 시의 내실이 다시 논개의 숭고한 애국적 헌신의 외연과 규합(糾合)하여 시 전체의 효과에 잘 응축되어 있다. 요즘 시에 비하면 소박하고 단순한 비유로 수식되었고, 시의 형태적인 구성도 너무 규칙적인 반복으로 음조의 형상의 단조로움을 면할 길 없지만, 당시의 시적 기교를 감안할 때, 이 시인이 얼마나 깔끔하게 시의 기교적 완성에 심혈을 기울였는지 짐작하게 한다.

한편 전통적인 주제를 다루고 있으면서도 사군자(四君子)와 같은 진부한 소재를 쓰지 않고, '강낭콩', '양귀비꽃', '아미', '석류'와 같은 토속적 분위기의 소재를 빌려 참신한 이미지 효과를 배가시키고 있다. 그리고 마지막 연의 '푸른 강물'은 '영원한 역사'를 상징하므로 진주 남강이 마르지 않고 푸르게 흐르는 한, 논개의 충절도 역사와 더불어 영원할 것임을 강조하고 있다. 이와 같은 저항적 색채로 말미암아 이 작품이 수록된 시집 『조선의 마음』(1924)은 발간 직후 일제로부터 판매 금지와 함께 시집이 압수되는 수난을 겪기도 하였다.

변영로(卞榮魯, 1897~1961)강원도 인제군 인제면 상동리 159번지에서 부친 박광선과 모친 함숙형 사이에 4남 2녀 중 장남으로 출생했다. 그는 서울 재동과 계동의 보통학교를 거쳐 열두 살 때 중앙학교에 들어갔지만, 체조 교사에게 대든 일로 학교를 중퇴하였다. 그렇지만 어학에 재능이 남달라서 1913년 조선중앙기독청년회학교 영어반 3년 과정을 6개월 만에 마치고 부설학원에서 영어를 가르쳤다. 1914년 영시(英詩) 「코스모스」를 발표하였고, 1918년에는 자신이 졸업하지 못한 모교의 영어교사로 일했다. 『폐허』 동인으로 문단에서 본격적인 활동을 하기 한참 전이었지만 변영로는 이때부터 '천재시인'이라는 얘기를 들었다. 1919년 3·1운동 때는 YMCA의 구석진 방에서 일경(日警)의 눈을 피해 가며 독립선언서를 영역하여 해외로 발송하였다. 1920년『폐허』동인으로 문단에 데뷔, 1922년 이후『개벽』지를 통해 해학이 넘치는 수필과 발자크의 작품 등을 번역해서 발표하였다. 1924년 일제하의 민족적 울분을 노래한 시집『조선의 마음』을 내놓았고, 1933년 미국 캘리포니아 주의 산호세 대학을 수료하고 귀국, 1935년 동아일보사에 입사,『신가정(新家庭)』편집장이 되었다.

그는『신가정』표지에 손기정 선수의 다리만을 게재하고 '조선의 건각'이라고 제목을 붙이는 등 일본 총독부의 비위를 건드려 그들의 압력으로 회사를 물러나기도 하였다. 1927년 '우리의 것'을 알아보기 위해 백두산에 올라가「두만강 상류를 끼고 가며」,「정계비(定界碑)」,「천지(天池)가에 누워」등 10여 편의 시를 발표하였다. 수필집『명정(酩酊) 40년』은 무류실태기(無類失態記)로서 너무나 유명하고, 1981년 3월 그의 20주기를 맞아 새로 발견된 그의 작품까지를 수록하여『수주변영로문선집(樹州卞榮魯文選集)』이 출간되었다. 1949년 제1회 서울특별시문화상을 수상하였다. 1953년 서울신문사 이사, 대한공론사 이사장, 국제펜클럽 한국본부 초대 위원장을 역임하였고, 1961년 3월 14일 인후암으로 향년 64세의 나이로 타계하였다.

바라건대는 우리에게
우리의 보습 대일 땅이 있었더면

— 김소월

나는 꿈꾸었노라, 동무들과 내가 가즈런히
벌가의 하루 일을 다 마치고
석양에 마을로 돌아오는 꿈을,
즐거이, 꿈 가운데.

그러나 집 잃은 내 몸이여,
바라건대는 우리에게 우리의 보습 대일 땅이 있었더면!
이처럼 떠돌으랴, 아침에 저물손에
새라 새로운 탄식을 얻으면서.

동이랴, 남북이랴,
내 몸은 떠가나니, 볼지어다,
희망의 반짝임은, 별빛의 아득임은,
물결뿐 떠올라라, 가슴에 팔 다리에.
그러나 어쩌면 황송한 이 심정을! 날로 나날이 내 앞에는

자칫 가느른 길이 이어가라. 나는 나아가리라
한 걸음, 또 한 걸음, 보이는 산비탈엔
온 새벽 동무들, 저 저 혼자… 산경(山耕)을 김매이는.

– 출전: 시집 『진달래꽃』(매문사, 1925. 12.) 전문

이 시는 삶의 터전인 땅이 없는 슬픔을 노래한 작품이다. 이 시는 김소월의 초기 작품에서 나타나는 임에 대한 영탄조의 그리움이 보이지 않을 뿐만 아니라, 고향 상실과 궁핍이라는 특이한 모티브를 다루었다.[25] 그러나 이 시가 김소월의 시세계에서 보기 드문 내용이라고 해서 전혀 이질적이라고 할 수는 없다. 그의 작품들이 지닌 어두운 분위기, 비애, 한의 정서적 특질은 여기에도 그대로 나타나고 있기 때문이다.[26] 이 시를 통해서 일제의 토지수탈로 땅을 빼앗긴 농민의 모습을 연상할 수 있다. 꿈과 현실을 대립시키면서 현실의 어둠을 드러내는 방법을 취한다. 1연이 꿈의 모습인 데 비하여 2연부터는 땅을 잃은 현실 속에서 터져 나오는 탄식과 방황을 보여 준다. 일제 치하에서 우리 민족의 삶은 바로 땅을 잃은 절망의 삶이었다. 농사지을 땅이 없이 동서남북으로 유랑하는 동포들의 절망과 방황을 지켜보는 시인의 쓸쓸함이 나타나고 있다. 즉 4연에서는 괴로운 길을 한 걸음씩 걸어가는 화자는 제 땅을 잃어버리고 거친 산비탈에서 고통스런 노동을 계속하는 슬픈 이웃들을 자신의 아픔으로 승화하고 있다.

---

25) 김흥규, 『한국 현대시를 찾아서』, 푸른나무, 2005, 259쪽.
26) 한국어문화연구원, 『한국대표명시』, 도서출판 빛샘, 1999, 286쪽.

김소월(1902-1934)시인. 평안북도 구성 출생으로 본명은 정식(政湜)이다. 남산학교를 거쳐 오산학교 중학부에 다니던 중 3·1운동 직후 학교가 폐교되자 배재고등학교를 다니게 된다. 1923년 일본 동경 상과대학에 입학하였으나 그해 9월 관동대지진으로 학교를 중퇴하고 귀국하였다. 귀국 후 광산업을 하였지만, 사업은 실패하고 구성군으로 이사하였다. 그곳에서 동아일보지국을 개설하여 경영하였으나 이 사업마저도 실패하고 만다. 그 뒤 염세증에 빠지게 되며, 1930년대 들어서 작품 활동이 저조해진다. 그는 생활고로 인해 삶에 대한 의욕을 상실하게 되고, 이 때문에 1934년 고향에서 아편을 먹고 자살하게 된다. 그의 시작 활동은 1920년 『창조』지 제5호부터였다. 『개벽』을 무대로 활약하게 되며, 1925년 시집 『진달래꽃』을 발표함으로써 절정에 이르렀다. 이 시집은 그의 전반기의 작품 경향을 드러내고 있으며, 당시 시단의 수준을 한층 향상시킨 작품집으로서 한국시단의 이정표 구실을 한다. 민요 시인으로 등단한 소월은 전통적인 한의 정서를 여성적 정조로서 민요적 율격과 민중의 정감을 표출하였다는 점에서 특히 주목하고 있다.

김소월은 주로 사실주의적 필치로 조국의 자연과 민족적 풍습, 고향과 향토에 대한 사랑, 잃어버린 것에 대한 애모와 같은 인생의 한(限) 많은 사연을 자신의 독특한 민요풍에 담아 노래하고 있다. 이러한 그의 시에는 민요 시풍을 창조적으로 계승하면서 조선 민요의 전통율격인 3음보로 된 시가 대부분이다. 또한 많은 작품에서 음악성이 강하고 탄력성이 강한 고유한 우리말을 선택하여 내용과 형식의 통일을 꾀하였다. 예컨대 'ㄴ, ㄹ, ㅁ, ㅇ' 등의 유음으로 끝나는 종성의 시어들에 의하여 시적 감흥을 음향적으로 살리고 있다.[27] 이처럼 정적이고 아름다운 리듬으로 짜인 민요시를 쓰게 되는 계기는 김억 시인의 영향을 받았기 때문이다. 그는 오산학교 시절에 김억을 스승으로 모시고 시를 배웠다. 실제로 김억이 민요시론을 구상하였을 무렵 김소월의 고향집 근처에 머무르면서 함께 아서 시몬스의 시를 읽고, 시의 창작과 시론에 대한 생각을 교류하였다[28]고 전한다. 백철은 "소월은 민요풍의 서정시로 우리 신시사상 한 전통을 만든 시인이었으며, 그만큼 20년대의 낭만주의 사조에 접근하는 데 있어서 의식적으로 민요시의 장소를 택하였다."고 지적하고 있다. 이에 관하여 "소월은 김억의 제자다. 따라서 김억의 민요풍의 시 때문에 그는 국민들 속에 널리 애송되었고 또한 많이 歌曲으로 作曲이 되어 애창된 탓으로 민중들 속에 뿌리를 박은 가장 친근한 시인이 아니었나 싶다."[29]라는 견해도 나오고 있다. 이렇게 김소월의 시는 한국인의 보편적인 정서와 민요 율격에 밀착되어 있다. 시의 표면에는 그리움, 슬픔, 한(恨)과 같은 비극적 사랑의 정감이 있으면서도 그 내면에는 존재에 대한 형이상학적 성찰을 담고 있으며, 그 심층에는 험난한 역사와 현실 속에서 삶의 어려움을 참고 이겨 내고자 하는 초극(超克)의 정신이 자리 잡고 있다.[30]

---

27) 강용택, 『김소월과 조기천의 시어 사용 양상 비교 연구』, 역락 , 2003.

28) 심선옥, 「1920년대 민요시의 근원과 성격」, 『상허학보』 Vol. −No.10, 2003, 303쪽.

29) 김희보, 「김소월 시의 자연신비주의」, 『基督教 思想』, Vol.22, No.4, 1978, 124쪽.

30) 박철희, 김시태 공저, 『작가 작품론』, 문학과비평사, 1988.

님의 침묵(沈默)

— 한용운

님은 갔습니다. 아아 사랑하는 나의 님은 갔습니다. 푸른 산빛을 깨치고 단풍나무 숲을 향하여 난 적은 길을 걸어서 차마 떨치고 갔습니다. 황금의 꽃같이 굳고 빛나던 옛 맹서는 차디찬 티끌이 되어서 한숨의 미풍에 날어갔습니다. 날카로운 첫 키스의 추억은 나의 운명의 지침(指針)을 돌려놓고 뒷걸음쳐서 사라졌습니다. 나는 향기로운 님의 말소리에 귀먹고 꽃다운 님의 얼굴에 눈멀었습니다. 사랑도 사람의 일이라 만날 때에 미리 떠날 것을 염려하고 경계하지 아니한 것은 아니지만, 이별은 뜻밖의 일이 되고 놀란 가슴은 새로운 슬픔에 터집니다.

그러나 이별을 쓸데없는 눈물의 원천을 만들고 마는 것은 스스로 사랑을 깨치는 것인 줄 아는 까닭에, 걷잡을 수 없는 슬픔의 힘을 옮겨서 새 희망의 정수박이에 들어부었습니다. 우리는 만날 때에 떠날 것을 염려하는 것과 같이 떠날 때에 다시 만날 것을 믿습니다.

아아 님은 갔지마는 나는 님을 보내지 아니하였습니다. 제 곡조를 못 이기는 사랑의 노래는 님의 침묵을 휩싸고 돕니다.

— 출전: 시집 『님의 침묵』(회동서관, 1926. 5.) 전문

　이 작품은 전 10행의 산문율을 지닌 시로 종결어미는 모두 경어체를 차용하여 여성 어조를 띔으로써 애절한 사랑의 정감이 더욱 깊게 느껴지는 작품이다. 이 시는 헤어짐과 만남의 이중 구조로 되어 있는데, 헤어짐의 아픔은 만남의 기쁨으로 해소된다. 전반부(1~6행)는 임이 떠나고 없는 데서 오는 슬픔을 노래했고, 후반부(7~10행)는 만남의 기쁨을 노래하고 있다. 이 같은 반전은 화자의 인식 전환에서 오는 것인데, 역설에 의해 사념적으로 반전된다. 이러한 역설적 사고는 만해시의 특질이며, 불교적 사유와도 깊은 관련을 가진다. 이 시의 바탕은 윤회설에 있으며, 불교적 사유의 체계가 시의 내면에 짙게 깔려 있다.[31] 특히 이 작품은 '님'의 실체가 무엇이냐에 따라 주제와 내용이 크게 달라진다. 하지만 일반적으로 '님은 갔다'라는 표현의 반복은 '조국의 상실'을 노래하고 있다는 평가를 받고 있다. 가장 포괄적으로 말한다면 한용운에게 '님'이란 사람의 삶을 삶답게 하여 주는 모든 가치의 총체를 의인화한 것이라 할 수 있다. 다만 그가 살았던 시대와 그가 중요시했던 사상이 억압된 상황에서 괴로워하던 민족의 삶과 관계가 깊었던 만큼 '님의 부재'라는 시의 주제는 역사적, 현실적 의미와 매우 밀접하게 연관되어 있다고 보아야 할 것이다.[32]

---

31) 송승환, 『한국 현대시 제대로 읽기』, 우리문학사 1998, 521쪽.
32) 한국어문화연구원, 『한국대표명시』, 도서출판 빛샘, 1999, 264쪽.

한용운(韓龍雲, 1879. 8. 29~1944. 6. 29.)충남 홍성 출생으로 본명은 유천(裕天)이다. 서당교육을 받으며 자랐으며, 17세 때 동학운동에 가담하였고 곧 출가하여 승려가 되었다. 3·1운동의 민족대표로서 33인 중의 한 분이다. 시인이면서 승려이자 독립운동가이다. 1918년 불교 잡지 『유심(唯心)』에 「심(心)」을 발표함으로써 문단에 등단하고, 시집으로 『님의 침묵』(1926년)이 있다.[33]

불교적 상상력을 토대로 삶의 존재론적인 문제와 사회적 문제를 변증법적으로 조화시킨 한용운은 김소월과 더불어 20년대의 대표적인 시인이라 할 수 있다. 그는 「논개의 애인이 되어 그의 묘에」, 「당신을 보았습니다」와 같은 몇 편의 일제 저항시들도 썼으나 주로 불교적 세계관에 토대를 두고 삶과 현실에 대한 구도적인 시들을 많이 창작하였다. 한용운의 시세계를 한마디로 요약한다면 '님과의 이별과 재회에의 기다림'이라고 말할 수 있다. 그는 님과의 재회를 확신하며 나아가서 님이 부재한 현실적 시공간에서도 님이 자신과 함께 있고, 함께 역사를 열어 가고 있다는 강한 신념을 가졌다.[34] 그는 지조(志操) 높은 민족지도자로 알려져 있다. 동시에 그는 탁월한 불교계의 지도자로 손꼽히는가 하면 한국 신문학사상 가장 훌륭한 시인으로 손꼽기도 한다.[35] 불교의 영역에서 그는 일찍부터 종교 활동에 새로운 개혁운동을 하기 위해 '불교유신론'을 펼쳤고, 수많은 경전들을 섭렵

---

33) 김인환, 『한용운의『님의 침묵』을 읽는다』, 도서출판 열림원, 2003, 16-27쪽.

34) 오세영, 『한국 현대시 분석적 읽기』 고려대학교 출판부, 1998.

35) 김용직, 『한국현대시인연구(상·하)』 서울대학교 출판부, 2002, 179쪽.

하여 불교 교리의 정리, 체계화를 위해 힘썼다. 그래서 그는 불교가 당면한 행동 노선을 항일 저항운동으로 잡은 것이다. 민족운동에 끼친 그의 공적 역시 뚜렷하고 찬란하다. 3·1운동 때에 민족대표로 참가하여 일제의 감시와 박해를 무릅쓰고 끊임없이 항일운동을 전개했다. 또한 그는 문학 활동을 통해서도 큰 족적을 남기고 있다. 그는 식민지 체제하의 모든 행동이 지녀야 할 최대 덕목으로서 항일 민족 저항 의식을 주장했다. 그의 시에는 이러한 정신주의가 면면히 녹아나 있다. 뿐만 아니라 『님의 침묵』에 실린 시를 통해서 우리 시의 새로운 지평을 열어 나가고 있다. 그의 시는 한국 근대시를 사상의 깊이로 승화시키고 있다.[36]

---

36) 김용직, 「선구(先驅)와 철저(徹底)의 대입상(大立像)」 『세종학 연구』 vol 6, 1991 20-21쪽.

빼앗긴 들에도 봄은 오는가

— 이상화

지금은 남의 땅 — 빼앗긴 들에도 봄은 오는가?

나는 온몸에 햇살을 받고
푸른 하늘 푸른 들이 맞붙은 곳으로
가르마 같은 논길을 따라 꿈속을 가듯 걸어만 간다.

입술을 다문 하늘아, 들아,
내 맘에는 내 혼자 온 것 같지를 않구나!
네가 끌었느냐, 누가 부르더냐. 답답워라, 말을 해 다오.

바람은 내 귀에 속삭이며
한 자욱도 섰지 마라, 옷자락을 흔들고.
종다리는 울타리 너머 아씨같이 구름 뒤에서 반갑다 웃네.

고맙게 잘 자란 보리밭아,
간밤 자정이 넘어 내리던 고운 비로
너는 삼단 같은 머리털을 감았구나, 내 머리조차 가뿐하다.

혼자라도 가쁘게나 가자.
마른 논을 안고 도는 착한 도랑이
젖먹이 달래는 노래를 하고, 제 혼자 어깨춤만 추고 가네.

나비 제비야 깝치지 마라.
맨드라미 들마꽃에도 인사를 해야지.
아주까리기름을 바른 이가 지심 매던 그 들이라 다 보고 싶다.

내 손에 호미를 쥐어 다오.
살진 젖가슴과 같은 부드러운 이 흙을
발목이 시도록 밟아도 보고, 좋은 땀조차 흘리고 싶다.

강가에 나온 아이와 같이,
짬도 모르고 끝도 없이 닫는 내 혼아
무엇을 찾느냐, 어디로 가느냐, 웃어웁다, 답을 하려무나.

나는 온몸에 풋내를 띠고,
푸른 웃음 푸른 설움이 어우러진 사이로
다리를 절며 하루를 걷는다. 아마도 봄 신령이 지폈나 보다.

그러나, 지금은 - 들을 빼앗겨 봄조차 빼앗기겠네.

- 출전: 『개벽』(1926, 70호) 전문

이 시는 「역천」과 더불어 상화의 후기 사상을 표상하고 있다. 20년 대 다른 시들과 비교해 볼 때 그 정신뿐 아니라 수사나 구성에서도 단연 높은 수준을 보이고 있는 시임에 틀림없다. 빼어난 서정성을 간직하면서 강인한 저항정신을 표출하는 시가 그리 흔하지 않은데도 이 시는 이런 결함과 우려를 씻어 주고 있는 시라 할 수 있다. 저항은 거칠거나 강인해야 하고 서정은 여성적인 섬세함과 부드러움을 지녀야 한다고 생각하기 쉽지만 이 시는 강인함과 부드러움을 동시에 추구하면서 새로운 저항시의 면모를 갖추고 있다. 그런 점에서 20년대 우리 시가 거둔 최고의 수확이라고 평가할 수 있다.[37]

푸른 들, 내려 쪼이는 햇살, 구름 뒤에서 우는 아씨 같은 종달새, 삼단 같은 머리채를 드리운 보리밭, 어깨춤을 추는 작은 도랑, 나비, 제비, 살찐 젖가슴 같은 흙, 봄 신령 등의 이미지나 어휘만 따라 읽어도 이 시의 아름다움과 유려한 흐름에 다가갈 수 있다. 그러한 아름답고 슬프고 저항적인 내용들은 형식상의 균제를 타고 더욱 정돈된 일체감을 불러일으키며 독자들의 가슴에 와 닿는다. 이 시에서 발견할 수 있는 균제된 형식미는 첫 행과 마지막 행은 한 행이 한 개의 연으로 구성되면서 수미상관의 형식을 취하고 있으며, 나머지 모든 연은 3행이 한 개의 연으로 되면서 첫 행보다는 둘째 행이, 둘째 행보다는 셋째 행이 더 길도록 배려하고 있다. 20년대 여타의 시에서는 찾아보기 힘든 시적 구성 방식이다.

이 시는 답답하고 슬픈 감정만 암영처럼 깔려 있을 뿐이지 구체적 저항의 방식이 제시되어 있지 않다. 또한 "종다리는 울타리 너머 아

---

37) 신용협, 『한국현대시 대표작품 연구』, 국학자료원, 1998, 92쪽.

씨같이 구름 뒤에서 반갑다 웃네"라든지 "착한 도랑이/젖먹이 달래는 노래를 하고, 제 혼자 어깨춤만 추고 가네"라는 부분은 매우 경쾌하고 명랑하기까지 하다. 그러나 이런 점은 이상화 시의 출발이 상징주의와 낭만주의에서 출발하기 때문에 그런 것이지 이 때문에 저항성이 결여되어 있는 시라고 말해서는 안 될 것이다. 이러한 표현들은 빼앗긴 땅에 대한 도저한 사랑이 없고서는 불가능한 일이기 때문이다.

이 시는 전체적으로 보아 형식상의 균제미가 살아 있으며, 당대의 분위기와 저항정신을 충분히 발휘한 시이다. 그런 점에서 이 시는 국토에 대한 사랑, 나라에 대한 염려, 빼앗긴 들에 대한 한탄이 민족애로 승화되어 있는 20년대 대표적 저항시로서 위상으로 차지하고 있는 것이다.[38]

이상화(李相和, 1901~1943)본명은 상화(尙火). 1901년 대구에서 태어났다. 7세 때 아버지를 여의고 전통적인 선비 집안인 백부 이일량 슬하에서 자라났다. 1915년에서 1919년까지 3년간 경성 중앙중학교에서 수학하고, 1922년 일본 동경으로 가서 '아테네 프랑스 학원'에서 불어를 공부하다가 1923년 9월에 일어난 관동대지진과 한국인 학살 등을 이유로 1924년 봄에 귀국하였다. 이에 앞서 상화는 1917년 백기만, 현진건, 이상백 등과 습작집 『거화』를 간행하였고, 1918년에는 금강산 등지를 방랑하였으며, 1919년 3·1운동 때 대구에서 거사를 도모하다 실패하여 서울로 피신, 1921년 현진건의 소개로 박종화와 만나

---

38) 신용협, 앞의 책, 95－97쪽.

백조 동인이 된 후부터 본격적인 문학 활동을 시작하였다. 1927년부터 일본 관헌의 요시찰 인물로 감시를 받아 오다가 의열단 이종암 사건에 연루되어 피검된 바 있으며, 1937년 중국에서 독립운동을 하던 이상정 장군을 만나러 중국에 다녀와서 투옥되기까지 수차례 옥고를 치렀다. 1937년 이후 대구 교남학교에서 무보수 교원으로 영어와 작품을 가르쳤으며, 한편 학생들에게 권투를 장려하기도 했다. 1940년 교편생활을 그만두고 독서와 연구에 몰두하여 국문학사, 프랑스 시 번역 등을 기획했으나 뜻을 이루지 못하고 1943년 위암으로 세상을 떠났다. 20년대 초기부터 타계하기 전까지 약 66편의 작품을 남겨 놓았다. 대부분의 시는 20년대에 발표하였으며, 30년대에 발표한 것이 전체의 1할 정도이고, 40년대에는 시 한 편만 발표하였다.[39]

---

39) 조병춘, 『韓國 現代詩 評說』 太學社, 1995.

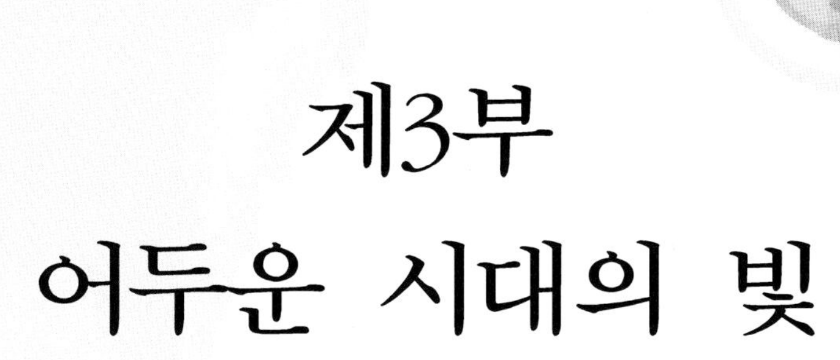

제3부
어두운 시대의 빛

향수(鄕愁)

— 정지용

넓은 벌 동쪽 끝으로

옛이야기 지줄대는 실개천이 휘돌아 나가고,

얼룩백이 황소가

해설피 금빛 게으른 울음을 우는 곳.

― 그 곳이 차마 꿈엔들 잊힐리야.

(……중략……)

흙에서 자란 내 마음

파아란 하늘 빛이 그리워

함부로 쏜 화살을 찾으려

풀섶 이슬에 함초롬 휘적시던 곳.

　　─ 그 곳이 차마 꿈엔들 잊힐리야.

전설(傳說) 바다에 춤추는 밤물결 같은
검은 귀밑머리 날리는 어린 누이와
아무렇지도 않고 예쁠 것도 없는,
사철 발벗은 아내가
따가운 햇살을 등에 지고 이삭 줍던 곳.

　　─ 그 곳이 차마 꿈엔들 잊힐리야.

하늘에는 성근 별
알 수도 없는 모래성으로 발을 옮기고,
서리 까마귀 우지짖고 지나가는 초라한 지붕,
흐릿한 불빛에 돌아앉아 도란도란거리는 곳.
　　─ 그 곳이 차마 꿈엔들 잊힐리야.

─ 출전: 『조선지광』(1927. 3, 제65호) 부분

이 시는 그가 일본 유학길을 떠날 때 고향을 그리며 쓴 시로 1923
년 3월에 썼고, 1927년 『조선지광』에 발표하였다. 정지용의 시 경향
은 크게 세 가지로 나뉘는데 1933년까지가 1기이고, 그 후로 1939년
까지 2기, 이후부터는 3기로 보고 있다.[40] 이 시기 구분에 따라 이 시
는 정지용의 초기 시에 해당한다. 지금까지 모더니즘적인 측면이 강
조되면서 주목을 받지 못하였으나, 전체적인 시기의 고찰이 정지용
시의 이해에 필수적이라는 관점에 따라 정지용의 습작기 시절인 초

---

40) 김용직, 『한국 현대시사 1』, 한국문연, 1966. 참조.

기 시들도 중요한 위치에 있다.[41)

이 시를 이해하기 위해서는 그의 유년 시절에 대해 알아볼 필요가 있다. 정지용의 유년기는 하나의 특수한 공간을 형성한다. 그것은 고향인 옥천에서 14세 되던 때 서울로 올라와 서글픈 타향살이를 한 자전적 사실에서 비롯된다. 사면이 산과 물로 이루어진 고향과 부모의 슬하를 떠나야 했던 정지용은 도시라는 삭막한 환경에서 극심한 고독과 향수로 힘들어했다. 이 시기의 대표시는 「향수」를 포함, 1924년의 「산엣 색시 들녘 사내」, 「딸리아」, 1925년의 「산 넘어 저쪽」, 「옛이야기 구절」 등으로 주로 소재의 토속성이나 동요적 성격, 정서의 전통성, 재래 율격에 가까운 음악성 등 민요가 지닌 특성을 가지고 있다.[42)

이 시는 감각적, 회화적, 향토적인 언어 구사를 통해 인간의 공통된 정서인 향수를 한가로운 고향의 정경을 통하여 한 폭의 풍경화처럼 생생하게 그려 낸 그의 모더니즘 시의 대표작이다. 하지만 이 작품은 정지용의 초기 시를 대표할 수는 있으나 전체를 대표할 만한 수준의 작품은 아니다. 그럼에도 불구하고 이 시에 나타난 고향의 풍경과 삶의 모습은 개인의 체험에서 벗어나 민족의 보편적 정서에 닿아 있으며, 감각적 이미지들과 아름다운 우리말 시어들을 통해 고향을 상실한 동시대인들에게 큰 영향력으로 작용하였기 때문에 대표작으로 손꼽는 데 손색이 없다.[43) 인간에게 존재의 원천이자 삶의 안식처인 고향이라는 대상을 독특한 감각과 향토적 서정을 바탕으로 형상화하고 있다. 각 연에서는 감각적 언어 구사를 통해 고향의 시각적

---

41) 김종태, 『정지용 시의 공간과 죽음』, 월인, 2002. 참조.
42) 김윤정, 『한국 모더니즘 문학의 지형도』, 푸른사상사, 2005. 참조.
43) 김윤정, 앞의 책. 참조.

이미지를 서정적으로 그리고 있다. 또한 시적 자아와 자연과의 일체감을 통하여 고향의 숨결을 느끼게 한다.

1연에서 작품의 배경이 되는 고향 마을을 둘러싼 자연적인 공간을 제시한 후 연에 따라 2연은 겨울밤 풍경과 아버지에 대한 회고를 하고, 3연은 시적 화자의 유년기의 직접적인 경험을 회고하고 있으며, 4연은 누이와 아내에 대한 회고, 그리고 5연은 단란한 농가의 정경으로 시상이 전개된다.

'지즐대는', '헤설피', '풀섶', '함초롬' 등의 시어에서 우리말의 아름다움에 집착했던 정지용의 언어적 감수성을 엿볼 수 있다. '실개천', '얼룩백이 황소', '질화로', '짚베개' 등의 토속적인 소재들이 참신한 비유를 통해 감각적으로 제시되면서 고향의 모습을 정겹고 아늑한 것으로 재구성하고 있다. 각 연은 '—던 곳'으로 끝나 이미지의 통일성을 이루고 있고, 각 연의 후렴구 '그곳이 차마 꿈엔들 잊힐리야'는 순환리듬의 전형을 보여 주며, 각 연을 연결해 주는 고리로서 시에 훌륭한 통일성을 부여하고 있다. 후렴구의 반복은 시각적인 자극과 아울러 청각적인 자극을 줌으로써 원형적 고향으로 돌아가는 체험을 반복하게 한다. '~ㄹ리야'와 같은 부드럽게 다듬어진 어미를 사용함으로써 고향에 대한 그리움을 더욱 애틋하게 표현하고 있다.

그는 사회의 변화에 따른 문학양식의 변화를 자각하고, 새로운 감각의 시를 써야 한다는 필요성을 누구보다도 일찍 느끼고 그것을 실천했던 시인이다. 그는 근대사회가 문명사회이고, 그것이 관념이 아닌 물질로 구성되어 있다는 사실을 날카롭게 인식하였다. 그의 시들은 근대 문명사회를 구성하는 물질적 분위기와 풍경을 즉물적인 이미지로 포착하고 있는데 그런 의미에서 그는 유물론자라고 할 수 있다. 그는 도시에서 근대 문명의 풍경들을 보았고 자신의 시를 거기에 접근시켰으며, 새로운 사물들을 기존의 낡은 감각으로는 온전히 포착할 수 없음을 깨닫게 된다. 그는 결국 새로운 체험에 합당한 새로운 시 형식을 실험하게 된다.

정지용(鄭芝溶, 1902~1950)충북 옥천군 옥천면 하계리 40번지에 태어났다. 지금은 구읍이 된 청석교 근처의 촌가에서 태어났다. 4대 독자의 장남으로 어머니의 꿈에 연못에서 용이 하늘로 올라가는 것을 보았다고 해서 그의 아명은 지용(池龍)이라 지었고, 그 음을 따서 지용(芝溶)이라고 했다. 정지용은 누이 계용을 무척 사랑하였다고 하는데, 휘문고보 2년 때 쓴 첫 작품 「삼인(三人)」에 그것이 잘 드러나 있으며, 시 「향수」에서 '검은 귀밑머리 날리는 어린 누이'라는 구절에서도 잘 드러난다. 그의 산문에 기록된 어린 시절에 대한 회상을 보면 고독하고 가난하고 슬픈 것으로 드러난다. 그리고 민간전승과 전설 속에서 유년기를 보낸 것을 알 수 있는데, 「향수」의 '전설 바다에 춤추는 밤물결'처럼 그가 태어나서 자란 마을은 전설이 풍부한 곳이었다. 12세에 송재숙과 결혼을 하고, 열 명이 넘는 자녀가 태어났는데, 대부분이 죽고 네 명만이 장성하게 된다. 휘문고등보통학교에 진학하면서 『요람』이라는 동인을 만들어 문학 활동을 전개하고, '문우회'에도 참가하면서 시인으로서의 꿈을 키워 나간다. 그 후 일본 경도 동지사대학 영문과에 진학하게 되고, 본격적인 시작활동을 시작한다. 일본 유학생활을 시작하게 되면서 가톨릭 신앙을 갖게 되었다. 작품의 공식적인 첫 발표는 경도 유학생 회지인『학조』창간호(1926. 6.)
를 통해 이루어졌는데 이 잡지에서 그는 시조를 포함해 열 편의 작품
을 한꺼번에 발표하고 있다. 그 후 집중적인 작품발표를 계속하였으
며, 귀국 후에는 모교의 교사로 활동한다. 후에 '구인회'에도 참여하게
된다. 1935년에『정지용 시집』을 간행하였고 1941년에 시집『백록담』
을 간행하였다. 광복 후 좌익 문학단체에 관계하다가 전향, 보도연맹
에 가입하였으며, 6·25전쟁 때 인민군에게 끌려간 후 행방불명되었다.

우리 오빠와 화로

— 임화

사랑하는 우리 오빠 어저께 그만 그렇게 위하시던 오빠의 거북무늬 질화
로가 깨어졌어요

언제나 오빠가 우리들의 '피오닐' 조그만 기수라 부르는 영남(永男)이가 지
구에 해가 비친 하루의 모―든 시간을 담배의 독기 속에다 어린 몸을 잠그고
사 온 그 거북무늬 화로가 깨어졌어요

그리하야 지금은 화젓가락만이 불쌍한 우리 영남이하구 저 하구처럼 똑
우리 사랑하는 오빠를 잃은 남매와 같이 외롭게 벽에가 나란히 걸렸어요

오빠……

저는 요 저는 요 잘 알았어요 웨― 그날 오빠가 우리 두 동생을 떠나 그
리로 들어가실 그날 밤에 연거푸 말은 궐련(卷煙)을 세 개씩이나 피우시고 계
셨는지 저는요 잘 알었어요 오빠

언제나 철없는 제가 오빠가 공장에서 돌아와서 고단한 저녁을 잡수실 때 오빠 몸에서 신문지 냄새가 난다고 하면 오빠는 파란 얼굴에 피곤한 웃음을 웃으시며……네 몸에선 누에 똥내가 나지 않니 – 하시던 세상에 위대하고 용감한 우리 오빠가 웨 그 날만 말 한 마디 없이 담배 연기로 방 속을 메워 버리시는 우리우리 용감한 오빠의 마음을 저는 잘 알았어요

천정을 향하야 기어 올라가던 외줄기 담배 연기 속에서 – 오빠의 강철 가슴속에 백힌 위대한 결정과 성스러운 각오를 저는 분명히 보았어요 그리하야 제가 영남이의 버선 하나도 채 못 기웠을 동안에 문지방을 때리는 쇳소리 마루를 밟는 거칠은 구두 소리와 함께 – 가 버리지 않으셨어요

그러면서도 사랑하는 우리 위대한 오빠는 불쌍한 저의 남매의 근심을 담배 연기에 싸 두고 가지 않으셨어요 오빠 – 그래서 저도 영남이도 오빠와 또 가장 위대한 용감한 오빠 친구들의 이야기가 세상을 뒤집을 때 저는 제사기(製絲機)를 떠나서 백 장의 일전짜리 봉통(封筒)에 손톱을 부러뜨리고 영남이도 담배 냄새 구렁을 내쫓겨 봉통 꽁무니를 뭅니다 지금 – 만국지도 같은 누더기 밑에서 코를 고을고 있습니다

오빠 – 그러나 염려는 마세요

저는 용감한 이 나라 청년인 우리 오빠와 핏줄을 같이 한 계집애이고 영남이도 오빠도 늘 칭찬하든 쇠 같은 거북무늬 화로를 사온 오빠의 동생이 아니어요 그리고 참 오빠 아까 그 젊은 나머지 오빠의 친구들이 왔다 갔습니다 눈물나는 우리 오빠 동모의 소식을 전해주고 갔어요 사랑스런 용감한 청년들이었습니다 세상에 가장 위대한 청년들이었습니다 화로는 깨어져도 화젓갈은 깃대처럼 남지 않았어요 우리 오빠는 가셨어도 귀여운 '피오닐' 영남이가 있고 그리고 모–든 어린 '피오닐'의 따뜻한 누이 품 제 가슴이 아직도 더웁습니다

그리고 오빠 ……

저뿐이 사랑하는 오빠를 잃고 영남이뿐이 굳세인 형님을 보낸 것이겠습니
까 슬프지도 않고 외롭지도 않습니다 세상에 고마운 청년 오빠의 무수한 위
대한 친구가 있고 오빠와 형님을 잃은 수 없는 계집아이와 동생 저의들의 귀
한 동무가 있습니다

그리하야 이 다음 일은 지금 섭섭한 분한 사건을 안고 있는 우리 동무 손
에서 싸워질 것입니다

오빠 오늘 밤을 새워 이만 장을 붙이면 사흘 뒤엔 새 솜옷이 오빠의 떨리
는 몸에 입혀질 것입니다 이렇게 세상의 누이동생과 아우는 건강히 오는 날
마다를 싸움에서 보냅니다 영남이는 여태 잡니다 밤이 늦었어요
　　－ 누이동생

－ 출전: 『조선지광』(1929. 2, 83호) 전문

이 시는 카프계열의 단편서사시로 오빠에 대한 그리움과 강한 삶
의 의지, 계급투쟁에 대한 강한 의지를 나타내고 있다. 이 시는 서사
적이고, 의지적이며 선동적, 격정적인 성격이 나타난다. 이 시의 형식
은 편지글 형식이다. 편지의 발송자 또는 화자는 제사공장의 여직공
으로 생각되는 소녀다. 그녀는 인쇄공장 노동자이며 노동조합운동에
관계하는 것으로 짐작되는 오빠를 경찰에 빼앗겼다. '문지방을 때리
는 쇳소리, 마루를 밟는 거칠은 구두소리와 함께'의 표현에서 짐작할
수 있다. 그들 남매에게는 가족의 따뜻한 사랑을 상징하는 '거북무늬
화로'도 깨어져 버렸다. 그리고 오빠를 잃은 집에는 편지를 쓰는 누
이와 그 남동생인 영남이만이 남아 있을 뿐이다. 이렇게 어둡고 외로

운 상황 속에서도 오빠에게 편지를 쓰는 화자는 제 나름의 결의와 각오를 세우고 다짐한다. 여기에는 프로문학이 요구하는 계급투쟁의 의지가 있다. 부분적으로 드러나는 돈호법과 영탄적인 표현으로 인하여 너무 감상적인 목소리로 서술했다는 비판을 받기도 하지만, 이 시는 노동자 일가의 구체적인 삶에 기초를 두어 이들 일가의 붕괴를 비유적으로 표현 — 오빠의 구속을 질화로의 깨어짐으로, 그리고 자신과 동생의 존재를 벽에 걸린 화젓가락으로 비유 — 하고 있다. 이 시는 이런 형상을 통하여 일제강점기에서 억압받았던 노동자 생활을 진솔하게 표현하였으며, 현재의 절망적인 현실에 굴복하지 않으려는 노동 계급의 전망을 보여 주었다. '담배의 독기', '궐련을 세 개씩이나 피우시고', '신문지 냄새', '만국지도 같은 누더기'는 힘든 노동자 생활을 보여 주는 표현들이다.

이 시에서 화로는 동생 영남이가 사 온 것이기 때문에 이러한 혁명의 정신이 계속하여 젊은 세대로 계승되고 있음을 은연 중 드러내 주고 있다. 이러한 화로가 깨어졌음은 곧 오빠의 구속을 의미하는 것이지만, 혁명 전선에서의 패배까지를 의미하는 것은 아니다. 오히려 남은 누이동생과 영남이는 오빠의 투쟁 정신을 되새기며 큰일을 위하여 마음을 가다듬는 것이다. 그것을 임화는 "화로는 깨어져도 화젓갈은 깃대처럼 남지 않았어요/우리 오빠는 가셨어도 귀여운 '피오닐' 영남이가 있고 / 그리고 모—든 어린 '피오닐'44)의 따뜻한 누이 품 제 가슴이 아직도 더웁습니다"와 같이 표현하고 있다.

이러한 마음가짐은 모든 무산 계급의 혁명적 연대 의식으로 확대

---

44) 피오닐: 러시아말로 영어의 pioneer에 해당됨. '개척자, 선구자'라는 뜻과 함께 '공산소년단원'(9~14세)을 일컫는 말이기도 함.

되어 누이동생은 '저뿐이 사랑하는 오빠를 잃고 영남이뿐이 굳세인 형님을 보낸 것'이 아니라는 확신을 지닐 수 있게 되는 것이다. 그리하여 '이 다음 일은 지금 섭섭한 분한 사건을 안고 있는 우리 동무 손에서 싸워질 것'을 다짐하는 것이다. 이처럼 프롤레타리아 문학(계급주의 문학)은 미래에 대한 낙관적 전망의 결말을 그 특징으로 하는데, 이러한 도식적인 창작 방법에 대해서 프롤레타리아 문학 진영 내에서도 자기비판을 제기하고 새로운 방법을 모색하여 나아가게 된다.

단편서사시

(1) 등장의 필요성: 1927년 목적의식론의 전개 이후 발표된 대부분의 프로시는 현실과 문학의 관계를 명확히 이해하지 못한 상태로 감정과 의욕만 앞선 모습을 보여 준다. 때문에 이들 시는 시인의 세계관을 직접적으로 작품에 노출시키면서 자신이 주장하는 내용만을 덩그러니 내놓는 경우가 허다하게 발생했다. 이로 인해 점차 예술적 진실의 탈각, 대중성의 약화 등이 심각한 문제점으로 부각되기 시작한다. 이런 가운데 임화는 프로시의 새로운 타개책으로 단편서사시를 발표한다. 이는 강력한 계급의식 표출과 대중성 획득이라는 동시대 프로시의 두 가지 당면 목표를 효과적으로 달성하기 위해 만들어졌다. 단편서사시란 극적 구성 방식과 서간체 형식을 빌려 일정한 계급적 전망을 담아낸 서정시이다.

(2) 특징: 여성 화자를 설정하는 것과 화자 주변이 생활에서 이야기를 시작하고 있고, 낭독시 형태를 지향했으며, 등장인물 간의 애정이나 사적인 친밀성을 바탕으로 하는 점에서 전통적인 내간문과 내방가사의 연관성, 1920년 초반의 서간체 소설에서 있었던 방법적 실험

의 연장선상에 있는 것으로 보인다. 단편서사시는 화자의 진술을 통해 동시대를 살아가는 노동자계급이 느끼고 있는 보편적인 정서를 다루고 있다는 점, 등장인물에게 일정한 배역을 설정하여 서사성을 강화하고 있다는 점, 실제의 독자가 작품의 의미 해석에 동참할 수 있게 고안되어 있다는 점에서 서정시의 전통적인 장르적 특질과는 차별성을 가진다.

(3) 의의: 첫째, 시의 산문성 도입 또는 소설화 경향을 직접적으로 보여 준 리얼리즘시의 귀중한 성과가 있다. 둘째, 유용한 프로시의 형상화 방법으로 인정받으면서 수많은 추종자를 낳아, 이후 프로시의 중요한 한 경향을 형성하였다. 셋째, 계급적 목표를 충실히 이행하면서도, 예술성 부족의 문제를 어느 정도 극복한 실천적 대안으로 떠올랐다. 넷째, 민족적 로맨티시즘의 연장선상에 있다.

임화(林和, 1908~1953)본명은 임인식(林仁植). 일제강점기에서 진보적 문화운동을 주도해 나갔던 시인, 평론가, 좌익운동가, 카프(KAPF) 서기장, 정치인, 혁명가이다. 아호로는 청노(靑爐), 필명으로는 성아(星兒), 임화(林和), 쌍수대인(雙樹臺人)을 사용했다. 1908년 10월 13일 서울 낙산에서 출생하여 1921년 보성중학에 진학하였지만, 1925년 집안의 파산과 더불어 5년급에서 중학교를 중퇴하고 예술 전반에 대해 공부하기도 했으나 점차 문학에 관심을 집중하게 된다. 이 시기에 다다이즘과 더불어 미래파, 표현파 등의 최신 유행의 예술 사조를 만나게 되면서 다다이즘풍의 습작을 시도하게 되었다. 그 후 문학적 방황을 하다가 계급문학에 대한 입장으로 확고히 하게 되면서 1927년 카프의 이론지도자 박영희 문하에 들게 되면서 카프에 가입하여 조직 활동을 경험하게 된다.

임화는 예술적 기질이 다양했던 것으로 알려져 있다. 김남천과 이헌구의 회고에서 '불량끼 많던 모던보이'라고 말하고 있으며, 평론가 백철도 회고에서 여자문제로 지하련의 속을 태웠음을 말한 바 있다. 이귀례는 이북만의 여동생으로서 결혼식을 하지도 않고 딸까지 낳은 관계이며, 지하련은 마산에서 유년시절을 보내고 도쿄에서 고등학교와 대학을 나왔는데 임화와는 이 당시에 교제를 했던 것으로 보인다. 임화의 문단활동은 1926년경부터 시작되었다. 한국의 랭보로 비견되는 천재시인 임화는 시뿐만 아니라 다방면의 예술 분야에 걸쳐 1930년대 한국문단을 주도하며 좌파문학인의 총수로서 선지자에 비견될 만한 걸출한 능력을 발휘하며 지대한 문학적 성과를 남겼다.

그는 성아라는 필명으로 「근대문학사상에 나타난 연애」 등 몇 편의 잡문을 발표하면서 문단에 진출하였다. 임화의 사상적 변모를 보여 주는 최초의 작품은 『예술운동』 창간호(1927)에 계급의식과 국제주의 및 프롤레타리아 혁명의 의지를 표방한 「담(曇)」(1927)이었다. 그러나 시인으로서 임화의 성가를 높여 준 작품으로는 아무래도 1929년 「네거리의 순이」, 「우리 오빠와 화로」를 꼽지 않을 수 없다. 이 시를 발표하면서 임화는 카프계 단편서사시의 최고 시인으로 급부상하게 된다.

1934년 카프전주사건이 터지게 되고 이 일을 계기로 하여 1935년 카프가 해산된다. 그 후 임화는 전향에 가담하고, 왕성한 시작 활동을 통해 시집 『현해탄』을 출간하게 된다. 1941년까지 시작활동과 비평

활동 그리고 문학사 연구를 중심으로 문학 관계 작업을 해 오다가 해방 직후, '문화건설중앙협의회'를 조직하고 주도하였으며 1947년 겨울 자신의 정치노선에 따라 월북하여 1953년 8월 6일 이승엽, 설정식 등과 함께 미제의 간첩이라는 혐의로 사형선고를 받게 됨으로써 생애를 마감한다. 그는 『현해탄』(1938), 『찬가』(1940), 『회상시집』(1947), 『너 어느 곳에 있느냐』(1951) 등 네 권의 시집을 간행하였다.

떠나가는 배

— 박용철

나 두 야 간다
나의 이 젊은 나이를
눈물로야 보낼거냐.
나 두 야 가련다.

아늑한 이 항군들 손쉽게야 버릴거냐.
안개같이 물 어린 눈에도 비치나니
골짜기마다 발에 익은 묏부리 모양
주름살도 눈에 익은 아아 사랑하는 사람들.

버리고 가는 이도 못 잊는 마음
쫓겨가는 마음인들 무어 다를거냐.
돌아다보는 구름에는 바람이 희살짓는다.
앞 대일 언덕인들 마련이나 있을거냐.

나 두 야 가련다.
나의 이 젊은 나이를
눈물로야 보낼거냐.
나 두 야 간다.

— 출전: 『시문학』(1930. 3, 창간호) 전문

이 시는 유랑의 길에 오르는 젊은이의 애환이 잘 나타나 있다. 1930년대 우리 민족은 척박한 이 땅을 떠나 만주로 이민을 떠났다. 고향을 등지고 떠나야 하는 우리 민족의 비애는 남달랐을 것이다. 1 연과 4연을 수미상관의 구조로 연결하여 떠날 수밖에 없는 결의를 강조하고 있다. 또한 이 시는 낭만주의 시의 특징인 운율성을 강조하고 있다. 특히, '나 두 야 간다'라는 부분에서 알 수 있듯이, 띄어쓰기를 통해서 낭독할 때 형성되는 운율 효과를 살리고 있다.

버리고 떠나는 자의 슬픔과 비애가 운율미와 조화를 이루면서 민중적이고, 대중적인 공감대를 형성하고 있다. 이 시의 비애미가 민족의 보편적 정서와 닿아있든, 개인의 체험과 관련되어 있든 그 바탕에는 1930년대 민족의 현실이 깔려 있다. 어디든지 떠날 수밖에 없는 현실 앞에서 폐결핵을 앓고 있는 시인의 그림자가 중첩되어 나타난다. '쫓겨가는 마음'의 비애는 '바람이 희살짓는다'라는 시구에서 더욱 심오해진다. '희살짓는다'는 것은 앞으로 '험한 일이 그대로 계속된다'는 뜻이다. 나라를 잃고 떠나야 하는 사람들의 미래가 그리 밝지만은 않다는 사실을 강조함으로써 그들의 비극은 심화된다.

이 시는 일제강점기 우리 민족의 비애를 시적 율격으로 표현한 작품이다. 떠나는 자의 비애와 함께 그들의 암담한 미래가 예견되는 상

황에 놓여있지만, 젊은 나이를 눈물로만 보낼 수 없는 비극적 운명이
아프게 다가오는 작품이다.

　　박용철(朴龍喆, 1904~1938)아호 용아(龍兒). 전남 광주 출생, 배재고
교를 거쳐 일본 청산학원 중학부 졸업. 이어 동경 외국어 전문학교와
연희 전문학교에서 수학. 1916년 광주공립보통학교를 졸업하고 1917
년 휘문의숙에 입학했다가 바로 배재학당으로 전학했다. 1920년 배재
학당을 자퇴하고 귀향하여 일본 아오야마 학원[靑山學院] 중학부를 거
쳐 1923년 동경 외국어학교 독문과에 입학했으나 관동대지진으로 귀
국했다. 연희전문학교에 입학했으나 곧바로 자퇴를 해서 문학 활동에
만 전념했다. 1938년 5월 후두 결핵으로 서른 네 살의 나이에 요절했
다. 그의 문학 활동을 정리하면 다음과 같다. 첫째, 1930년대 벽두 순
수시 전문지『시문학』을 창간하고 정지용, 김영랑 등을 그 동인으로
맞아들임으로써 격조 높은 순수시의 집단이 형성되는 길을 열었다.
둘째, 괴테, 쉴레, 릴케 등 독일계 시인들의 작품과 키이츠, 테니슨,
브라우닝, 예이츠와 같은 영·미계 시인들의 작품을 광범위하게 수용
하여 자신의 시작활동에서 적용하고 한국 근대시의 분야를 넓히는
데 힘썼다. 셋째,『시문학』을 비롯하여『문예월간』,『문학』등 순수
문예지를 발간, 30년대의 시인과 작가들에게 작품발표의 기회를 제공
했으며 영랑시집, 정지용 시집을 발간하여 우리 시사의 새 국면을 개
척하고 있다. 넷째,『문예월간』창간호에「효과주의적 비평논강」,「시적
변용에 대하여」와 같은 일련의 비평을 발표하여 그를 중심으로 형성

된 30년대 초기의 순수 시인들이 보여 주고 있는 입장들을 옹호하고 나섰으며, 순수시론의 고전을 창작하여 이론적 토대를 제공했다. 다섯째, 1932년 5월에 발족한 극예술연구회에 참여하여 입센의 「인형의 집」을 번역하여 상연하였고, 그 기관지격인 『극예술』의 출간에도 적극 참여하였다.

남(南)으로 창(窓)을 내겠소

— 김상용

남으로 창을 내겠소.

밭이 한참갈이

괭이로 파고

호미론 김을 매지요.

구름이 꼬인다 갈 리 있소.

새 노래는 공으로 들으랴오.

(……중략……)

왜 사냐건

웃지요.

— 출전: 『문학』(1934. 2.) 부분

이 시는 '창을 남쪽으로 내겠다'고 선언하는 시구에서 건강하고 낙천적인 생활인의 면모를 읽을 수 있다. 그리고 이러한 생활에 대한 굳은 신념을 나타내면서도 역설하거나 강요하는 것이 아니고, 2연에서 보는 바와 같이 세상을 초월한 것 같은 부드러운 해학으로 독자들과 만난다. 이러한 부드러움이 이 시의 특별한 매력이다. 이 시는 자연귀의(自然歸依)라는 자연애와 인생의 정관(靜觀) 속에서 유유자적하는 동양의 전통사상을 바탕으로 하고 있다. 이 시는 이른바 '전원시'라 불리는 작품의 하나로 동양미학의 한 전형을 보인다. 전체 3연으로 된 간결한 형식미와 밝고 건강한 시어들 그리고 민요조 율격을 통한 단순하고 소박한 생활을 잘 접목시키고 있다.

자연으로 돌아가고 싶어 하는 마음이 남쪽이라는 밝고 따뜻한 이미지와 연결되어 있다. 이 시는 시인 자신의 주관적 생활관이 잘 반영되어 있다고 볼 수도 있지만, 1930년대 식민지 시대를 살았던 지식인의 불가피한 삶의 선택이라고도 볼 수 있다. 1930년대 유행처럼 번졌던 모더니즘 시세계와는 다른 세계를 추구함으로써 삶의 허무의식으로부터 벗어나 한국적이고 동양적인 세계로 안내하고 있다. 그의 시는 동양적 관조의 세계가 토착어와 결합하면서 뛰어난 시적 의미를 획득하고 있는 것이다. '남으로 창을 내겠소'라는 말은 일종의 생활지향점을 가리키는 것이요, 양지를 향한 건강한 삶에의 의지이다. 남쪽은 따뜻하고 빛이 있는 공간을 상징한다. 그곳을 향하겠다는 자세는 시혼의 건강성을 의미한다. 남쪽 나라는 우리 민족의 정서를 반영한 이상향의 세계인 것이다.

남쪽으로 창문을 내겠다는 것은 이상향을 향한 화자의 의지를 직접 표현한 것이다. 화자가 추구하는 이상향의 세계는 농사를 지으면서 소박하게 살아가는 것이다. 세상이 유혹한다고 해도 미동하지 않고, 이웃과 더불어서 살겠다는 것이다. 자연귀의와 안분지족의 삶이 동양적 삶의 자세라고 한다면, 이 시가 지향하는 이상향의 세계는 자연과 합일하려는 동양적 정서가 잘 나타나 있다고 할 수 있다. '새 노래는 공'으로 들을 수 있는 곳은 자연이라는 공간이다. 그 공간에서 화자는 무념무상의 탈속의 삶을 살겠다는 것이다. 이 시는 1930년대 우리 민족의 현실을 잘 드러내고 있다. 그야말로 세상 바깥에서 삶의 진정성을 발견하지 않으면 살아갈 수 없을 정도로 척박했다는 것을 상징적으로 보여주고 있다.

김상용(金尙鎔, 1902~1951)경기도 연천 출생으로 호는 월파(月坡). 일본 릿꾜 대학 수학. 이화여전 교수, 강원도 지사, 코리아 타임즈 사장 등을 역임하였다. 1930년 『동아일보』에 「무상(無常)」, 「그러나 거문고 줄은 없구나」 등을 발표하여 문단에 데뷔하였다. 자연 속에서 조용한 생을 관조하면서 살아가고자 하는 정신 자세를 드러낸 그는 동양인의 오랜 전통적 정신을 소박하고 친근한 민요조로 표현함으로써 특유의 시세계를 보여 준다. 그의 시세계는 전원적이고 자연주의 경향을 띠고 있다. 건강한 생활감을 고도의 정신적 경지에서 노래하는 특징을 보인다. 시집으로는 『망향』이 있다.

고화병(古花瓶)

― 장서언

고자기(古磁器) 항아리
눈물처럼 꾸부러진 어깨에
두 팔이 없다.

파랗게 얼었다.
늙은 간호부(看護婦)처럼
고적한 항아리

(……중략……)

떨어진 화판(花瓣)과 함께 깔린
푸른 황혼의 그림자가
거북 타신 모양을 하고
창 넘어 터덜터덜 물러갈 때

다시 한 번 내뿜는

담담(淡淡)한 향기.

– 출전: 『카톨릭청년』(1934. 2.) 부분

이 시는 장서언의 초기 시에 해당하며, 시인의 대표작이자 1930년 모더니즘 시의 한 특징을 보여 주는 작품으로 손꼽는다. 이 시는 「고화병」을 대상으로 하여 꽃병이 지니고 있는 이미지를 감각적으로 제시하고 있으며, 평범한 꽃병은 시인을 통해서 독특한 의미와 기품을 부여받음으로써 살아 있는 한 생명체로 승화시키고 있다.

1연에서 의인법을 사용하여 시적 긴장감을 조성하고 모더니즘 기법의 이미지를 이끌어 내고 있다. 2연에서는 푸른색 꽃병이라는 색채 이미지를 사용하고, 고화병을 '늙은 간호부'에 비유함으로써 고화병이 겪어 온 오랜 세월의 '고적함'을 느끼게 한다. 1, 2연이 꽃병의 전체적인 인상을 표현했다면, 3연에서는 꽃병의 내적 상황까지도 드러내고 있다. 1, 2연을 통해서 철 지난 꽃의 줄기 몇 개가 꽂혀 있는 꽃병의 모습을 보여 주고 있다면, 3연에서는 고화병의 크기를 구체적으로 묘사하고 있다. 4연에서는 꽃밭을 그리워하는 꽃처럼 푸른 산골을 꿈꾸고 있는 꽃병 속에 물을 보여 줌으로써 고향을 그리워하고 있는 화자의 마음을 간접적으로 표현하고 있다. 4연에서 시간을 비유한 시어 '떨어진 화판', '푸른 황혼'을 사용함으로써 시적 분위기는 황혼 무렵과 조화되어 고화병의 이미지와 더불어 은은하게 다가온다. 마지막 연에서는 저녁놀이 질 때, 꽃병이 '다시 한 번 내뿜는/담담한 향기'라는 후각적 이미지로 그려진다. 그런데 이 향기는 단순한 꽃향기가 아니라, 고화병의 향기로 오래된 꽃병이 지닌 아늑한 향기를 연상시킨다. 이 시는 고화병의 특징을 의인화 기법으로 보여 주고 있으며, 색채 이미지와 후각적 이미지를 사용하여 1930년 모더니즘 기법의 한 특징을 섬세하게 보여 주고 있다.

장서언은 1930년대 모더니즘 시인으로 알려져 있다.[45] 그의 생애를 통틀어 『장서언시집』(1959년) 한 권만을 남겼고, 동인활동이나 문단적 교류가 없었던 시인이다. 그는 1930년대 모더니즘 시인으로 높이 평가받고 있지만,[46] 이것은 그의 시 활동에 있어서 결과가 아닌 과정일 뿐이다. 그의 시들을 살펴보면, 자신만의 시적 세계를 찾기 위해 끊임없이 고민했다는 것을 알 수 있다. 그의 시는 대상과의 유지 기준에 따라 초기 시와 후기 시로 나눌 수 있다.

장서언의 초기 시를 살펴보면, 일상에서의 다양한 인상들을 포착하고 있으면서도 대상과는 일정한 거리를 유지하고 있다. 이렇게 대상과의 거리 유지를 통해 감정에 대한 절제를 보이고 있다. 초기 시는 이질적인 이미지들을 비논리적으로 배열함으로써 대상을 보는 개성적 시각을 확보하고자 하였다. 그의 시는 1930년대의 현실에 눈을 돌리기도 하였지만 직설적인 표현과 감정의 노출은 자제했으며 객관적인 시선으로 현실을 바라보고 있다. 「고화병」, 「노서아」, 「박」, 「풍경」과 같은 시들이 대개 초기 시에 해당한다.

후기 시는 해방과 한국전쟁이라는 혼란스러운 현실에 처하게 되면

---

45) 30년대 모더니즘에서 시의 경우 김기림, 정지용, 김광균, 장서언, 이상 등을 들 수 있는데, 이들은 감정의 발로보다는 지성의 절제를, 현실의 소극적인 초월보다는 현실의 적극적인 비판을, 시의 이미지의 음악성보다는 회화성을 더 강조하였다(윤호병, 『문학의 파르마콘』, 국학자료원, 1998, 제5장, 참고).

46) 1930년대에는 시각적 이미지즘이라는 기법으로 모더니즘의 영향 아래 놓여 있었으며, 지적 포즈의 차원에서 이미지를 수용하고자 하는 다양한 시도들을 선보였다. 김기림은 감각과 지성의 조화를 이뤄 낸 「고화병」을 보고 '금년 전반 나타난 걸작의 하나'라고 높이 평가했다(우승민, 『장서언 詩 연구』, 울산대학교 출판부, 2004, 2쪽).

서 현실이라는 대상에 밀착되어 직접적으로 감정을 노출하기 시작한
다. 후기 시에 나타나는 특징적인 현상으로 내면의 의지가 표출된 어
투를 취하며 시의 진술방식에 변화를 주기도 하고, 내면의 심경을 시
를 통해 직접적으로 말하기도 한다. 또한 그는 대상을 감각적으로 지
각하거나 의인화하기도 한다. 그러나 화자가 극복해야 할 현실을 관
조하면서 그 내면세계를 드러내는 소극적인 대응을 보이고 있어서
아쉬움이 남는다. 후기 시는 주로 나무를 노래한 시들이 많다. 이것은
시적 화자와 나무를 동일시함으로써 내면의 감정을 드러내는 데 있
어서 감정의 노출이 심화되어 나타난다.[47] 이러한 시들로는 「우리 다
시 한잔」, 「단념」, 「나의 아내여」, 「촛불」, 「나무와 시인」, 「우는 나무」
가 있다.

　장서언(張瑞彦, 1912~1979)서울에서 출생했다. 1937년에 연희전문
학교 문과를 졸업하였으며, 1947년 극단 '신협(新協)'에 가입하여 이해
랑(李海浪)과 함께 연극운동을 하기도 했다. 일제강점기에 일본여행사
(日本旅行社, JTB)에 입사하였고, 광복 후에는 대한여행사의 상무이사
를 역임하였으며, 대한민국정부 수립 이후에는 휘문고등학교 교사로
다년간 근무하였다. 이어 성북고등학교 교사를 거쳐 홍익공업전문학
교 교수로 재직하였다. 1931년 4월 『신여성』에 「병원의 창」을 발표하
는 것을 시작으로 하여, 그다음 해 11월에 『동광(東光)』에 시 「이발사

---

47) 우승민, 앞의 책, 52-54쪽.

의 봄」 외 다섯 편을 내놓으면서 본격적인 작품 활동에 들어갔다. 그
는 「실제(失題)」, 「수인(囚人)의 과정(課程)」, 「풍경 Ⅱ-박」과 같은 시
를 통해서 신선한 감각미를 살린 이미지즘 계열의 작품을 선보였으
며, 김기림과 같은 모더니즘 계열의 시인을 대표하고 있다. 광복 후에
도 시 「단념(斷念)」(『신천지』, 1947년 7월), 「차표팔이 노래」(『신천지』,
1948년 1월), 「나무」(『현대문학』, 1963년 1월)와 같은 시들을 발표하
였다. 시집으로는 『장서언시집』(1959년)이 있으며, 대표시로는 「고화
병(古花瓶)」, 「단념(斷念)」 등을 들 수 있다.

모란이 피기까지는

— 김영랑

모란이 피기까지는
나는 아직 나의 봄을 기다리고 있을 테요.
모란이 뚝뚝 떨어져 버린 날,
나는 비로소 봄을 여읜 설움에 잠길 테요.
오월 어느 날, 그 하루 무덥던 날,
떨어져 누운 꽃잎마저 시들어 버리고는
천지에 모란은 자취도 없어지고,
뻗쳐 오르던 내 보람 서운케 무너졌느니,
모란이 지고 말면 그뿐, 내 한 해는 다 가고 말아,
삼백 예순 날 하냥 섭섭해 우옵내다.
모란이 피기까지는
나는 아직 기둘리고 있을 테요, 찬란한 슬픔의 봄을.

— 출전: 『문학』(1934. 4, 제3호) 전문

이 시는 김영랑의 초기시의 모습을 잘 보여준다. 그의 초기시는 자아의 내면을 섬세한 민요가락으로 표현하고 있는데, 이 시는 이러한 시적 리듬감과 섬세한 인간의 내면 정서를 잘 살리고 있다. 김영랑은 1930년대 박용철, 정지용, 이하윤, 정인보, 변영로, 신석정과 함께 '시문학파' 동인으로 활동한다. 시문학파는 목적의식과 사회성을 배제하고 순수한 인간 정서를 표현하는데 주력한다. 순수문학의 옹호를 기치로 내건 이들의 시운동은 경향파의 시들과는 다른 입장에서 문학 운동을 전개한다. 시가 관념론이나 목적론에서 벗어나 순수성을 옹호하면서 시어의 경작(耕作)과 표현의 미학에 치중하게 된다.

이 시는 시문학파의 미학을 잘 보여주고 있는 작품이다. 시문학파는 시는 인간의 정서를 아름답게 순화한다는 측면에서 시어의 조탁과 감정의 유로를 꾀하였다. 이 시에서 남도 지방의 사투리를 풍부하게 살리고 있다는 점이나, 율격을 고려해서 시행을 배열하고 있다는 점에서 시문학파의 순수시의 본령을 충분히 살리고 있다고 할 수 있다. 또한, 슬픔과 기쁨의 변증법적 인식을 통해서 감정의 긴장과 이완을 조화롭게 보여주고 있는데, 이러한 절제와 균제의 미학은 이 시가 단순한 영탄이나 한의 미학으로 떨어지지 않게 한다. 이 때문에 이 시에서 화자는 '삼백 예순 날 하냥 섭섭해' 울고는 있지만, 새 봄이 와서 모란이 피기까지 기다리고 있을 것이라는 확고한 의지를 보이고 있는 것이다.

이처럼 이 시는 절망의 끝에서 희망을 보는 시적 발상이 더욱 돋보인다. 모란이 피는 봄은 보람의 계절이지만, 모란이 지는 오월은 설움의 계절이다. 화자가 인식하고 있는 보람과 설움은 순환론적 시간 속에 존재하는 인간의 사소한 감정일 뿐이다. 그러나 거대한 우주의 논리에 따르면 이것은 하나의 순간일 뿐이다. 이러한 인식 때문에 화자는 기다림의 여유를 부릴 수 있는 것이다.

이 시를 두고 서정주는 남도가락에서 만날 수 있는 '촉기(燭氣)'의 미학이라고 설명하고 있는데, 그것은 슬픔을 표현하면서도 슬픔의 정조에 빠지지 않는 것을 말한다. 일제 강점기의 현실에 놓여 있지만, 그 현실에 절망하지 않는 것, 이것은 우리 민족의 보편적 정서와 닿아 있다. 현실의 고통을 극복하는 방편은 부정의 시대에 잠재해 있는 긍정의 시대를 바라보는 것이다. 모란이 지는 상황을 '찬란한 슬픔의 봄'이라는 역설의 미학으로 맞설 수 있는 것은 상황에 대한 긍정적 인식 때문이라고 할 수 있다.

이 시에서 보여준 생명과 죽음의 순환론적 인식 때문에 김영랑의 시세계는 1920년대 이상화, 박종화, 홍사용으로 대표되는 백조파 시인들의 절망적 정조와는 사뭇 다르게 읽힌다. 이러한 균제의 아름다움은 그의 시가 지나친 감상주의(感傷主義)에 떨어지지 않고, 시적 긴장과 절제의 미학을 획득하게 되는 계기가 되는 것이다. 일제 강점기의 암울한 시대적 상황 속에서 새로운 생명의 미학을 발견하려고 한 그의 시적 노력은 이 시의 문학사적 위상을 한껏 고양시키고 있다.

김영랑(金永郎, 1903~1950)전라남도 강진(康津)에서 출생. 본명은 윤식(允植). 부유한 지주의 가정에서 한학을 배우면서 자랐고, 1917년 휘문의숙에 입학, 3·1운동 때에는 강진에서 만세운동을 모의하다가 일본경찰에 체포되어 6개월간 옥고를 치렀다. 1920년 일본으로 건너가 아오야마[靑山]학원에 입학한다. 1930년 박용철, 정지용과 함께 『시문학』 동인으로 참가하여 이 잡지에 「동백잎에 빛나는 마음」, 「언

덕에 바로 누워」, 「쓸쓸한 뫼 앞에」, 「제야(除夜)」와 같은 시를 발표하
면서 본격적인 시작(詩作) 활동을 전개하였다. 곧이어 「내 마음 아실
이」, 「가늘한 내음」, 「모란이 피기까지는」과 같은 시를 발표하였고,
1935년에는 첫 번째 시집 『영랑시집(永郎詩集)』을 간행하였다. 잘 다
듬어진 언어로 섬세하고 영롱한 서정을 노래한 그의 시는 정지용의
감각적인 기교, 김기림의 주지주의 경향과는 달리 순수 서정시의 새
로운 경지를 개척하였다. 한국의 근대시인 가운데서 언어의 음악성을
가장 아름답게 구현한 시인 가운데 하나이다. 일제강점기 말에는 창
씨개명(創氏改名)과 신사참배(神社參拜)를 거부하는 저항 자세를 보여
주었고, 광복 후에는 민족운동에 참가하는 등 자신의 시의 세계와는
달리 행동파적 일면을 지니고 있기도 하였다. 한국전쟁 때 서울에서
파편에 맞아 사망하였다.

오감도 시제1호

— 이상

13인의아해(兒孩)가도로로질주(疾走)하오.
(길은막다른골목이적당하오.)

제1의아해가무섭다고그리오.
제2의아해가무섭다고그리오.
제3의아해가무섭다고그리오.
제4의아해가무섭다고그리오.
제5의아해가무섭다고그리오.
제6의아해가무섭다고그리오.
제7의아해가무섭다고그리오.
제8의아해가무섭다고그리오.
제9의아해가무섭다고그리오.
제10의아해가무섭다고그리오.

제11의아해가무섭다고그리오.
제12의아해가무섭다고그리오.
제13의아해가무섭다고그리오.

13인의아해는무서운아해와무서워하는아해와그렇게뿐이모였오.

(다른사정은없는것이차라리나았소.)

그중에1인의아해가무서운아해라도좋소.

그중에2인의아해가무서운아해라도좋소.

그중에2인의아해가무서워하는아해라도좋소.

그중에1인의아해가무서워하는아해라도좋소.

(길은뚫린골목이라도적당하오.)

13인의아해가도로로질주하지아니하여도좋소.

— 출전:『조선중앙일보』(1934. 7. 24.) 전문

이 작품은 연재하자마자 독자들의 '미친놈의 잠꼬대냐', '개수작이냐'라는 비난과 혹평 속에 30회 연재분 중에서 15회밖에 연재하지 못한 시이다. 이 시는 연재 당시부터 문단과 독자들에게 큰 충격을 던져 준 작품이다. 시 「오감도」는 기존의 시 형식을 벗어나서 형식의 자유로움을 추구하고 있다는 점에서 당시 시단에 큰 반향을 불러일으켰다. 이상은 갔지만, 이 시만은 여러 연구자들에 의해 다양한 방법으로 새로운 해석을 내놓고 있다.[48]

이 시의 제목부터 찬찬히 살펴보자. 우선 오감도(烏瞰圖)라는 말은 조감도(鳥瞰圖)라는 말에서 한 획을 빼서 변형시킨 것으로, 새가 내려다보는 형국에서 까마귀가 내려다보는 형국으로 바꾸어 놓고 있다. 조감도는 높은 곳에서 비스듬하게 내려다본 것처럼 그린 그림을 말

---

48) 신용협 외, 『한국현대시 대표작품 연구』, 국학자료원, 1998, 275 – 276쪽.

한다. 새가 하늘에서 내려다본 것을 그린 도형이다. 그런데 이 시에서 '새' 대신 '까마귀'를 사용한다. '새'를 '까마귀'로 바꿔 놓음으로써 당대 현실에 대한 위기의식과 불안감, 절망감의 의미를 증폭시키고 있다. 까마귀가 내려다보는 음산한 도로를 열세 명의 아이들이 도로로 질주하고 있다. 그중의 한 아이가 무섭다고 말하고, 그 말을 들은 다른 아이들도 역시 무섭다고 말한다. 그러나 이 무서움은 주체와 객체가 없는 무의식의 공포 같은 것이다.

13이라는 숫자는 여러 가지 의미로 해석될 수 있지만, 불길함으로 제시하기 위한 장치라는 점에 대해서는 별다른 이견이 없어 보인다. 이 시는 현대 도시 문명과 우울한 식민지 현실에 대한 절망감을 표현한 것이다. 이 시에 등장하는 13명의 아이들은 고유명사로 이름을 지니지 않고 개성이 없고 자아가 해체된 존재들임을 암시한다. 이는 현대의 자본주의 사회가 양산한 물화된 인간들, 현대도시 산업사회의 물질화된 인간들을 상징하고 있다[49].

이 시의 숫자 13은 숫자만으로도 무수한 의문이 제기되고 다양한 해석이 가능하다. 조두영은 이 시의 '13人의 아해'란 예수의 제자 13인을 말하며, 이때 예수는 이상의 친아버지를 상징하고, '13人의 아해'는 이상의 '어린 시절'이며 곧 자아가 되는 것이다. 무작정 도로로 질주하는 것은 어린 시절 이상이 백부집의 양자로 들어가면서 손상된 가족관계의 혼란을 말하고 있다. 이상이 백부집에서 친가로 달려가던 골목길을 연상시키기도 한다. 어린 시절의 정신적 외상은 이 골목, 저 골목, 막다른 골목으로 뛰어다니던 기억을 연상시킨다. 가족과

---

49) 오세영, 『한국현대시 분석적 읽기』, 고려대학교 출판부, 1998, 184－186쪽.

결별하고 혼자서 속박당해서 살아야 했던 처지가 정신적 상처로 남아 있었는데 동생 운경이 엄마를 독차지하고 있는 데에 샘이 나고, 친부모는 좀처럼 찾아와 주지 않으니 분하고, 그래서 이상은 스스로 무서운 아이이고 무서워하는 아이가 되는 것이다.[50] 이 외에도 13이 죽음을 상징하기도 하고, 열두시 다음의 숫자를 의미하기도 한다. 13이라는 숫자는 차여진 것에서 뭔가 삐뚤어진 숫자를 의미하고, 현대 문명으로부터 질식당하고 있는 현대인의 삶을 의미하기도 한다.

이상(李箱, 1910~1937)본명은 김해경(金海卿)이다. 본관은 강릉 김씨. 아버지는 구한말 궁내부 활판소에서 일하다가 손가락 셋이 잘린 뒤 이발소를 차린 김연창(金演昌) 씨였다. 아버지 김연창과 어머니 박세창(朴世昌) 사이에서 2남 1녀 중 장남으로 태어났다. 네 살 되던 해 백부 김연필의 양자가 되어 큰집에서 살았는데, 권위적인 큰아버지와 무능력한 친부모 사이에서 심리적 갈등이 심했으며, 이런 체험이 그의 문학에 나타나는 불안의식의 뿌리를 이루게 된다. 1927년 보성고등보통학교를 거쳐 1929년 경성고등공업학교 건축과를 졸업했다. 졸업하던 해 조선총독부 내무국 건축과 기수(技手)가 되었으며, 조선총독부의 기관지인 『조선과 건축』 표지도안현상공모에 1등과 3등으로 당선되는 등 그림과 도안에 재능을 보였다. 1933년 각혈로 퇴직한 후 그는 건강에 이상을 느낀 뒤 총독부 일을 사임하기도 하였다. 이때부

---

50) 권영민, 『이상 문학연구 60년』, 문학사상사, 1998, 127-128쪽.

터 문학에 대한 본격적인 관심을 기울이며, 정지용, 이효석, 김기림, 이무영, 조용만, 박태원과 함께 모더니즘 동인이라고 할 수 있는 구인회(九人會)에 가입하여 그 회원들과 자주 어울렸다. 그리고 다방 제비를 열어 경영하는 한편, 결핵 치료와 요양을 위해 찾았던 황해도 백천온천에서 만난 어린 기생 금홍이와 동거생활을 시작한다. 1931년 7월『조선과 건축』에「이상한 가역반응(可逆反應)」을, 1930년 2월『조선』에 소설「12월 12일」을 발표하면서 문단에 등단하였다. 그의 사후 1949년에『이상 선집』, 1956년에『이상전집』이 간행되었다.

이상은 1934년『조선중앙일보』에 연작시「오감도」를 발표하여 난해시의 작가로서 알려진 시인이다. 그는 30년대 중반, 세계적으로 유행한 자의식 문학에 영향을 받아 내면적인 세계를 초현실적으로 형상화시키는 경향의 작품들을 썼다. 경영하던 다방의 실패와 동거하던 금홍이의 잦은 가출로 괴로워하던 이상은 1936년 변동림이라는 여인과 결혼을 한다. 생활의 전기를 마련한 그는 근대성의 핵심에 다가서 보고자 하는 열망으로 동경행을 결행한다. 이 무렵 그는 시에서 소설로 관심을 옮겨「날개」,「종생기」,「봉별기」,「지주회시」등의 작품을 완성한다. 하지만 그는 동경에 도착한 이후 자신이 평소 꿈꾸던 근대의 현장을 눈으로 확인하고는 큰 실망을 안고 하숙집에서 칩거하는 생활을 선택한다. 그리고 이러한 행동을 수상히 여긴 일본 경찰들에게 사상 불온자로 지목되어 경찰서 유치장에 구금되어 폐결핵으로 풀려나서 동경제대 부속병원에서 일생을 마친다.

승무(僧舞)

- 조지훈

얇은 사(紗) 하이얀 고깔은
고이 접어서 나빌레라.

파르라니 깎은 머리
박사(薄紗) 고깔에 감추오고,

두 볼에 흐르는 빛이
정작으로 고와서 서러워라.

(……중략……)

까만 눈동자 살포시 들어
먼 하늘 한 개 별빛에 모두오고,

복사꽃 고운 뺨에 아롱질 듯 두 방울이야

세사(世事)에 시달려도 번뇌(煩惱)는 별빛이라.

휘어져 감기우고 다시 접어 뻗는 손이

깊은 마음 속 거룩한 합장(合掌)인 양하고,

이 밤사 귀또리도 지새우는 삼경(三更)인데,

얇은 사(紗) 하이얀 고깔은 고이 접어서 나빌레라.

– 출전: 『문장』(1939. 12.) 부분

이 시는 조지훈이 열아홉 살 때 수원의 용주사에서 사찰 제의(祭儀)에서 보았던 승무에서 감흥을 받고, 그로부터 수년 뒤 구왕궁 아악부에서 '영산회상'의 한 가락을 듣고서 시상이 떠올라 이 작품을 썼다고 한다.

이 시의 화자는 인간의 애욕과 번뇌를 종교적으로 승화시키고 있다. 시의 전반부(1-4연)가 승무를 추기 직전의 상황을 그리고 있으며, 후반부(5-9연)는 승무를 추는 역동적 이미지를 통해서 세상의 번뇌를 초극하는 장면을 그리고 있다. 얇고 하얀 고깔을 쓴 여승의 눈에 고인 눈물이 서럽게 빛나고, 빈 무대에는 황촉불이 말없이 타고 있는 장면에서 숙연한 분위기를 만들어낸다. 눈물이라는 하강 이미지와 달과 별의 상승 이미지가 절묘하게 조화를 이루면서 슬픔의 의미가 심화된다. 촛불은 여승의 눈물과 연결되고, 오동잎 잎새 사이로 지는 달은 여승의 한을 상징적으로 제시하고 있다. 까만 눈동자를 살포시 들어 승무를 추기 시작하는 여승의 몸놀림은 때로는 완만하게, 때로는 격렬하게 이어진다. 승무를 추는 여승이 신고 있는 외씨버선의 곡선미는 한국의 전통미를 잘 보여준다. 조지훈의 시는 전통에서 소재를 발견하고 그 소재를 아름답게 승화시키고 있는데, 이 시의 곡선미에서 한국 전통 미학의 근원을 발견할 수 있다.

이 시의 계절적 배경이 되는 가을은 절망과 고독의 이미지를 상징한다. 여승이 속세를 떠나 비구니가 될 수밖에 없었던 사연이 계절적 배경 속에 중첩되어 있다. 한 개의 별빛에 시선을 모으면서 죽음과 절망으로 향해가는 윤회의 고리를 끊고 해탈의 경지에 도달하려는 여승의 기도가 애절하게 이어진다.

이 시의 형식은 9연 18행으로 구성되어 있으며, 처음과 끝을 동일한 구조로 만듦으로써 형식의 완결성을 꾀하고 있다. 또한 이 시는 시적 리듬감을 살리기 위해 2음보와 4음보를 반복하면서 안정된 격률을 취하고 있다. 형식상의 측면에서 뿐만 아니라, 시어 선택에 있어서도 세심한 배려를 하고 있다. 이를테면, '고깔은 나비와 같다'라고 표현한 부분에서 '고이 접어서 나빌레라'라고 표현함으로써 시적 의미를 증폭시키고 있다. '-ㄹ레라'는 의고형 감탄 어미를 사용하여 고풍스러운 분위기를 자아낸다. 이와 같이 이 시는 한국적 전통 미학을 형식과 구성, 시어 선택과 율격을 통해서 풍성하게 살려내고 있다. 특히, 율격을 고려한 '하이얀', '파르라니', '감추오고'와 같은 시어는 여승의 한을 표출하는데 적합하다. 그런 점에서 이 시는 한국적 전통 미학의 정수를 잘 보여주고 있는 작품이다.

이 시 한편을 쓰기 위해 수년간 고심을 했다는 작가의 고백에서도 알 수 있듯이, 이 시는 조지훈의 시세계를 집약적으로 보여주고 있는 작품이다. 주지하다시피 조지훈은 1930년대 후반 『문장』 를 통해 등단한 '청록파' 시인 중의 한 명이다. 청록파 시인은 순수 자연에의 귀의와 전통의 복원이라는 두 가지 문제를 시적으로 승화시키고 있다. 박목월은 전통주의 시각에서 박두진은 자연과 기독교를 소재로 한 시적 순수성의 획득에 기여하고 있다면, 조지훈은 한국적 전통 미학을 중심으로 시적 순수성을 찾아내고 있다. 특히, 조지훈은 전통에서 소재를 찾고, 그 소재를 전통 서정시의 방식으로 보여주고 있다. 시 「승무」는 불교에서 전래되고 있는 승무를 통해서 한국 전통의 미학을 되살리고 있다. 이 시는 번뇌를 초극하려는 구도자의 정신자세를 읽을 수 있을 뿐만 아니라 인간의 애욕과 갈등을 풀어내려는 시인의 지사적 풍모를 동시에 읽을 수 있다. 지조 있는 학자로서, 그리고 전통을 옹호한 시인으로서 삶을 마감한 그의 지사적 풍모는 시 「승무」에서 여승의 고뇌를 통해서 표출하고 있다.

조지훈(趙芝薰, 1920~1968)경북 영양군 일월면 주곡동 201번지에서 부친 조현영과 모친 유노미 사이의 3남 1녀 중 차남으로 태어났다. 그러나 그의 본적은 부친이 1928년 3월 20일에 분가하였기 때문에 일월면 주곡동 202번지로 되어 있다. 그런데 족보나 호적초본의 기록에는 그의 출생일이 다르게 나타나 있다. 그러나 지훈이 자신의 글 「약력과 느낌 두 셋」에서 "본명은 조동탁 나이는 신유 1월 11일부터 경북 영양군 주곡리가 나의 고향이 되었읍니다"라고 술회한 것과 가족들의 증언으로 미루어 보면 그의 출생일은 1921년 1월 11일이 정확한 것 같다. 그의 가문이 경북 영양군 일월면 주곡동에 기반을 잡고 입주한 것은 한양 조씨의 시조 조지수로부터 13대인 호은공 조전 때부

터이다. 그 이후 8대에 걸쳐 진사가 났고, 향유(鄕儒)로서 문벌이 융성
했다. 특히 선조 때 조전의 호(號)를 본떠서 세운 호은정이 그 지방의
유학을 상징하는 정신적, 학문적 산실이 되었다는 사실만 보아도 그
성세를 짐작할 수 있다.

조지훈은 유년기에서 청소년기에 이르는 동안 혜화전문학교(현 동
국대, 1941)를 제외하고는 정규교육을 받지 못했다. 조부 조인석(趙寅
錫)으로부터 개인적으로 한문 교육을 받았고, 원록서당에서 서당식
교육을 받았을 뿐이다. 그것은 한편으로는 유학자 집안의 선비로서
지절의 한학자인 조부 조인석이 지훈에게 일본식 현대 교육을 받는
것을 반대했기 때문이고, 다른 한편으로는 선대의 유교 전통과 문벌
의 계승을 원했기 때문이었다. 실제로 지훈의 미망인 김주남 여사는
조부가 지훈이 한의학을 배우도록 강력하게 바랐다고 증언하고 있다.
그는 1941년 3월 16일 혜화전문학교 문과를 졸업한 후에 4월 초부터
오대산 월정사(月精寺) 불교강원 외전강사를 시작하게 되고, 1941년
가을 일본의 황국식민화정책에 의해『文章』지가 폐간되면서 큰 충격
을 받아 건강상 문제로 인해 결국 월정사 생활을 마치고 상경한다.
그 후 1942년 조선어학회(한글학회)를 방문한 그는 그곳에서 큰사전
편찬원이 되어 일제 황국식민화 정책 아래에서 버림받고 말살당하는
모국어를 지키기 위해 노력했다. 그러다가 1942년 10월 1일 조선어학
회 사건이 일어나 일경에게 문초를 당한 후 풀려나게 되고, 1943년
가을, 그는 고향인 주곡동으로 낙향해 버린다. 대부분의 문인들이 황
도문학을 지향하는 '조선문인보국회'라는 친일 문학모임에 적극 가
담할 때 누구보다도 민족정신이 투철했던 그는 청록파 시인들과 함
께 붓을 꺾을 수밖에 없었다.

　해방 후 그는 조선어학회에 관여하게 된다. 그는 1945년 10월 군정청으로부터 조선어학회의 '국어 교본' 편찬원으로 위촉받았고, 같은 해 11월에는 진단학회의 '국사교본'의 편찬원이 되었다. 그리고 1945년 8월에는 조선문학건설협의회 회원이 되었다. 그는 학술원과 중앙문화협의회의 일을 돕기도 하였는데, 그의 이러한 활동은 민족문화에 대한 남다른 애착과 그의 의식 속에 자리 잡은 강렬한 민족정신과 역사의식에서 나온 것이라 할 수 있다.

　그는 교육자였다. 1941년 4월부터 12월까지 월정사 불교강원 외전 강사를 거쳐, 1945년 10월부터 1946년 2월까지 혜화전문학교의 강사, 경기여고교사, 1946년 10월부터 1년간 서울여의대 교수를 역임하였다. 1946년 '전국문필가협회' 중앙위원을 했고, 1947년 4월부터 동국대 강사를 역임했다. 그러나 그가 교육자로서 학자로서 본격적인 생활을 시작한 것은 고려대 국문학과 교수가 되면서부터이다. 그는 20여 년을 고려대 교수로 재직하면서 고려대 민족문화연구소 초대소장으로도 활동한다.

　한편 사회·문화 활동에 있어서도 적극적인 자세를 취한다. 해방기에 나타나는 경향파 문학에 반대하여 순수문학을 재건하기 위해 청년문학가협회, 전국문화단체총연합회, 한국문학가협회 등의 창립동지로 참가하였으며, 1950년 한국전쟁이 일어나자 문총(文總) 구국대 기획위원장으로 종군했고, 1951년 5월에는 종군문인단 부단장으로 활약하여 그의 자유·민주·정의의 수호 정신 및 반공의식을 고양하였으며, 1953년 7월에 문교부 국어심의위원, 종교단체심의위원을 역임하였다. 1959년에는 민권수호 국민총연맹 중앙위원, 공명선거 추진위원회 중앙위원이 되어 반독재 투쟁을 하였으나 정당에 가입하거나 정치권에 뛰어들지는 않았다.

60년대에 들어서면서 그는 시 창작보다는 문화 활동에 주력한다. 1961년 벨기에의 크노케에서 개최된 국제시인 벨지움 회의 한국대표로 참가한 것과 민족문화 연구소장(1963년), 민족문화 추진위원회 편집위원(1966년), 한국시인협회장(1968년)을 역임한다. 그는 1968년 5월 17일 48세의 나이로 타계한다.

조지훈은 문학 수업기를 거친 다음 습작기의 시에서 한때 서구적 정신세계에 경도되어 자아의 문제에 집착하는 한편 문명 비판적 작품을 쓰기도 했다. 그러나 이것은 일시적인 실험 단계에 불과했으며, 『문장』지에 본격적으로 추천되면서부터 유교적 사고에 입각한 민족 전통을 지향하는 방향으로 작품세계가 변모하게 되었다. 이와 같은 창작 태도는 그 후 상당히 오랫동안 지속되었으며, 당시의 상황에 비추어 볼 때, 우리 시가 역사의식이나 전통의식에 입각해야 한다는 시대적 요구에도 부응하는 것이었다고 할 수 있다.

다음으로 그는 월정사 불교 강원 외전 강사를 역임하면서 불교적 선의 세계에 깊은 관심을 갖게 되고, 이러한 불교적 세계를 자연에 투사시켜 선에 바탕을 둔 자연관조적인 시편들을 창작하였다. 여기서 그는 감정과 주관을 일체 배제한 자연 현상만을 관조하게 된다. 따라서 절제된 시어, 생략과 압축에 의한 단시 형태, 작품 전체를 응축해서 보여 주는 상징성의 획득과 같은 특징으로 나타나게 되는 것이다.

한편 해방 및 한국전쟁과 50, 60년대의 혼란스러운 사회를 체험하면서 그의 시는 현실 참여적 경향을 보이기도 하였으나, 예술적 형상화에는 실패한 것으로 평가되고 있다. 이와 더불어 그는 전통적 서정시와 순수 서정시를 지속적으로 발표하여 순수를 추구하는 정신적 자세를 지속적으로 유지하였다. 그런데 후기에 이르러 그는 자연 및 선의 세계와 역사의식을 발견하게 된다. 즉 자신의 시적 여정을 정리하면서 시세계에서 대립되어 온 서구적 취향과 동양전통, 현실과 이상이 서로 융합하는 조화로운 길을 찾아내고 자연을 새롭게 인식하게 된 것이다.

1946년 6월 『청록집』이라는 합동시집을 내면서 조지훈, 박목월, 박두진은 청록파라는 이름으로 불리게 된다. 청록파는 한국 현대시사에서 전통 서정시의 계열을 계승한 일군의 시적 경향을 보이며, 이러한 전통 서정시는 리얼리즘, 모더니즘과 함께 한국 현대시사의 한 축을 형성하고 있다. 리얼리즘과 모더니즘이 서양의 이론을 바탕으로 형성되었다고 한다면, 전통 서정시는 한국의 정서를 바탕으로 형성되었다고 할 수 있다.

전통 서정시는 『문장』을 통해 자신의 시세계를 발표해 오던 시인들이 모색한 방법론이다. 청록파는 이러한 전통적 방법론을 계승하고 있는데, 이러한 방법론은 박재삼, 김현승, 김남조로 이어지면서 그 맥락을 유지하고 있다. 청록파에 대한 이해는 한국 현대시의 한 축을 이해하는 중요한 작업이라고 할 수 있다.

한편 청록파는 서로가 서로를 결코 흉내낼 수 없는 독특한 개성, 즉 각자의 시적 취향에 맞는 표현 기교와 율격을 통해서 독특한 시세계를 창조해 내고 있다. 그러나 자연의 본성을 통하여 인간의 염원과 가치를 성취시키는 시 창작의 태도는 공통점이 있으므로 서정주는 이러한 공통점에 근거하여 '자연파'라고 주장하기도 한다.

이 세 시인의 시적 특징을 요약하면 다음과 같다. 박목월의 시에 나타난 향토적 서정에는 한국인의 전통적인 삶의 의식이 살아 있다.

이를 통하여 일제 말기 한국인의 정신적 동질성을 통합하려고 한 가치를 인정할 수 있으며 그의 민요풍의 시 형식도 그러한 민족적 전통에 근거하고 있다고 볼 수 있다. 한편 조지훈의 시는 불교적 세계를 자연에 투사시켜 선에 바탕을 둔 자연관조의 태도를 취한다. 여기서 그는 감정과 주관을 일체 배제하고 자연 현상만을 직접 관조한다. 따라서 절제된 시어, 생략과 압축에 의한 단시 형태, 작품 전체를 응축해서 보여 주는 상징성의 획득과 같은 특징이 나타나게 되는 것이다. 이러한 전아한 고전 취향은 역사 문화에 대한 인식을 일깨운다는 데 일정한 의의가 있으며, 민족의 문화 동질성을 환기시킴으로써 일제 식민지 시대 민족의 굴욕을 극복하려 하고 있다는 의의를 가진다. 그의 시에서 저항적 요소가 보이고 있음도 그러한 정신적 자세와 연결되고 있다.

조지훈이 불교적 세계를 바탕에 두고 있다면, 박두진은 기독교적 신앙에서 빚어진 의연하고 당당한 생활 신념을 바탕에 두고 있다. 그에게 있어서 자연 인식은 원시적 건강성과 함께 강렬한 삶의 의지로 표상되고 있는데, 이를테면 시 「향현」에서 '침묵의 산에서 불길이 치솟는 심상'으로 표현하고 있는 것은 그러한 기독교 신앙에 근거하여 일제강점기 민족의 수치심을 극복하려는 기세를 읊고 있는 것이다.

여우난 곬족(族)

— 백석

명절날 나는 엄매 아배 따라 우리집 개는 나를 따라 진할머니 진할아버지 있는 큰집으로 가면 얼굴에 별자국이 솜솜 난 말수와 같이 눈도 껌벅거리는 하로에 베 한 필을 짠다는 벌 하나 건너 집엔 복숭아나무가 많은 신리(新里) 고무, 고무의 딸 이녀(李女), 작은 이녀(李女) 열여섯에 사십(四十)이 넘은 홀아비의 후처(後妻)가 된, 포족족하니 성이 잘 나는, 살빛이 매감탕 같은 입술과 젖꼭지는 더 까만, 예수쟁이 마을 가까이 사는 토산(土山) 고무, 고무의 딸 승녀(承女), 아들 승(承)동이 (……중략……) 할머니 할아버지가 안간에들 모여서 방안에서는 새 옷의 내음새가 나고 또 인절미, 송구떡, 콩가루차떡의 내음새도 나고, 끼때의 두부와 콩나물과 뽁운 잔디와 고사리와 도야지비계는 모두 선득선득하니 찬 것들이다.

저녁술을 놓은 아이들은 오양간섶 밭마당에 달린 배나무 동산에서 쥐잡이를 하고, 숨굴막질을 하고, 꼬리잡이를 하고, 가마타고 시집가는 놀음, 말타고 장가가는 놀음을 하고, 이렇게 밤이 어둡도록 북적하니 논다. 밤이 깊어

가는 집안엔 엄매는 엄매들끼리 아르간에서들 웃고 이야기하고, 아이들은
아이들끼리 웃간 한 방을 잡고 조아질하고 쌈방이 굴리고 바리 깨돌림하고
호박떼기하고 제비손이구손이하고, 이렇게 화디의 사기방 등에 심지를 몇
번이나 돋우고 홍게닭이 몇 번이나 울어서 졸음이 오면 아릇목싸움 자리싸
움을 하며 히드득거리다 잠이 든다. 그래서는 문창에 텅납새의 그림자가 치
는 아츰 시누이 동세들이 육적하니 흥성거리는 부엌으론 샛문틈으로 장지문
틈으로 무이징게 국을 끓이는 맛있는 내음새가 올라오도록 잔다.

— 출전: 『조광』(1935. 12, 1권 2호) 부분

여우난 곬족 : 여우난 골 부근에 사는 일가 친척들.

진할머니 진할아버지 : 아버지의 외할머니와 외할아버지.

포족족하니 : 빛깔이 고르지 않고 파르스름한 기운이 도는.

매감탕 : 엿을 고거나 메주를 쑨 솥을 씻은 물로 진한 갈색.

토방돌 : 집의 낙수 고랑 안쪽으로 돌려가며 놓은 돌. 섬돌.

오리치 : 평북 지방에서 오리 사냥에 쓰이는 특별한 사냥 용구.

반디젓 : 밴댕이젓.

저녁술 : 저녁 숟가락 또는 저녁밥.

숨굴막질 : 숨바꼭질.

아르간 : 아랫간. 아랫방.

조아질하고 - 제비손이구손이하고 : 아이들의 놀이 이름들.

화디 : 등잔을 얹는 기구. 나무나 놋쇠로 만듦.

홍게닭 : 새벽닭.

텅납새 : 처마의 안쪽 지붕.

무이징게 국 : 민물새우에 무를 넣고 끓인 국.

백석의 시는 시어에 있어서 토착어의 구사가 두드러지게 나타난다. 이 시는 유년의 시각과 목소리로 평안도 방언을 구사하고 있는데, 이런 평북방언의 구사가 완강하고 노골적으로 드러나 사물이나 풍속에 집중하여 진정성을 부여하게 되며, 토속적인 고향의 풍물과 정취가 배어나게 하는 효과를 가지게 된다. 그리고 이 시는 서사 지향의 특징이 잘 나타나 있다. 큰집으로 나서 저녁―밤―아침의 시간 경과에 따라 서술하고 있으며, 통사구, 관형구, 음식물 관련 어휘, 행위의 서술과 같은 '말하기' 방식과 '보이기' 방식의 서술기법이 잘 드러나 있다. 이 시에는 이러한 서사지향의 특징이 나타나면서도 후각적 이미지와 촉각적 이미지를 사용하여 시적 분위기를 이끌고 있으며, 시적 생명력을 획득하게 한다.

그의 시는 방언을 구사하여 토속성과 친근성을 유발하고 있으며, '예수쟁이'와 같은 표현에서 외래적 요소에 대한 강한 거부감을 드러내고 있다. 그의 시에는 민족적 주체성에 대한 인식이 나타나며, 보편적이면서도 구체적으로 민중의 생활상이 제시되면서 민족의식을 담보한 민중시의 특성을 보인다.

1연은 명절날 진외가에 가는 장면이 구체적으로 서술되고 있다. 이 부분에서는 인물과 사건이 결부된 서사적 진술이 이루어진다. 2연은 일가친척들이 큰집에 모이게 되는 장면이 그려지고 있는데, 여기에서는 친척들의 외양과 삶의 특성이 직접, 간접 묘사를 통해서 진술하고 있으며, 끈끈한 공동체적 의식을 보이고 있다. 명절날의 토속음식과 풍속이 구체적으로 진술되고 있다. 3연은 명절의 넉넉한 음식과 떠들썩한 분위기가 잘 살아난다. 친척들의 풍요로운 인정미와 고향의 정취가 훈훈하게 느껴진다.

백석(白石, 1912. 7. 1~1995?)본명 백기행. 평안북도 정주에서 출생하였다. 1918년 오산소학교를 거쳐 오산중학교. 조선일보사 후원 장학생으로 일본 아오야마 학원[靑山學院]에서 영문학을 공부. 귀국하여 조선일보사에 입사, 『여성』에서 편집을 맡아보다가 1935년 8월 『조선일보』에 「정주성(定州城)」을 발표. 1936년 조선일보사를 그만두고 함경남도 함흥 영생여자고등보통학교 교사. 만주 신징(新京)에 잠시 머물다가 만주 안둥(安東)으로 옮겨 세관업무 담당. 해방 후 고향 정주에 머물면서 글을 썼으며, 한국전쟁 뒤에는 북한에 그대로 남았다. 1936년에 펴낸 시집 『사슴』에 그의 시 대부분이 실려 있으며, 시 「여승(女僧)」에서 보이듯 외로움과 서러움의 정조를 바탕으로 했다. 민족주의 지도자 조만식의 비서를 지내며 솔로호프의 「고요한 돈강」 등을 번역하기도 했다고 전해진다. 김일성종합대학에서 국문학을 강의했으며, 한국전쟁 중 중국에 머물다가 휴전 후 귀국하여 협동농장의 현지파견 작가로 활동했다고 알려져 있다. 1963년을 전후하여 협동농장에서 사망한 것으로 알려졌으나, 최근 사망연도가 1995년임이 밝혀지기도 했다.

「여우난 곬족」(『조광』, 1935. 12), 「고야 古夜」(『조광』, 1936. 1)에서처럼 고향의 지명, 이웃, 무술(巫術)의 소재가 자주 등장하고 있다. 평안북도 정주 사투리를 구사하여 일제강점기에 모국어 사랑의 표본이 되기도 했다. 시집 『사슴』 이후에는 시집을 펴내지 못했으며, 그 뒤 발표한 시로는 「통영(統營)」(『조광』, 1935. 12), 「고향」(『삼천리문학』, 1938. 4), 「남신의주 유동 박시봉방(南新義州柳洞朴時逢方)」(『학풍』, 1948. 10)

등 약 50여 편이 있다. 해방 후 엮어 낸 백성의 시집으로『백석시전집』(창작사, 1987),『흰 바람벽이 있어』(고려원, 1989) 등이 있다.

백석 시에 쓰인 소재의 특성을 살펴보면 다음과 같다.

⑴ 음식물 소재(150여 종): 막써레기, 돌나물김치, 백설기, 제비꼬리, 마타리, 쇠조지, 가지취, 고비, 고사리, 두릅순, 회순, 물구지 우림, 둥굴네 우림, 도토리묵, 도토리 범벅, 광살구, 찰복숭아, 반디젓, 인절미, 송구떡, 콩가루차떡, 두부, 콩나물, 볶운 잔디, 도야지 비게, 무이징게국, 찹쌀탁주, 왕밤, 두부산적, 소, 니차떡, 쇠든 밤, 은행여름, 곰국, 조개송편, 쥔두기 송편, 밤소, 팥소, 설탕든 콩가루소, 내빌물, 무감자, 시라리타래, 개구리의 뒷다리, 날버들치, 호박잎에 싸오는 붕어곰, 미역국, 술국, 추탕, 엿, 송이버섯, 옥수수, 노루고기, 산나물, 조개, 김, 소라, 굴, 미역, 참치회, 청배, 임금알, 벌배, 돌배, 띨배, 오리, 육미탕, 금귤, 전복회, 해삼, 도미, 가재미, 파래, 아개미젓, 호루기젓, 대구, 건반밥, 명태창란젓에 고추무거리에 막칼질한 무이를 뷔버 익힌 것, 힌밥, 튀각, 자반, 머루, 꿀, 오가리, 석박디, 생강, 파, 청각, 마늘, 노루고기, 국수, 모밀가루, 떡, 모밀국수, 달재생선, 진장, 명태, 꽃조개, 물외, 꼴두기, 당콩밥, 가지냉국, 싱싱한 산꿩의 고기, 김치가재미, 동티미국, 밤참국수, 게산이알, 취향이돌배, 만두, 섭누에번디, 콩기름, 귀이리차, 칠성고기, 쏘가리, 35도 소주, 시래기국에 소피를 넣고 끓인 술국, 도야지 고기, 기장차떡, 기장쌀, 기장차랍, 기장감주, 기장쌀로 쑨 호박죽, 보탕, 식혜, 산적, 나물지짐, 반봉과일, 오두미, 수박씨, 호박씨, 멧돌, 겨울밤, 쩡하니 닉은 동티미국, 얼얼한 댕추가루, 수육을 삶는 육수국 내음새, 감주, 대구국, 닭의 똥, 연소탕, 원소라는 중국떡, 고사리, 가지취, 뻑꾹채, 게루기, 약물, 깨죽, 문주, 송구떡, 백중물

⑵ 동물 소재(72종): 지렁이, 박각시, 주락시, 개구리, 자벌기, 거미, 찰거머리, 버러지, 노랑나비, 벌, 딱장벌레, 파리떼, 노루(복작노루), 곰, 멧도야지, 승냥이, 배암, 산토끼, 잔나비, 여우, 쪽재피(복쪽제비), 다람쥐, 도적괭이, 땅괭이, 호랑이, 당나귀, 오리, 개(강아지), 도적개, 얼럭소새끼, 도야지, 닭, 말(망아지), 토끼, 노새, 게사니, 소(송아지), 멧새, 물총새, 짝새, 까치(까막까치), 꿩(덜걱이), 멧비둘기, 어치, 제비, 물닭, 뻐꾸기, 갈새, 뫼추리, 갈매기, 물총새, 백령조, 꼴두기, 붕어, 농다리, 게, 굴, 소라, 조개(가무락 조개), 참치, 꼴두기, 전복, 해삼, 명태, 호루기, 대구, 칠성고기(칠성장어), 가재미, 도미, 반디, 미꾸라지, 쏘가리

⑶ 식물 소재(79종): 돌나물, 제비꼬리, 마타리, 쇠조지, 가지취, 고비, 고사리, 두릅순, 회순, 도토리, 살구나무, 찰복숭아, 배나무, 무이, 찹쌀, 왕밤, 천도복숭아, 콩가루, 섭구슬, 박, 감나무, 산뽕, 땅버들, 석류, 수리취, 송이버섯, 도라지꽃, 옥수수, 아카시아, 미역, 수무나무, 아주까리, 밤나무, 머루넝쿨, 재래종의 임금나무, 돌배, 벌배, 다래나무, 갈부던, 복사꽃, 들매나무, 삼, 숙변, 목단, 백복령, 산약, 택사, 금귤, 파래, 동백나무, 진달래, 개나리, 당콩, 머루, 쑥국화꽃, 자작나무, 바구지꽃, 강낭, 귀리, 모밀, 피나무, 버드나무, 호박씨, 수박씨, 이깔나무, 바구지꽃, 오이, 마늘, 파, 감자, 쉬영꽃, 뺵꾹채, 게루기, 고사리, 갈매나무, 싸리, 이스라치, 가지, 함박꽃

백석을 사랑한 명월관 기생 김자야의 수필집 『내사랑 백석』은 백석의 일대기를 새롭게 조망하게 하는 계기가 되기도 했다. 백석의 시집에 나타난 여성의 이미지는 그녀와의 사랑으로부터 시작한다고 볼 수 있다. 김자야 여사에 대한 소개는 다음과 같다.

김자야(金子夜, 1916~1999). 본명 김영한, 예명 진향. 서울 관철동에서

태어나, 일찍 부친을 여의고 할머니와 홀어머니 슬하에서 성장했다. 금광을 한다는 친척에게 속아 가정이 파산하게 되자, 1932년 김수정의 도움으로 조선 권번에 들어가 기생이 되었다. 한국 정악계의 대부였던 금하 하규일 선생의 지도를 받아 여창 가곡, 궁중무 등 가무의 명인으로 성장했다. 1935년 조선어학회 회원이던 해관 신윤국 선생의 후원으로 일본에 가서 공부하던 중, 해관 선생이 투옥되자 면회차 귀국하여 함흥에 일시 머물렀다. 1936년 함흥에서 영생고보 영어교사로 와 있던 청년 시인 백석과 뜨거운 사랑에 빠졌다. 1938년 백석이 함께 만주로 떠나자고 제의했으나 혼자 서울로 돌아왔다. 같은 해에『조선일보』기자로 다시 서울로 뒤따라온 백석과 재회하고, 청진동에서 살림을 차렸다. 1939년 백석이 만주의 신찡으로 떠나게 되면서 이별했다. 1953년 중앙대학교 영어영문학과를 만학으로 졸업했다. 1989년 백석 시인에 대한 회고 기록「백석, 내 가슴속에 지워지지 않는 이름」을『창작과비평』에 발표한 바 있고, 1990년 스승 하규일의 일대기와 가곡 악보를 채록한「선가 하규일 선생 약전」을 출간했다.

파초(芭蕉)

— 김동명

조국을 언제 떠났노.
파초의 꿈은 가련하다.

남국을 향한 불타는 향수(鄕愁),
너의 넋은 수녀보다도 더욱 외롭구나!

(……중략……)

이제 밤이 차다.
나는 또 너를 내 머리맡에 있게 하마.

나는 즐겨 너를 위해 종이 되리니,
너의 그 드리운 치맛자락으로 우리의 겨울을 가리우자.

— 출전: 『조광』(1936. 1.) 부분

　이 시의 화자는 어느 겨울밤, 파초와 말을 나눈다. 파초는 남국에서 이방으로 온 식물이다. 조국을 잃고 향수에 젖어 있는 것은 파초나 화자나 같은 형편이었다. 그래서 화자는 파초에 자신의 감정을 이입한다. 이러한 장치로 해서 파초는 식물이면서 화자의 분신이 되는 것이다. 식물은 여성을 상징한다. 화자는 파초를 수녀에 비유한다. 종교적 배경이 아니라, 그 시어가 갖고 있는 내면의 의미, 금욕과 금단으로서의 억압을 상징한다. 파초는 수녀로서 가슴 가득히 정열을 감추고 있는 금단의 이미지로 나타난다. 화자는 그 정열과 남국의 소낙비를 연결시킴으로써 수녀의 신분적 의미가 문학적 상상력으로 개화되도록 한다.

　화자는 파초를 자신과 동일시하는 것으로부터 벗어나 상대적 의미로 전환하고 있다. 화자는 자신의 분신이고 말할 수 있는 파초의 발등에 샘물을 길어 부음으로써 파초의 정열에 활력을 불어넣기도 하고, 이를 통해서 자신을 정화하는 계기로 삼고 있다. 파초가 상투적인 관념에서 벗어나서 일제 말기 은둔자들의 정신적 기품을 조명할 수 있었던 것은 이러한 발상의 전환에 기인하고 있는 것이다. 일제 식민지의 현실은 밤과 겨울처럼 놓여 있지만, 언젠가는 그 시련을 극복하는 파초가 될 것임을 확신하고 있다. 화자는 자신이 선택한 파초 앞에서 스스로 경배를 한다. 그것은 스스로 주인을 선택한 종의 기쁨이다. 주인이 있음으로써 시인은 그의 겨울을 이겨 낼 수 있다고 믿기 때문이다. 파초는 이제 화자에게 연민을 일으키는 영탄의 대상이 아니라, 오히려 화자의 주인으로서 혹은 보호자로서 신념의 등가물이 되고 있는 것이다.

김동명(金東鳴, 1900. 6. 4~1968. 1. 21.)호는 초허(超虛). 강릉에서 태어났으나 1908년 함남 원산으로 일가가 이주하였고, 1915년 함흥으로 이주하여 영생중학교를 졸업. 함남 흥남시 서호리 동진소학교 교원 등을 지냈다. 1925년에는 도일하여 청산학원 신학과를 졸업했고, 1934년에는 서호진 동광학원 원장을 지냈다. 1940년부터 1942년까지는 서호리, 신흥, 홍원 등지를 오가며 목재상, 양계, 미곡상을 하면서 일제 치하를 견디다가, 1945년 광복 이후에는 함남중학교장, 흥남시 자치위원회 위원장 등을 역임하였고, 1946년에는 조선민주당 함남도 당위원장을 역임하였다. 1947년 4월 단신으로 월남, 한국신학대 교수를 거쳐 1948년부터 1960년까지는 이화여대 교수로 재임하였다. 1960년에는 참의원 의원으로 당선되었고, 1965년부터 고혈압으로 두문불출하다가 1968년 1월 21일 작고했다.

그의 초기 시 경향은 시집『파초』와『하늘』에서 보듯이 자연 관조를 중시한 순수시를 지향하고 있다. 해방 후에는『삼팔선』,『진주만』등의 시집을 발표하면서 점차 정치와 사회에 대하여 관심을 기울이고 있다. 1954년 시집『진주만』으로 '아시아 자유문학상'을 받았다.

깃발

— 유치환

이것은 소리 없는 아우성.

저 푸른 해원(海原)을 향하여 흔드는

영원한 노스텔지어의 손수건.

(……중략……)

아! 누구인가?

이렇게 슬프고도 애닯은 마음을

맨 처음 공중에 달 줄을 안 그는.

— 출전: 『조선문단』(1936. 1.) 부분

초기 시(1931~1947)는 사랑과 생명을 탐구한 시기로 『청마시초』(1939), 『생명의 서』(1947) 등을 발간한다.[51] 그의 초기 시를 특징짓고 있는 현실에 대한 인식은 주로 '애상과 의지', '생명과 반생명', '동경과 환멸', '이상과 현실'과 같은 모순과 대립의 양식으로 나타난다. 현

---

51) 오세영, 『유치환:휴머니즘과 실존 그리고 허무의 의지』건국대학교출판부, 2000, 71쪽.

실과 인간의 소망 사이에 존재하는 해소할 수 없는 갈등을 조정하기 위하여 오히려 현실적인 것을 시의 주제로 삼고 있다. 이 모순된 상황 속에서 그의 시는 서정적 긴장을 지향한다.[52] 그에게 있어서 서정은 인간의 소망과 현실의 대립과 갈등이 현실에 의해 그 소망이 좌절되는 상황에서 비롯된다. 그리하여 생명에 대한 애착이 간절할수록 반생명적인 것을 노래하여야 했고, 생명을 열애하기 위하여 도리어 애련에 물드는 자기모순과 자기학대의 과정을 발견하게 된다. 이것이 그에게 있어서 가장 인간적인 자기구원이라고 생각했던 것이다.

중기 시(1948~1960)는 사랑과 생명과 사회를 탐구한 시기이다. 이 시기부터 사회에 대한 관심이 시작된다. 『울릉도』(1948), 『청령일기』(1949), 『뜨거운 노래는 땅에 묻는다』(1960), 『보병과 더불어』(1951), 『청마시집』(1954)을 발간하였다. 그의 사회시들은 정부와 권력을 비판한 것, 사회 현실을 고발한 것, 우국충정을 노래한 것, 종교를 비판한 것 등 다양하다. 그의 사회시에 내면화되고 있는 사상은 휴머니즘이다. 그가 정부나 권력을 비판하고 사회의 불의를 고발한 것은 인간이 인간답게 살 수 있는 사회, 모든 인간이 화합하여 사는 공동체의 실현을 위해서였다. 그의 사회시들이 선전이나 선동에까지 이르지 않는 이유가 여기에 있다.

후기 시(1961~1967)는 주로 생명만을 탐구하였다. 『미루나무와 남풍』(1964)을 발간하였다. 이와 같이 3기로 구분되는 그의 시적 생애 중에서 '사랑의 시'들은 초기와 중기, '사회시'들은 중기에 주로 쓰였지만 '생명 탐구의 시'들은 그의 시집 전체에 일관성 있게 유지되고

---

52) 박철희, 『유치환』, 서강대학교출판부, 1999, 130쪽.

있다. 그러나 그의 시에서 '사랑'과 '사회'는 '생명'의 다른 의미였으므로 결국 그의 시가 관심을 가졌던 본질적 요소는 생명과 존재에 대한 발견을 추구하는 것이었다고 말할 수 있다.

이 시는 초기 시의 주된 정조인 연민과 애수의 서정을 통하여 존재론적 차원의 허무의 문제를 제기했다. 깃발은 '맑고 곧은 이념의 푯대 끝'에서 이상향을 향한 '아우성'의 몸짓을 의지와 집념의 자세를 보이기도 하지만, 결국은 깃대를 떠날 수 없는 숙명적 존재임을 깨닫고 절망하고 만다. 이 작품은 이상향에 도달하지 못해 절망하는 감상적 허무와, 영원히 실현될 수 없는 이상인 줄 알면서도 끝끝내 포기하지 못하는 인간 존재의 모순과 고뇌를 깃발의 펄럭이는 모습을 통해 제시하고 있다. 이상과 현실 사이에 뛰어넘을 수 없는 인간의 근원적인 한계를 표상하고 있는 것이 다름 아닌 '깃발'이다.

시의 화자는 깃발을 '마음'이라 표현했다. 마음이기 때문에 그것은 물질이 아닌 이미지로 전환되는 것이다. 그 이미지가 '애수'일 수밖에 없는 이유는 구속과 자유, 시간과 영원, 육신과 영혼의 긴장 관계를 조성하는 역동적인 파동이 있기 때문이다. 도달하고자 하나 끝내 도달하지 못하고 마는 이상향의 동경과 아이러니가 「깃발」의 존재론적 의미이다.[53]

이 시는 그의 다른 어느 시보다도 호소력을 지니고 독자들의 공감을 불러일으킨다. 왜냐하면 이 시는 민족의 보편적인 감정을 노래하고 있기 때문이다. 송하선의 지적처럼 우리 민족은 다른 어느 민족보

---

53) 김종군, 「유치환의 깃발 – 경계선의 자아와 존재론적 갈구」, 『현대 대표시 연구』, 새미, 2001, 317쪽.

다도 한과 애수에 젖어 살아왔고, 타민족의 침해로 인하여 '깃발'을 들고 그 침해로부터 벗어나기 위하여 '아우성'을 질러야 했고, 끝내는 나라를 잃고 그 나라 잃은 설움 속에서 먼 이국에서 살며 '노스텔지어'에 젖기도 하였던 것이다. 그래서 '이상 혹은 이념의 표상'인 깃발이 기쁨이기보다는 슬픔으로 작용하여, 그것이 우리에게는 '애수'요, '향수'요, '애달픈 마음'이었던 것이다.[54] 그러나 이런 한국인 대중 정서의 속성 목록과 상통하는 점은 자칫하면 통속적 차원으로 전락할 수 있다. 그러나 이 시가 그렇지 않은 것은 '깃발'의 지향성 때문이다. 2행과 3행 그리고 5행의 역동적 지향성이 특히 그러하다. '저 푸른 해원'은 공간이고, '영원한 노스텔지어'는 시간 지향성의 표상이다. 또한 '이념의 푯대'로 해서 시인의 품격은 더욱 고양된다. '이념'이나 '푯대'는 대중과 시에서 격리된 좌표에 자리한 개념어이다. 이 같은 상황을 완화하는 시어가 의미의 함축성이 풍부한 '손수건', '순정', '애수', '마음'이다. 이러한 시어 선택이 시적 긴장을 유지시키고 있는 것이다.

유치환(柳致環, 1908~1967)경남 거제시 둔덕면 방하리에서[55] 아버

---

54) 박병용, 『한국 현대시 해석과 감상』, 글벗사, 1995. 227쪽.

55) 1959년에 발간한 유치환의 자작시 해설집 『구름에 그린다』의 시 「출생기」를 해설하는 대목에서 "내가 난 때는 1908년, 즉 한일합방이 이루어진 전전해로서 갈팡질팡 시달리던 국가 민족의 운명이 마침내 결정적으로 거꾸러지기 시작하던 때요. 난 곳은 노도처럼 밀려 닿던 왜의 세력을 가장 먼저 느낄 수 있던 한반도의 남쪽 끝머리에 있는 바닷가 통영이었습니다."라고 하였다. 그러나 유민영의 『동랑 유치진 전집』 9권에 수록한 자서전에는 "한일 합방되던 해에 아버지는 가솔을 이끌고 꿈에 그리던 바닷가 통영읍으로 이사를 한 것이다. 나는 다섯 살이었고 청마는 두 살 때였다."라고 적고 있다(박철석, 『한국현대시인론 – 유치환』, 민지사, 1998, 180 – 181쪽).

지 윤준수와 어머니 박우수의 8남매 중 둘째 아들로 태어났다. 대대로 내려오는 유생의 집안으로 그의 형은 잘 알려진 바와 같이 우리나라 희곡 문학의 원로로 오랫동안 활약한 유치진이다. 그 아래 차남이 치환, 삼남이 치상, 사남이 치현, 오남이 치담이고, 그 아래부터는 모두 딸로 장녀 치표, 차녀 치렬, 삼녀 치선의 순이다. 유치환의 아명은 돌처럼 단단하고 산처럼 여물어 오래오래 살라는 뜻에서 '돌메'라 불렀다. 아버지 유준수는 훤칠한 키에 말이 적고 내성적인 데 비하여 그의 어머니 박우수는 성격이 활달하고 마음이 넉넉하여 유머를 잊지 않았다. 이로 미루어 꼿꼿한 선비정신은 유생인 아버지에게서, 그리고 넉넉한 마음과 유머는 어머니에게서 물려받은 것이라 짐작된다.[56]

실천궁행과 근검절약을 생활신조로 삼는 아버지의 다스림 아래서 정말 검소한 가운데서 자라났습니다. 아버지의 이러한 실천은 자기가 넉넉지 못한 유생의 출신인 때문이었으리란 점을 장성해서야 이해하였던 것입니다. 그러므로 가계에 있어서 8남매를 거느린 어머니의 고충이 이만저만이 아니었던 것을 어린 마음으로도 항상 듣고 보고 느껴 왔던 것입니다. 그러나 그러한 가운데서도 어머니는 집안에서 항상 기쁘고 즐거우셨던 것을 기억합니다. 언제나 너그럽고 이해심 많고 빳빳한 살림살이 속에서도 푸지고 말마다가 유머러스에 풍족한 성품은 가령 동랑이나 내가 얼마간의 문학적인 자질을 누리고 있다면 그것은 다분히 어머니에게서 물려받은 것에 틀림없을 것입니다.[57]

한편 그의 꼿꼿한 선비 정신을 남성적 성격이라 볼 수 있으나, 그

---

56) 박철석, 앞의 책, 182쪽.
57) 유치환, 『구름에 그린다』, 신흥출판사, 1959, 13쪽.

는 자주 자신의 나약한 성격을 탓하곤 했다.

한 가지 말하고 싶은 것은 흔히들 나를 의지의 시인이라고 일컫는데 그것은 아예 틀린 판단인 것입니다. 왜냐하면 그러한 판단은 나의 작품상에 나타난 경향을 보고 말하는 것 같으나 작품상의 그러한 경향은 어디까지나 나의 본질이 의지적이 아닌 때문에 그것을 갈구하는 나머지의 허세에 불과한 것입니다. 사실은 나같이 흔들리기 쉽고 꾸겨져 쓰러지기 쉬운 비의지적인 나약한 심지의 한 인간은 드물 것입니다.58)

인간에게는 양면성이 있는 법이다. 그러한 관점에서 그는 나약하고 내성적인 성격도 있었던 것 같다. 그러나 그와 반대로 끈질기면서도 너그러운 성격과 사회 참여에서 보여 준 행동은 그의 또 다른 일면을 생각하게 한다. 가령 그가 자유당 정권 말기 과감하게 독재 권력을 비판하고, 특히 1959년 7월 『대구매일신문』에 「최내무에게 고함」이라는 글을 발표하여 경주고등학교 교장을 그만두게 되는 일이 있었다.
조용한 성품을 지닌 유치환은 6살 때부터 한문을 공부하며 유년시기를 보냈다. 1918년에는 통영보통학교에 입학하여 4년간의 공부를 마치고 일본으로 건너가 도오야마 중학교에서 수학하였다. 동경 유학 생활을 시작하면서 처음으로 일본말로 된 문학작품을 탐독하게 되었으며 '개미가 미끼를 날아다 모으듯 서투른 우리말로 끄적대며 시'를 썼다. 이 무렵(중학교 2, 3학년 때) 그는 유치진이 주도한 토성회(土聲

---

58) 유치환, 앞의 책, 105쪽.

會)에 참여하여 시를 발표하기도 하였다.[59] 1926년 한의원을 하던 부친이 사업에 실패하자 귀국하여 동래고등보통학교 5학년에 편입하였으며, 졸업 후 연희전문학교 문과에 입학하였다. 이 무렵 『참새』(통영 참새 모임회 간행) 제2권 제1호(4집)에 토막시 9편을 발표하였다. 그러나 곧 연희전문 문과 1학년을 중퇴하고, 다시 일본으로 가서 사진 기술을 배우면서 방랑생활을 했다.

1929년 10월 11세부터 알고 지내던 경성 중앙보육 출신인 권재순과 결혼하였다. 결혼 후 일본의 아나키스트 시인 다카무라 고오타로, 쿠사노 심빼이와 정지용의 시에 깊은 감명을 받아 본격적인 시작을 하기 시작하였고[60] 1930년 유치진의 이름으로 발간한 『소제부 제1시집』에 시 「오월의 마음」 외 25편을 발표하였다. 이어서 1931년에는 시 「정적」을 『문예중앙』(제2호)에 발표하여 정식으로 문단에 데뷔하게 되었다. 그 후 그는 꾸준히 시작활동을 하는 가운데 부산, 평양 등지로 옮겨 다니며 다소 불안정한 생활을 하게 되며, 1937년 통영으로 이주하여 통영협성상업학교의 교사로 근무하였다. 이 무렵 시동인지 『생리』를 5집까지 간행하고,[61] 1939년 「旗ㅅ발」 외 53편의 시가 수록된 『청마시초』를 펴내기도 하였다. 1939년 말에는 가족을 이끌고 흑룡강성 연수현에 이주하여 농장을 경영 관리하다가 1945년 6월에 고향으로 돌아왔다.[62] 제2시집 『생명의 서』에 수록한 「광야에 와서」 등의 시가 이때의 소산이다.

---

59) 오세영, 『유치환』, 건국대학교 출판부, 2002, 13쪽.

60) 유치환은 유약국 2층에다 사진관을 차려 놓고 한편으로 시작에도 전념하였는데 그의 표현을 빌리면 이때부터 의식적으로 시작에 임했다는 것이다. 이 무렵 그는 『사상』을 구하기 위해 북신리와 원문고개를 넘어 30리 고성까지 갔다 되돌아오곤 했었다(박철석, 앞의 책, 187쪽).

61) 제1집은 7월 1일, 제2집은 10월 1일, 이후 5집까지 간행되었다고 알려졌으나 확실치 않다.

62) 권철, 『중국 조선민족문학』, 한국학술정보(주), 2006, 168쪽.

1945년에 귀국하여 10월에는 통영여자중학교 교사로 근무하였다. 1947년 5월에는 그동안에 쓴 시 59편을 모아 『생명의 서』를 발간했으며, 1948년 9월에는 시 「동백꽃」 외 34편이 수록된 제3시집 『울릉도』를 발간했다. 이어 1949년 5월에 제4시집 『청령일기』를 계속 펴내고, 1951년 9월에는 직접 목격한 민족상잔의 비극을 종군시집 『보병과 더불어』로 엮어 발간했다. 1952년 무렵 청마에게 일어난 운명적인 사건으로는 시조시인 이영도와의 만남이었다. 그가 그의 생애 중 인연을 맺은 여인들 가운데서 이영도만큼 깊은 영향을 준 사람은 없었다. 그는 허무와 의지를 노래한 철학적인 시 그리고 사회를 비판한 남성적인 시들과 더불어 아름답고 서정적인 연시들 또한 많이 썼다. 그리고 그 대부분은 실제 이성에 대한 사랑의 감정을 토로한 것이라는 견해가 일반적이다. 그 외에도 여러 여인과 관계를 가지는데 이런 여성 편력은 세속적인 사랑이기보다는 존재의 영원성에 대한 생의 갈망에서 연유하는 것으로 그의 시작에 중요한 원천이 되었다고 해야 할 것이다.[63]

1953년 휴전이 되자 그는 고향 통영으로 귀환하였다. 1953년 4월에는 수상록 『예루살렘의 닭』을 발간했으며 이듬해 10월에는 『기도가』와 『행복은 이렇게 오더니라』가 합본으로 나온 『청마시집』을 발간한다. 이때 이 시기의 정치 사회적 상황은 부정, 인권 유린과 같은 혼란의 정국에 다다르고 있었다. 그는 1950년대 후반부터 1960년대 초에 이르기까지 적극적인 사회 참여의 길에 들어서게 된다. 1959년 『조선일보』에 발표된 「화방에서」라는 시가 그 대표적 사례일 것이다.[64]

---

63) 오세영, 앞의 책, 47쪽.

64) 오세영, 앞의 책, 50쪽.

1960년 12월에『뜨거운 노래는 땅에 묻는다』, 1964년 11월에『미루나무와 남풍』, 1965년에『파도야 어쩌란 말이냐』를 펴냈다. 수상록으로는『동방의 느티(1959)』,『나는 고독하지 않다(1964)』, 자작시 해설집으로는『구름에 그린다(1959)』가 있다.

그는 부산 좌천동 미성극장 앞길에서 교통사고를 당해 1967년 2월 13일 오후 9시 30분, 그의 나이 59세에 작고한다. 그가 떠난 뒤 후세 사람들은 그가 만년을 보내고 싶어 했던 경주의 토함산 입구와 그가 마지막으로 봉직한 부산남여자상업학교 교정에 조그만 표석을 세웠다.

유치환이 친일파였다는 논란이 여전히 거듭되고 있어 부정적인 시각도 없지 않다. 그러나 그는 근원적이고도 본질적인 양심에 가장 철저했던 시인이었다. 900여 편의 시 중에서 '수', '전야', '북두성'이라는 단 세 편의 작품이 친일매체인『조광』과『춘추』에 발표되었다.

해바라기의 비명(碑銘)
─청년 화가 L을 위하여

─ 함형수

나의 무덤 앞에는 그 차가운 비(碑)ㅅ돌을 세우지 말라.

나의 무덤 주위에는 그 노오란 해바라기를 심어 달라.

그리고 해바라기의 긴 줄거리 사이로 끝없는 보리밭을 보여 달라.

노오란 해바라기는 늘 태양같이 태양같이 하던 화려한 나의 사랑이라고 생각하라.

푸른 보리밭 사이로 하늘을 쏘는 노고지리가 있거든 아직도 날아오르는 나의 꿈이라고 생각하라.

─ 출전:『시인부락』창간호(1936. 11.) 전문

이 시는 '청년 화가 L을 위하여'라는 부제(副題)가 달려 있는 시로서 정열적인 삶을 추구하는 젊은 화가를 시적 화자로 내세워 생명에 대한 강인한 의지를 단호하고 힘찬 어조로 형상화하고 있다. 이 시는 『시인부락』동인들의 생명파 경향의 특징을 잘 드러낸 작품이다.

이 시의 소재는 해바라기이며, 해바라기의 상징을 통해서 정열적인 삶에 대한 열정 또는 죽음을 초월한 예술혼을 추구하고 있다. 생명이 넘치는 해바라기를 소재로 강렬한 생명의 의지를 단호한 어조로 표출하고 있다. 표현상의 특징으로는 각 시행의 길이가 점차적으로 길어진 점과 모든 시행에 명령형 종결어미를 사용해 강렬하고 절실한 호흡을 느끼게 함으로써 주제의식을 강하게 부각시키고 있다. 이 밖에 해바라기의 노란색과 보리밭의 푸른색을 대비시킨 강렬한 색채효과를 통해 더욱 생생하고 풍성한 생명의식을 느끼게 하고 있다.

이미 죽은 청년 화가 L이 자신의 죽음을 노래하는 형식을 취하고 있다. 이 시는 1행에서 시적 화자는 죽음과 인습에 대한 강한 거부의 의지를 표명하고 있다. 2행은 자신의 무덤 주위에 노란 해바라기를 심어 달라고 노래하면서 후기인상파의 화가 빈센트 반 고흐(Vincent van Gogh)의 '해바라기'라는 그림을 연상시킨다. 이 시에서 해바라기는 정열을 상징하면서 동시에 삶에 대한 강한 의지를 드러내 보이고 있다. 3행에서는 풍요로운 생명력을 표상하는 '끝없는 보리밭'을 보여 달라고 노래함으로써 생명의 충일함을 통해 죽음을 초월하려는 강한 의지를 보여 주고 있다. 4행에서는 자신의 무덤가에 심어진 해바라기를 '늘 태양같이 하던 화려한 나의 사랑'으로 생각해 줄 것을 당부한다. 마지막 5행에서는 보리밭 사이로 날아오르는 '노고지리'를 '아직도 날아오르는 나의 꿈'이라고 생각하라며, 꿈을 키우며 살던 자신의 삶이 영원하기를 소망하고 있다.

묘지의 모습을 한 폭의 그림처럼 연상시키는 이 시는 죽음(생명의 부재)을 의미하는 차가운 비석 대신 불멸의 생명감을 상징하는 해바라기로 비문(碑文)을 대신하고 있다. 이 시는 사변적(思辨的)이며 소년

적인 감상과 애수를 주조로 하는 개성적인 시인으로 평가되는 함형
수의 대표작이다.

　함형수(咸亨洙, 1914~1946)생명파 시인. 함북 경성의 빈한한 가정
에서 태어났다. 그는 향리에서 소학교를 마치고 경성고보에 진학했
다. 경성고보 재학 중인 1929년 11월 광주학생운동을 지지하다가 구
속되었다. 1935년 중앙불교 전문학교에 입학하였다. 1937년 말 생활
난으로 가족과 함께 중국으로 이주하였다. 그곳에서 서정주와 만났
고, 그로부터 두 사람은 서로 뜻이 통해 함께 어울려 다녔다. 러시아
인을 연상시킬 만큼 굵직하고 성글성글한 쌍꺼풀진 눈에 짙은 눈썹,
묵직이 솟아오른 콧날, 유달리 새빨간 입술, 새하얀 이빨 등 한마디로
그는 미장부였다. 학생운동의 주모자로 일시 투옥된 바 있었으며, 이
때 함께 갇혔던 아버지의 옥사를 지켜보기도 했다. 중앙불교전문학교
에 입학한 후 그는 일찍부터 각종 신문과 문예지에 습작시를 발표하
였고, 당시 한국무용의 개척자였던 조택원의 무용평을 쓰는 등 학생
필자로 두각을 나타냈다. 1936년 서정주와 함께 우리 시사의 대표적
동인지의 하나인 『시인부락』을 결성하면서부터 본격적인 문학 활동
을 벌였으나 당시의 시대적 상황으로 해서 실적은 미미했다. 작품도
『시인부락』과 비슷한 동인지 『자오선』에 발표하는 것으로 그쳤다.
이 무렵 그는 만주로 건너가 도문 광동학교와 안도현의 여러 소학교
교사 생활을 시작했는데, 남의 헛간에 셋방을 빌려 살 정도로 가난했
다. 가족으로는 홀어머니와 누이동생, 사내동생이 있었다. 잠시 순회

극단의 여배우와 동거 생활도 하였으나 얼마 뒤 그녀도 가난한 생활고에 견디지 못하고 달아나 버렸다고 한다. 해방 후 조선의용군부대에 들어갔으나 1946년 정신장애자가 되어서 귀대하였다.[65] 고향에 돌아가서 요양을 하다가 얼마 뒤 죽은 것으로 알려져 있다. 그의 생애는 말 그대로 미완의 단편으로만 존재한다. 각종 시 해설서의 시인 약력란에는 혹독한 가난에 못 이겨 시의 꽃을 피우지 못하고 심한 정신착란증으로 사망(1946년, 32세)했다고 전해진다.

---

65) 권철, 『중국 조선민족문학』, 한국학술정보, 2006, 162쪽.

산제비

— 박세영

남국에서 왔나,
북국에서 왔나,
산상(山上)에도 상상봉(上上峰),
더 오를 수 없는 곳에 깃들인 제비.

너희야말로 자유의 화신 같구나,
너희 몸을 붙들 자(者) 누구냐,
너희 몸에 알은 체할 자 누구냐,
너희야말로 하늘이 네 것이요, 대지가 네 것 같구나.

녹두만한 눈알로 천하를 내려다보고,
주먹만한 네 몸으로 화살같이 하늘을 꿰어
마술사의 채찍같이 가로 세로 휘도는 산꼭대기 제비야
너희는 장하구나.

(······중략······)

창(槍)들을 꽂은 듯 희디흰 바위에 아침 붉은 햇발이 비칠 때
너희는 그 꼭대기에 앉아 깃을 가다듬을 것이요,
산의 정기가 뭉게뭉게 피어오를 때,
너희는 맘껏 마시고, 마음껏 휘젓거리며 씻을 것이요,
원시림에서 흘러나오는 세상의 비밀을 모조리 들을 것이다.

멧돼지가 붉은 흙을 파헤칠 때
너희는 별에 날아볼 생각을 할 것이요,
갈범이 배를 채우려 약한 짐승을 노리며 어슬렁거릴 때,
너희는 인간의 서글픈 소식을 전하는,
이 나라에서 저 나라로 알려주는
천리조(千里鳥)일 것이다.

산제비야 날아라,
화살같이 날아라,
구름을 휘젓거리고 안개를 헤쳐라.

땅이 거북등같이 갈라졌다.
날아라 너희들은 날아라,
그리하여 가난한 농민을 위하여
구름을 모아는 못 올까,
날아라 빙빙 가로 세로 솟치고 내닫고,
구름을 꼬리에 달고 오라.
산제비야 날아라,

화살같이 날아라,

구름을 헤치고 안개를 헤쳐라.

– 출전: 『낭만(浪漫)』(1936. 11.) 부분

이 시는 1936년 11월에 발간된 『낭만』(창간호가 폐간호)에 발표되
었는데, 그후 1938년 박세영의 시집 『산제비』(중앙인서관)에 수록된
그의 대표작이다. '산제비'는 일반 제비와는 다른 상징적 의미를 가진
다. 산제비는 날렵하고 힘찬 이미지를 갖고 있다. 창공을 박차고 오르
는 힘찬 기상이 잘 나타나 있다. 박세영은 1935년 여름 그는 가난을
못 이겨 충청북도 보은에 살고 있는 동창생을 찾아갔다가 막상 돈 이
야기는 꺼내 보지도 못한 채 친구의 권유로 속리산 구경만 하고 돌아
왔던 적이 있었다고 하는데, 이때 속리산 산 정상에서 본 제비를 보
고 이 시를 창작하는 계기가 되었다고 한다.

그의 초기시는 서술시의 경향을 보이는데, 이 시의 전반부(1~6연)
는 이러한 서술체의 특징을 잘 보여주고 있다. 이 시에서 '산제비'의
상징적 의미는 산의 정기를 받아서 자유롭고 웅장하며 신비로움으로
가득찬 이상형으로 표상된다. 후반부(7~9연)는 운문체의 특징을 보
여주고 있으며, 이 부분에서 '산제비'는 '땅이 거북등같이 갈라진', 가
뭄과 '멧돼지'와 '갈범'으로 고통 받는 '가난한 농민'을 위해 해갈(解
渴)과 해방의 비를 몰고 올 전사(戰士)의 모습으로 그려지고 있다. 7~
9연에서 반복하여 나타나는 '날아라', '헤쳐라', '오라' 등의 명령형
어미를 사용하여 '산제비'에게 부여된 현실적 과제가 급박함을 암시
한다.

이 시에서 산제비는 자유와 좋은 소식을 전해주는 전령사를 상징

한다. 화자는 자유로운 삶을 살고자 원한다. 무한의 공간으로 비상할 수 있는 산제비의 모습을 보면서 시인은 농민과 서민의 삶에 대하여서도 연민의 정을 피력하고 있다.

1연에서는 산제비를 '더 오를 수 없는 곳'에 위치한 신비적이고 초월적인 존재로 묘사하고 있으며, 3연에서는 그런 곳에 위치한 산제비의 자유스러움과 위대함을 부러워하는 화자의 모습이 그려지고 있다. 이러한 모습은 '너희는 장하구나'라는 감탄적인 독백 속에서 반어적으로 나타나고 있다. 화자는 산제비의 모습을 부러워하면서 동시에 산제비와 같이 날을 수 없는 자신의 처지를 안타까워하고 있다. 4연에서는 시인의 이러한 모습이 좀더 구체적으로 진술되고 있다. 시인이 현재 하늘을 날 수 없는 것은 '하루 아침 하루 낮을 허덕이고 올라와'야 하는 땅에 존재하고 있기 때문이다. 땅은 곧 현실을 의미하는 것으로 일제 식민지 상황의 고통스럽고 불행한 민족 현실을 상징한다. 나라 잃은 백성의 부자유와 억압, 그리고 현실적 한계성을 상징한다. 화자가 땅을 박차고 산제비처럼 날고 싶어하는 것은 결국 이런 부자유스런 속박의 대지, 즉 식민지 현실을 극복하고자 하는 욕망이라 할 수 있다. 이러한 욕망은 궁극적으로 민족의 독립과 해방의 의미로 전이된다.

이 시는 화자 자신의 시대적, 사회적인 메시지를 철저하게 행간의 이면에 감춰놓고 있다. 민족의 현실을 어떠한 이념이나 혁명의식으로 구호화하거나 직접 서술하지 않으면서도 고도의 시적 비유 방법을 통해 간접적으로 표현하고 있다. 지상에서 가장 높은 산 정상, 그곳은 이미 시·공간의 인간계를 벗어나 천상계와 맞물려 있는 신비하고 초월적인 곳으로 민족독립의 희망을 성스럽고 웅대하게 상징하는 것이라면, 그곳을 자유자재하는 산제비는 바로 현실의 땅 위에 구속되어 있는 우리들에게 그러한 민족적 희망을 전해줄 수 있는 유일한 메시아를 상징하고 있는 것이다. 이 시에서 '~왔다', '~구나', '~다오', '~요', '~라'와 같은 소망형 종지부를 사용하고 있는 것은 시인의 그러한 메시아에 도래에 대한 굳은 신념의 표현이라고 할 수 있다.

박세영(朴世永, 1902~1989)호는 백하(白河). 경기도 고양군에서 태어나 1922년 배재고보를 졸업했다. 학창 시절부터 강한 민족의식을 가졌던 그는 일찍이 문학지에 시를 투고하여, 배재고보 동기인 송영과 더불어 동인활동을 하였다. 배재보고 졸업 후에는 중국에 건너가 1923년에는 최초의 사회주의 문화단체라 할 수 있는『염군』의 중국 특파원 자격으로 가담하였다. 이때 이미 사회 비평논설과 함께 시를 발표, 창간호에「양자강변에서」를 게재했다.

본격적인 문단 활동은 1925년도 목적의식기로 접어든 카프의 중앙위원이 되고 난 후부터 시작하였다. 카프 시대 그의 문학적 입지는 목적의식과 함께 교조적이고 사회주의 이념을 옹호하는 쪽으로 경직되어 있다. 그런 의식은 작품에도 그대로 나타나서 그의 시에는 예술의 흥취보다는 이데올로기에 대한 집념이 강하게 나타났다. 특히 그는 다른 어느 시인보다 투철한 계급의식과 다양한 형상화 방법을 바탕으로 노동자와 농민의 생활과 투쟁을 형상화하는 데 큰 성과를 거두었다.

1938년「산(山)제비」외 40편을 담은 시집『산제비』를 발간하였고, 이때 배재고보에도 근무한 적이 있다. 해방 후에는 월북하여 북쪽의 문예기구 조직 활동에 중요한 역할을 담당했다. 이어 북한에서 인민 정권이 들어서자 그는 인민정권의 애국가를 작사했고, 한국전쟁 때에는 종군 시인으로 참가하여 전쟁 체험을 노래한 작품들을 상당수 창작했다. 그는 남로당계에 대해서는 비판적이었기 때문에 전후의 월북 문인 숙청의 회오리 속에서도 무사히 살아남았다. 그 후 북쪽의 작가, 시인들에 대한 공식 평가로 나타난 해방 후 문학사나 일제강점기 문학사에서 그는 조국과 인민에 대한 사랑이 투철한 시인으로 평가되고 있다.

박세영은 다양한 시적 장치를 활용하여 당대 현실의 모순과 그것을 극복하기 위해 투쟁하는 농민과 노동자들의 모습을 여러 각도에서 형상화했다. 그리고 카프 해산을 전후하여 적지 않은 시인과 작가들이 전향을 하거나 내성적인 세계로 빠져드는 상황 속에서도 혁명적 지조를 포기하지 않고 계속하여 진보적인 시를 창작한다. 1938년에 간행된 그의 첫 시집 『산제비』는 그런 점에서 주목할 만하다. 특히 이 시집에 실린 「산제비」나 「오후의 마천령」 같은 작품은 어두운 현실 속에서도 자유에 대한 염원과 미래에 대한 희망을 포기하지 않았던 진보적인 정신의 궤적을 여실하게 보여 준다.

달 · 포도 · 잎사귀

— 장만영

순이(順伊) 벌레 우는 고풍(古風)한 뜰에
달빛이 밀물처럼 밀려 왔구나.

(……중략……)

동해(東海) 바다 물처럼
푸른
가을
밤

포도는 달빛이 스며 고웁다.
포도는 달빛을 머금고 익는다.

순이 포도 넝쿨 밑에 어린 잎새들이

달빛에 젖어 호젓하구나.

- 출전: 『시건설』(창간호 1936) 부분

한국 근대문예사조에서 이미지즘이 강조한 가장 주된 요소 중의 하나는 시의 회화성이다. 김광균, 김기림을 중심으로 한 이미지즘에 대한 본격적인 논의가 있기 이전에도 정인섭과 이하윤은 이른바 '이미지즘의 기법'의 시인으로 평가받은 적이 있는데, 이들은 '사상주의(寫像主義)' 또는 '사상파(寫像派)'의 명칭으로 영미의 이미지즘과 이미지스트를 소개하면서 시의 회화성을 소개하고 있다.

이미지즘이 후기인상파 미술의 영향을 받았다는 점과, '느낀 영상(映像)을 단적(端的)으로 그리자는 것'이라는 지적은 이미지즘의 회화적 기법으로서의 성격을 말하고 있다. 이미지즘의 성격은 전통의 낭만주의나 상징주의 시가에 대한 반동에서 생긴 것이라든지, 시에서의 몽롱한 요소를 거부하고 표현 형식이 직접적이고 명확할 것을 강조한 것이라는 인식은 당시 낭만주의의 주정주의에 매너리즘을 느끼고 있던 우리 문단의 추이와 맥락을 같이한다고 볼 수 있다.

그의 시는 감각적 이미지 묘사가 탁월하다. 도시적 감각을 회화 기법으로 표현하는 모더니즘의 경향에 머무르지 않고, 모더니즘에서 얻은 이미지 표현 기법을 우리 전통 정서로 표현하는 데 성공하고 있다. 우리 민족이 대부분 아름답고 친근하게 느끼는 달을 시각적으로 형상화하였고, 달은 '과일보다 향그럽다', '고풍한 뜰', '포도는 달빛이 스며 고웁다'와 같은 따뜻한 이미지를 담고 있는 감각과 '달빛이 호수처럼 밀려 왔고나', '동해바다 물'과 같은 차가운 이미지를 혼효함으로써 가을밤의 분위기가 한층 선명하게 부각되면서 감각이 직접적으로 느껴지게 하고 있다.

장만영은 김광균과 더불어 모더니즘 계열을 대표하는 시인임에도 불구하고, 그의 시의 소재는 도시문명을 향하고 있는 것이 아니라 농촌과 전원을 향하고 있다.

그는 청자를 설정하여 친숙한 분위기를 끌어낸다. 시의 화자는 청자에게 말을 건네는 것으로 시 텍스트를 구성해 나간다. 이 경우는 청자의 응답은 없고, 다만 청자에게 독백의 형식으로 말을 건네고 화자의 목소리만 존재할 뿐이다. 이 시에 등장하는 청자인 '순이'는 소박하고 순진한 한국 여성의 이미지를 대변하는 보통명사이다. 한국의 문화적 코드에 대응하는 '순이'라는 기호는 장만영 시의 분위기를 결정하는 지배소가 된다. 시행을 독특한 시간 배열로 놓음으로써 이미지를 강조한다. 하나의 행으로 처리할 수 있는 '푸른/가을/밤'을 3행으로 나누어 배열함으로써 시각적 인상을 부여하고, 평면적 구조를 입체적인 것으로 바꾸어 가을밤의 신선함을 더욱 돋보이게 하고 있다.

최동호는 "그의 시적 특징을 반영하는 대표적인 작품 가운데 하나로 그의 시세계를 규명하고 그 문학사적 위치를 조망하는 시금석"이라고 말하고 있다. 이 시는 장만영의 이미지즘 경향의 시세계를 가장 잘 표현하고 있는 시라고 말할 수 있다. 이 시는 한국의 전통과 현대 감각을 회화 기법으로 표현하는 모더니즘의 일반적 성향에 머무르지 않고, 모더니즘에서 얻은 이미지 표현 기법을 우리 전통적 정서를 표현하는 데 성공하고 있다는 점에서 한국문학사에서 중요한 위상을 차지한다고 할 수 있다.

장만영(張萬榮, 1914~1975)호는 초애(草涯). 황해도 연백에서 출생. 경성 제2고보를 거쳐 일본 동경의 미자키 영어학교에서 수학하였으며, 1932년 『동광』지에 「봄노래」가 추천되어 시인의 길에 들어섰다. 그는 40여 년에 걸친 시작생활을 통해 첫 시집 『양(羊)』에 이어, 『축제』, 『유년송』, 『밤의 서정』, 『저녁종소리』, 『저녁놀 스러지듯이』, 『놀 따라 등불따라』를 남겨 놓았다. 이러한 시작 활동은 1930년대부터 60년대에 이르기까지 꾸준히 시작활동을 전개한 결과로 양적으로 결코 적지 않은 수확물이다.

장만영은 자작시 해설서 『이정표』를 통해 스스로 자신의 문학수업과 문학의 여정 그리고 시작의 근거를 제시하면서 자신의 작품에 쉽게 접근할 수 있도록 하고 있다. 또 그는 정지용, 김기림 두 시인의 영향력을 피력하면서 자신도 그 영향권 내에 있음을 고백하기도 했다. 그는 "지용이 색채를 다루는 화가의 그 수법으로 작품을 썼다면 기림은 '메카니크'한 '카메라맨'의 수법으로 제작한 시인이었다."고 평하고 있다. 이러한 언급은 장만영의 시편들이 표현의 감각미와 형식 처리에 그만큼 의식적이었다는 단서가 되기도 한다. 그는 시의 창작 의식을 내면화하고 있는데, 이러한 사실은 장만영 시편들이 이미지즘, 넓게는 모더니즘에 근거함을 암시하고 있다. 비록 단평이긴 하지만, 그를 주목했던 흔적들은 이미지즘과 연계된 것이 대부분이고, 시사에서도 이미지스트로서의 장만영을 각인하고 있을 뿐, 그에 대한 본격적 논의는 보이지 않는다. 결과적으로 동시대에 활발한 시작 활동을 전개했음에도 불구하고 다른 시인들에 비해 주목을 받지 못하

고 있는데, 이는 장만영의 시편들이 수준이 고르지 않고 또한 그의
전 작품들이 이미지즘과 모더니즘의 경향 속에서 해명될 수 없었던
한계점을 지니고 있었다고 말할 수 없기 때문일 것이다.

샘물

— 김달진

숲 속의 샘물을 들여다본다.

(……중략……)

조그마한 샘물은 바다같이 넓어진다.

나는 조그마한 샘물을 들여다보며

동그란 지구의 섬 위에 앉았다.

— 출전: 『조선일보』(1938. 2. 23.) 부분

이 시는 맑고 깨끗하며 순수한 분위기를 느낄 수 있다. 한적한 숲 속의 샘물을 들여다보는 화자의 행위가 1행과 4행에 나타나고 있다. 2행에서는 물속에 비친 모습을 표현하고 있다. 물결 속에는 우주 삼라만상이 다 있음을 말하고 있다. 3행에서는 조그만 샘물을 바다같이 넓은 것으로 본 인상을 이야기하였으며, 여기에는 아주 작은 사물 속에도 하나의 세계가 담겨 있다는 범신론적인 동양사상이 나타나 있다. 5행은 우주 삼라만상이 다 비추는 샘물의 한쪽에 앉아 있는 화자의 심리상태를 그리고 있다. 즉 샘물이라는 커다란 순수 속에 화자가 서서히 동화되어 가고 있는 것이다.

이 시의 흐름은 조그마한 자연의 샘이 하늘과 흰 구름과 바람을 포용하여 넓은 바다로 확대되고, 다시 '나'와 그 샘물의 순수함과의 동화를 통하여 우주의 이미지로 변신한다. 그리하여 '나'는 우주의 바다에 뜬 조그만 지구의 섬 위에 앉아 우주와 인생을 관조하는 것이다. 5행으로 된 짧은 시이기는 하지만, 누구나 알 수 있는 쉬운 말로 쓰여 시어 하나하나마다 상징으로 표현되고 있다.

김달진(金達鎭, 1907~1989)호는 월하(月下). 경상남도 창원에서 출생. 1929년 『문예공론』에 '잡영수곡'을 발표하고 1932년 『조선일보』에 신춘문예가 당선되어 등단하게 되었다. '시인', '시인부락'의 동인으로 활동하기도 했다. 「유점사를 찾는 길에」(1934년), 「연모」(1935년), 「낙월」(1936년)을 발표하면서 본격적인 작품활동을 시작하였다. 1939년 불교전문학교를 졸업하고, 일시 시찰에 귀의했다가 해방 이후에 『동아일보』의 기자를 지내고 선린상업학교에 교사를 지내기도 했다. 1954년 해군사관학교 교관을 거쳐 1973년 동국대학교 역경원 역경위원을 지냈다.

1960년대 이후부터는 동양고전과 불경 번역 사업에 전진하여 『고문진보』, 『장자』, 『법구경』, 『한산시』 등의 역서를 남겼다. 생애의 대부분을 산간이나 향리에서 칩거하였으며, 사회활동을 거의 하지 않고 은둔생활을 계속하면서 지속적이고 일관된 시세계를 견지하였다.

그의 시는 동양적 정밀과 달관의 자세에 기초한 것으로서 세속적 영욕이나 번뇌를 초탈한 절대 세계를 지향하고 있다. 또한 구체적이고 섬세한 시어와 감각적 이미지의 조형으로 직관과 상상력을 절묘하게 조화시켜 관념과 감성을 표출했다. 60년간 지속된 그의 시세계는 불교사상을 바탕으로 하여 노장의 무위자연사상을 수용한 청정한 정신주의의 진수를 보여 주고 있다. 한국 시사에서는 한용운에서 조지훈으로 이어지는 동양의 정신세계와 신석정의 시세계를 창조적으로 계승했다는 의의를 가진다.

김달진이 말년에 간행한 『한국선시(韓國禪詩)』는 그의 오랜 역경사업이 한데 집약된 기념비적인 작업이다. 그는 『한국한시』 전 3권의 완간을 앞두고 1989년 6월 세상을 떠났다.

낡은 우물이 있는 풍경

― 김종한

능수버들이 지키고 섰는 낡은 우물가
우물 속에는 푸른 하늘 조각이 떨어져 있는 윤사월(閏四月)

― 아주머님
지금 울고 있는 저 뻐꾸기는 작년에 울던 그 놈일까요?
조용하신 당신은 박꽃처럼 웃으시면서

두레박을 넘쳐 흐르는 푸른 하늘만 길어 올리시네
두레박을 넘쳐 흐르는 푸른 전설만 길어 올리시네

언덕을 넘어 황소의 울음 소리도 흘러 오는데
― 물동이에서도 아주머님 푸른 하늘이 넘쳐 흐르는구료.

― 출전: 『조광』(1938. 9.) 전문

낡은 우물과 푸른 하늘과 푸른 전설이 있는 동네에서 들려오는 황소 울음소리는 일제 강점기 상황이지만, 너무도 평화로운 농촌 풍경을 상징적으로 보여주고 있다. 이 시는 1930년대 흔히 만날 수 있었던 우물가의 풍경을 그리고 있지만, 소박하고 섬세한 언어를 사용하여 잔잔한 감동을 안겨준다. 시각과 청각을 동원한 이미지의 조화에도 성공하고 있는데, 그것은 일제 강점기라는 현실의 무게를 벗어나 순수한 세계를 지향하려는 시인의 정신을 표현한 것이라 할 수 있다.

이 시는 순간에 포착된 상황에 충실하고 있으며, 그 순간의 정황을 섬세한 감각으로 드러내고 있다. 현실의 상황을 벗어난 평화의 세계는 그의 시적 특징이라 할 수 있다. 이 시는 각 행이 2행으로 구성되어 있으며, 쉬운 시어와 단순한 반복 기법을 통해서 시적 의미를 증폭시키고 있다. 2연에서 호명하고 있는 '아주머니'는 이 시의 중심인물로서 세상을 초월하여 조용하게 관조하는 모습을 보여준다. '아주머니'의 행동은 3연에서 '하늘'이라는 공간과 '전설'이라는 시간의 개념을 뛰어넘고 있다. 두레박이라는 한정된 공간 속에 존재하는 '푸른 하늘'과 '푸른 전설'은 아주머니가 초월하려는 세상의 모습과 연결되어 있다. 3연에서 통사구조의 반복은 단순하지만, 정결한 행동과 부합하면서 시적 의미를 증폭시키고 있다.

이 시의 청자인 아주머님의 화사하고 정숙한 모습을 '박꽃'으로 비유하면서 아주머니의 소박한 웃음을 연상하게 한다. '푸른 하늘', '푸른 전설'의 시각 이미지와 '뻐꾸기 소리', '황소울음'의 청각 이미지가 쓰이고 있는데, 이는 모두 전원의 그윽하고 평화로운 삶을 부각시켜주는 소재들이라 할 수 있다. 이 시는 이미지즘과 순수시를 결합한 전원시의 새로운 방법론을 잘 보여주고 있다. 다만 이 시는 일제강점

기의 현실 문제를 떠나 존재한다는 점에서 일정한 한계점을 보여주
고 있다.

김종한(金鍾漢, 1916~1945)함경북도 경성군에서 출생. 호는 을파소
(乙巴素)이다. 니혼대학[日本大學] 예술과를 졸업했다. 1937년『조선일보』
신춘문예에 민요풍의 시「낡은 우물이 있는 풍경」이 당선되었고, 1939
년『문장』에 시「할아버지」,「계보」로 정지용이 추천하여 등단하였다.

그의 시는 표현주의 감각이 보이는데, 이에 대해 정지용은 "솔직하
고 명쾌하고 단순하기 때문에 절로 쉬운 말과 적절한 센텐스와 표일
한 스타일을 가지며 비애를 기지로 표상하는 기술도 좋다."고 평한
바 있다. 작품 못지않은 비평 활동도 했는데, 시론인「나의 작시설계
도」에서는 정치나 사상에 예속된 작품이나 문명비판을 기도하는 주
지적 경향을 비판하면서 이른바 '최고의 순간'을 표현하는 단시(短詩)
를 주장했다. 김종한은 그의 단시 이론을 "시인은 그의 인상을 그의
최고의 순간에서 배열만 하면 그만이다. 그가 배열한 것에는 스스로
조화가 있을 것이다. 이 최고의 순간은 시간적으로 순간이기 때문에
참된 시는 항상 적은 형태를 갖추게 되는 것이다. 맘모스라는 동물의
명사는 거대에 대한 경탄보다 허대하다는 조소의 대상이 될 때가 더
많다."라고 설명하고 있다. 또한「시문학의 정도」에서는 시적인 상황
을 그 자체로서 파악해 시화해야 한다는 순수시론을 펴기도 했다.

이효석의『황제』를 일어로 번역하기도 했으며, 일본 도쿄에서『이
인(二人)』이라는 시동인지를 발간하며, 민요풍의 서정시를 쓰기도 했

다. 『국민문학』의 편집을 담당하면서 친일 문학적 색채가 뚜렷해졌으며, 그는 28세의 젊은 나이로 요절하였다. 주요 작품으로는 「해협의 달」(1928년), 「하기휴가」(1939년), 「연봉제설」(1940년)이 있으며, 시집으로 『수유근지가』, 『설백집』이 있다.

바다와 나비

― 김기림

아무도 그에게 수심(水深)을 일러준 일이 없기에
흰나비는 도무지 바다가 무섭지 않다.

청(靑)무우 밭인가 해서 내려갔다가는
어린 날개가 물결에 절어서
공주(公主)처럼 지쳐서 돌아온다.

삼월(三月)달 바다가 꽃이 피지 않아서 서글픈
나비 허리에 새파란 초생달이 시리다.

― 출전: 『여성』(1939. 4.) 전문

한국 모더니즘 문학의 문을 연 김기림이 1936년부터 1939년까지 동북제대 영문학과에서 수학하고 귀국 후 발표한 시이다. 이 시기의 특징은 초기 시와 달리 생활의식이 수용된 측면을 보인다. 이러한 작품은 「바다와 나비」(1939년 4월), 「요양원」(1939년 9월), 「공동묘지」(1939년 10월), 「못」(1941년 2월)으로 모두 『바다와 나비』에 수록되어 있다.

이 시는 김기림 시의 변화에 중요한 분기점이 되는 작품이다. 일본 유학으로 3년간의 공백 기간 후에 발표한 첫 작품으로 일본 유학생활에서 온 피로감과 삶의 의미를 찾아보려는 생활인의 힘겨움이 응축되어 있다. 이 시는 「가거라, 새로운 생활로」(1930년 9월 6일), 「오-기차여」(1932년 7월)와 달리 그의 초기 시에서 볼 수 있었던 저돌성과 새것에 대해 갈망하는 생동감을 찾을 수 없다. 오히려 새것을 찾아간 나비의 경망함에 대한 반성과 절망감을 드러내고 있다.[66]

일본 유학을 통해 새로운 세계를 찾아간 그가 결국 지쳐서 돌아올 수밖에 없었던 현실 상황이 잘 반영되어 있다. 이 시는 삶의 의미를 탐구하는 인간이 삶의 넓이에 압도되어 절망하고 마는 인간의 보편적 삶의 논리를 보여 주고 있다. 그는 이 시 말고도 「요양원」, 「공동묘지」를 통해서 생활의식을 시에 반영하고 있다.

이 시는 견고하고 명확한 시각적 이미지의 제시를 원칙으로 한 의도적 노력이 돋보이는 작품이다. 이 시는 '나비'가 지니는 독특한 이미지 때문에 이미지즘 시로서 성공한 작품으로 평가받고 있다. 이 시는 '바다'와 '나비'라는 사뭇 다른 이미지를 통해서 문명과 인간의 대립을 첨예하게 보여주고 있다. 여기서 '바다'는 신문명을 상징하고, '나비'는 지식인을 상징한다. 멋모르고 일본에 건너가서 신문물을 배운 지식인들은 그 문명의 거대함에 주눅이 들어서 돌아온다. 이른바 '현해탄 콤플렉스'라고 불려졌던 식민지 시대 지식인의 절망적 상황

---

66) 김윤정, 『한국 모더니즘 문학의 지형도』, 푸른사상사, 2005. 참조.

은 흰나비의 이미지 속에 집약적으로 나타난다. 당대 지식인들은 서
구 문명의 거대한 폭력성에 절망하고, 결국 '어린 날개가 물결에 절
어서' 돌아오는 것처럼 짙은 패배감을 안고 고국으로 돌아온다.

그들의 처지는 삼월이라는 봄의 정취 속에서도 나비 허리에는 새
파란 초승달이 서럽게 비추듯이 절망적 상황에 놓여 있을 뿐이다. 이
시에서 파란 바다의 이미지와 흰 나비의 이미지는 선명한 색채의 대
조 효과를 보이고 있으며, 이것은 나비의 처연한 모습을 더욱 선명하
게 부각시킨다. 생명이 없는 죽음의 공간을 가로지르는 연약한 나비
의 모습은 당대 지식인의 자화상이라 할 수 있다.

이 시는 이질적인 정서와 이미지를 연결함으로써 새로운 시적 의
미를 획득하고 있다. 거대함과 나약함, 죽음과 생명이라는 대립적 정
서는 당대의 현실을 그대로 보여주고 있다. 생명은 있지만, 죽은 생명
으로 존재할 수밖에 없었던 것이 식민지 시대의 현실이었다. 신문물
에 대한 호기심으로 무모하게 접근해보았지만, 그것은 인간이 감당할
수 없는 무게로 존재했다. 일제 식민지라는 거대한 벽이 가로놓여 있
는 현실은 '바다'라는 공간으로 상징되고 있다. 그 벽 앞에서 작은 날
개짓을 해보는 '나비'는 말 그대로 무모한 지식인의 상징이라 할 수
있다. 이 시를 통해서 물질문명에 맞서는 인간 존재의 나약한 모습을
엿볼 수 있으며, 동시에 당대의 지식인의 절망적 자화상을 만날 수
있다. 이 시의 가장 중요한 공과는 이미지를 통한 의미의 확충을 잘
보여주고 있는 시라는 점일 것이다.

그가 우리나라 시사에 기여한 점은 한국에서 처음으로 모더니즘
문학운동을 선언하였다는 것을 들 수 있다. 자연 소재의 서정시를 배
격하고, 주지주의 시를 도입하였으며 창작 방법론에 따른 시작을 정

립하려고 노력했다. 그는 자연 발생의 시를 거부하고 음악이나 감정보다는 이미지와 지성을 강조한 시인으로 평가받고 있다.

김기림(金起林, 1908~?)함경북도 학성군 학중에서 출생. 호는 편석촌(片石村). 서울 보성고보, 일본 니혼대학[日本大學] 문학예술과를 거쳐 도호쿠 대학[東北大學] 영문과를 졸업하였다. 귀국하여 경성중학교에서 영어와 수학을 가르쳤으며『조선일보』학예부장을 지냈고, 1930년대 초반에『조선일보』학예부 기자로 재직하면서 시「꿈꾸는 진주여 바다로 가자」(『조선일보』, 1931. 1. 31), 「전률하는 세기」(『학등』창간호, 1931. 10.), 「고대」(『신동아』창간호, 1931. 11.) 등을 발표하여 시단에 등단하고, 주지주의에 관한 단상(斷想)인「피에로의 독백」(『조선일보』, 1931. 1. 27.)을 발표하여 평론계에 등단, 그 뒤 시 창작과 비평의 두 분야에서 활동했다.

그의 문학 활동은 구인회에 가담한 1933년경부터 본격화되어 이효석 등과 구인회를 창설하고, I. A. 리처즈 주지주의 문학론에 근거한 모더니즘의 새로운 경향을 소개하였다. 그러한 경향에 맞추어 창작에 임하기도 하였다. 첫 시집『기상도』(1936년)는 엘리엇의 장시『황무지』의 영향을 받은 것으로 사상과 감각의 통합을 시도한 주지주의 시라고 할 수 있으며, 현대 자본주의 문명을 비판한 것이다. 제2시집『태양의 풍속』(학예사, 1939)은 몇 편의 이미지즘 시를 제외하고는 지적 유희성이 두드러진 것이고, 해방 후의 1945년 조선문학가동맹의 조직 활동을 주도하였고 이어『바다와 나비』(신문화연구소, 1946),『새노래』

(아문각, 1947) 등의 시집을 내었다. 평론으로『시론』(백양당, 1947),
『시의 이해』(1950)가 있다. 전자는 1930년대에 영미 이미지즘과 주지
주의를 도입하여 우리나라의 시사를 전환시킨 중요 시론집이며, 후자
는 리처즈의 심리학적 이론에 바탕을 둔 평론집이다. 이 밖에『문학개
론』(신문화연구소, 1946),『문장론 신강』(민중서관, 1949)이 있다.

1946년 1월 공산화된 북한에서 월남하였는데, 이때 많은 서적과 가
재를 탈취당해서 곤궁한 나날을 보냈다. 조선문학동맹에 가담하였고,
1946년 2월 제1회 조선문학자대회 때 '우리 시의 방향'에 대하여 연
설하였으나, 정부 수립 전후에 전향하였다. 월남 후 중앙대학, 연희대
학 등에 강사로 출강하다가 서울대학교 조교수가 되고, 그가 설립한
신문화연구소의 소장이 되었다. 한국전쟁 때 납북되어 북한에서 죽은
것으로 알려져 있으나, 그 시기는 알 수 없다.

낙타(駱駝)

— 이한직

눈을 감으면

어린 시절 선생님이 걸어오신다.
회초리를 들고서

(……중략……)

낙타는 어린 시절 선생님처럼 늙었다.
나도 따뜻한 봄볕을 등에 지고
금잔디 위에서 낙타를 본다.

내가 여읜 동심의 옛 이야기가
여기 저기
떨어져 있음직한 동물원의 오후.

— 출전: 『문장』(1939. 8.) 부분

　이 시는 모더니즘의 경향을 따르고 있으면서도 독특한 시적 세계를 보여주고 있다. 감각적 경향을 보이고 있지만, 감정의 유로(流露)를 배제하고 있다. 그것은 과거 회상을 내용으로 하고 있으면서도 밝고 건강한 느낌을 주고 있다는 이유 때문이다. 이 시의 전반부(1~3연)는 어린 시절 회초리를 든 선생님의 모습을 회상하고 있으며, 후반부(4~5연)는 동물원에서 본 낙타의 모습과 선생님의 모습이 겹쳐지고 있다. 그런데 이 회상이 감상(感傷)에 빠져들지 않고 있으며, '동심의 옛 이야기'처럼 정겹게 들리고 있다는 것이다. 낙타의 등처럼 굽어진 선생님의 모습은 나이가 든 지금 생각해보니 동심의 옛 이야기를 들려주는 따뜻한 모습으로 다가온다.

　선생님과 낙타, 그리고 화자의 모습을 하나의 연상 작용으로 이어지면서 동일시된다. 선생님과 함께 했던 어린 시절의 동심이 사라진 현재의 나를 반성하고, 그 반성을 통해서 어린 시절의 추억은 오히려 따뜻한 서정으로 다가온다. 동물원이라는 공간이 주는 동심의 세계는 이 시가 지향하는 곳이라 할 수 있다. 늙은 선생님은 처량함을 인식시켜주는 존재가 아니라, 잃어버린 동심을 일깨워주는 존재가 되어 다가오고 있는 것이다. 이 시가 회상 기법을 사용하고 있으면서도 지나친 감상주의에 빠지지 않는 것은 이러한 순수성의 지향 때문이라 할 수 있다.

　그는 36년의 문단 생활 동안 총 서른 한 편의 시를 썼다. 시집도 그가 작고한 뒤에 나오게 되는데 특히 해방 이후에 문학 활동이 저조해서 「낙타」라는 시 외에는 알려진 시가 없을 정도다. 이한직의 시세계는 생의 방향 잡기와 향수로 볼 수 있다. 정지용의 추천작인 「풍장」이라는 시에서 그는 현실에서 방향 감각을 상실하고 죽음에 직면한 모습을 표현하고 있다. 현실의 방향 상실은 곧이어 죽음에 이르게 되는데 이 작품은 사구에서 풍장이 된다는 처절한 심경을 노래하고 있다. 이한직은 현실에 뿌리박지 못함으로 해서 방황하게 되고, 결국은 현실의 방향 상실이라는 위치에 서게 된다.

이한직(李漢稷, 1921~1976)경기도 고양군 용강면 아현리에서 이진호의 2남 1녀 중 장남으로 출생. 부친은 한말에 평안도 관찰사를 지냈고 일제 때는 중추원 참의와 경북지사 그리고 총독부의 학무국장을 지낸 거물 친일파다. 때문에 이한직은 일본인들만이 다니는 남산 심상소학교와 경성중학교에서 공부하게 된다. 이 일인 자제를 위한 학교는 지도자를 만드는 데 그 교육의 역점이 주어져 있었다. 그러나 그는 우리말로 시를 써서 경성중학을 졸업하고 일본 게이오 대학에 입학한 39년 봄『문장』지에 정지용의 추천으로 시를 발표한다. 우리말을 배울 기회가 없었던 그가 우리말로 시를 썼다는 점은 크게 주목할 만한 점이다. 이는 친일 귀족의 아들로 일인과 섞여 살던 그에게도 민족의식이 있었음을 의미한다. 하지만 이런 그에게 민족의식은 갈등을 불러오고 어쩌면 생의 방향을 잡지 못하는 허무주의를 심었다고 볼 수 있다. 대학 재학 중 학병으로 나갔다가 해방 후에 귀국하지만, 친일파의 아들이라는 도형수의 낙인이 찍힌 그로서는 조국의 해방을 단순한 기쁨만으로 받아들일 수 없었을 것이다. 50년에는 당시 부통령이던 김성수의 딸 김상현과 결혼하는데 친일파의 아들과 결혼을 반대한 김성수는 딸의 결혼식에 참석조차 하지 않고 이들의 신혼생활은 가난에 시달리게 된다. 한국전쟁 중에 문인으로 종군하여 공군소속 창공구락부의 멤버로 활약하였다. 그 뒤 한국 시인협회를 만드는 데도 주도적 역할을 했다. 1955년 종합지『전망』을 주재하고 1956년『문학예술』지에 조지훈과 함께 시 추천을 맡아 많은 신인을 배출하기도 했다. 60년에는 4·19 이후 성립한 정부의 주일문정관으로 일본으로 건너가는데, 5·16쿠데타를 반대하는 성명서를 발표하여 한동안 입국 정지를 당한다. 그리고 1976년 일본에서 타계하였다.

오랑캐꽃

— 이용악

(……전략……)

아낙도 우두머리도 돌볼 새 없이 갔단다. 도래샘도 띠집도 버리고 강 건너로 쫓겨갔단다. 고려 장군님 무지무지 쳐들어와 오랑캐는 가랑잎처럼 굴러갔단다.

구름이 모여 골짝 골짝을 구름이 흘러 백 년이 몇 백 년이 뒤를 이어 흘러갔나

너는 오랑캐의 피 한 방울 받지 않았건만 오랑캐꽃
너는 돌가마도 털메투리도 모르는 오랑캐꽃
두 팔로 햇빛을 막아 줄게
울어 보렴 목놓아 울어나 보렴 오랑캐꽃.

— 출전: 『인문평론』(1939. 10.) 부분

　이 시의 배경은 두만강 연변인데, 이 시가 노래하는 핍박받는 서민 대중은 이웃이나 피붙이가 아니라 거란족, 여진족과 같은 오랑캐를 말하고 있다. 이것은 이웃이나 핏줄을 노래하는 차원에서 그 시세계를 확충한 것으로서 다른 종족을 주위에서 흔히 볼 수 있는 오랑캐꽃에 의탁하여 표현하고 있다. 거란이나 여진의 모습 그리고 역사와 일체화된 오랑캐꽃의 심상을 통해 그 무렵 심하게 박해받으며 살 터전을 잃은 우리 민족의 처지를 노래하였다.

　이 시의 제목인 오랑캐꽃은 일명 제비꽃이라고 부른다. 이 시의 제사 부분에 나오는 꽃의 모양은 '머리태를 드리운 오랑캐의 뒷머리와도' 같다고 말한다. 우리의 머언 조상들이 오랑캐꽃이라 불렀기 때문이라고 하는데, 그것은 단순한 호명의 의미가 있는 것이 아니다. 오랑캐는 이웃나라를 침범하는 민족이라는 뜻으로 쓰이는데, 여기서는 일제의 침략으로 땅을 버리고 떠나야 하는 우리 민족의 처지를 의미하는 시어로 전이된 것이다.

　고려의 북방정책으로 '도래샘도 띠집도 버리고' 쫓겨났던 오랑캐들은 그곳에서 뿌리를 내리고 몇 백년의 세월을 살았다. 그렇게 살다 보니 그 오랑캐들은 결국 우리 민족이 되었다. 처음부터 오랑캐가 아니었는데, 쫓기는 신세가 되어 오랑캐가 될 수밖에 없었다. 그렇게 세월이 흐르면서 과거의 기억들은 사라지고, '돌가마'도 '털메투리'도 모르는 오랑캐가 되고 말았다. 원래부터 오랑캐가 아니었는데, 오랜 세월 시간이 지나면서 오랑캐로 굳어져 버린 것이다. '오랑캐의 피 한 방울도 받지 않았건만' 오랑캐가 될 수밖에 없는 운명이 되고 만 것이다. 오랑캐 모양의 머리를 했다는 이유로, 오랜 시간 전에 쫓겨났다는 이유로 어쩔 수 없이 오랑캐가 되어야 하는 것이다.

오랑캐꽃의 처지는 일제 식민지 시대 우리 민족의 처지와 동일하다고 할 수 있다. 사실 오랑캐는 일본인데, 오히려 우리 민족이 오랑캐 취급을 받으면서 고국을 버리고 만주로 떠날 수밖에 없는 것이다. 그래서 화자는 오랑캐꽃의 가련한 처지를 보고서 '두 팔로 햇빛을 막아주고' 싶은 것이다. 오랑캐꽃과 화자를 동일시함으로써 목놓아 울어보라고 말하고 있는 것이다. 오랑캐꽃의 통곡은 화자의 통곡으로 스며들면서 동일한 감정의 궤도 속에 놓이게 되는 것이다. 화자는 정작 일본 제국주의를 오랑캐라 말하고 싶은 데도 불구하고 우리 민족의 처지를 오랑캐꽃과 같다고 말함으로써 반어적 상황에 놓인 우리 민족의 처지를 더욱 비극적으로 드러내고 있다.

그의 시에서 가장 중요한 특징은 강한 현실인식이 드러난다는 것이다. 그가 카프의 맹원으로 참여하지 않은 것은 사실이지만, 그의 여러 작품에서 이데올로기를 직접적으로 드러내지 않으면서도 시대상과 역사에 대한 의식을 접합하여 나타내고 있다. 시 「분수령」, 「낡은 집」에서 드러나는 빈궁의식이 당시의 시대상을 여실히 나타낸다는 점과 민중적 이데올로기를 드러내고 있다는 점이다. 이 때문에 그의 시는 현실에 대한 적극적인 저항의식보다는 민중적 현실의 자각을 제시할 뿐이었다는 비판을 면하기 어렵지만, 그가 끈질기게 추구한 것이 1930년대 후반기의 현실의식과 역사감각을 시화하려 했다는 점 그리고 일제탄압 속에서도 작품 활동을 멈추지 않은 점은 높이 살 만하고, 이러한 점이 프로문학의 원류로 평가받고 있는 이유가 된다.

이용악(李庸岳, 1914~1971)함경북도 경성 출생. 향리에서 보통학교를 졸업한 후 서울에 상경하여 중등교육 마침. 졸업 후 일본에 건너가 동경소재 상지대학 신문학과를 졸업, 이 기간 중 「패배자의 소원」을 『신인문학(新人文學)』에 발표하며 등단했고, 같은 무렵 같은 동경 유학생인 김종한과 함께 동인지 『이인(二人)』을 발간하는 등 시작 활동에 강한 열의를 보인다.

1937년 일본 동경 소재 삼문사에서 시집 『분수령(分水嶺)』을 발간하고 다음 해에는 같은 출판사에서 『낡은 집』을 펴냈다. 이들 두 시집은 독특한 언어 구사와 식민지 시대의 궁핍함을 잘 제시하여 호평을 받았다.

귀국 후 최재서가 주관한 『인문평론』에서 근무하였다 그 후 「두메산골」, 「뒷길로 가자」, 「전라도 가시내」, 「오랑캐꽃」 등 일련의 가작을 발표하여 서정주, 오장환과 함께 한국 시단의 삼재(三才)로 평가받았다. 『인문평론』이 폐간되자 귀향, 그 사이 사이에 『국민문학』에 일종의 친일 경향시를 발표했다.

해방과 함께 상경하여 임화 주동의 조선문학가동맹에 참가 중견 전위 분자로 활약했고, 한때 『중앙신문』의 기자로 근무, 이 무렵 그가 쓴 경향시는 조선문학가동맹 시부의 한 본보기가 되기도 했으며, 제1차 해방기념문학상의 후보작이 된 바 있다. 1947년 제3시집 『오랑캐꽃』을 발간. 그 후 남로당계의 지하조직에 가담한 일로 투옥되었다가 한국전쟁으로 서울에 진주한 북쪽 군대에 의해 석방되었다. 이때는 이른바 조국전쟁의 성공 수행을 위해 격렬한 선동시를 썼고, 국군의 서울 재탈환에 밀려 월북하여 남로당계 숙청의 회오리에 휩쓸려 한 동안 제거되었다가 복권된 바 있다. 1971년 병사한 것으로 보이며, 1979년도에 나온 『해방 후 서정시전집』에 「덕치마을에서」, 「두 강물을 한 곬으로」 등이 수록되었다.

추일 서정(秋日抒情)

—김광균

낙엽은 폴란드 망명 정부의 지폐

포화(砲火)에 이지러진

도룬 시(市)의 가을 하늘을 생각하게 한다.

길은 한 줄기 구겨진 넥타이처럼 풀어져

일광(日光)의 폭포 속으로 사라지고

조그만 담배 연기를 내뿜으며

새로 두 시의 급행 열차가 들을 달린다.

(……중략……)

자욱한 풀벌레 소리 발길로 차며

호올로 황량(荒凉)한 생각 버릴 곳 없어

허공에 띄우는 돌팔매 하나.

기울어진 풍경의 장막(帳幕) 저쪽에

고독한 반원(半圓)을 긋고 잠기어 간다.

— 출전: 『인문평론』(1940. 7, 10호) 부분

　이 시는 김광균의 대표작으로 시집 『기항지』에 수록되어 있다. 김
광균은 김기림의 말처럼 '소리조차 모양으로 번역하는 기이한 재주'
를 가지고 회화시를 즐겨 쓴 이미지즘 계열의 대표시인이다. 이 시는
1930년대 모더니즘 계열의 회화 이미지를 중심으로 도시 삶의 고독
과 비애를 감각 체험으로 형상화하고 있다. 현대 문명 속의 인간이
지닌 군중 속의 고독과 비애 그리고 뿌리 뽑힌 이방인의 우수를 노래
하고 있다.

　김광균의 모더니즘 시에는 기교만 있고, 절망이 없지만 절망 대신
우수가 있다. 이 우수는 도시인의 삶, 도시의 풍경이 환기하고, 소시
민의 비애와 관련된다.[67] 1940년대의 김광균은 직장생활을 위해 서울
에서 하숙을 하고 있었다는 점에서 삭막한 도시와 향수로 인한 쓸쓸
함 때문에 이 시를 썼다고 할 수 있다.[68] 이 시는 가을날의 풍경을 회
화 기법으로 제시하고 있지만, 그 바탕에는 화자의 황량한 내면세계
가 지배하고 있다. 전체 16행으로 된 이 시는 시상 전개에 따라 4개의
단락으로 구성되어 있다. 첫 번째 단락은 낙엽이 길거리에 흩날리는
모습에 착안하여 현대인의 부유하는 삶을 묘사하고 있다. 1939년 독
일의 폴란드 침공으로 제2차 세계대전이 발발한 비극의 상황과 우리
민족이 일제 식민지 상황에서 억압받고 있는 현실이 교차되면서 황
량한 도시의 풍경과 만나게 된다. 이 시의 배경이 되는 가을의 풍경
은 이러한 도시의 이미지를 강조하는 효과가 있다. 두 번째 단락에서
는 파괴된 도시의 모습에서 눈앞의 구체적 현실로 돌아온다. 멀리 햇
빛 속에 비치는 길이 넥타이처럼 풀어져서 사라지고 연기를 내뿜는

---

67) 이승훈, 『한국 모더니즘 시사』, 문예출판사, 2000, 99쪽.
68) 김학동 외, 『김광균 연구』, 국학자료원, 2002, 4.

급행열차도 아득하게 멀어져 간다. 정오의 적막 속에 모든 것은 사라지고, 상실과 소멸의 정서 속에서 화자는 묵묵히 도시를 응시한다. 세 번째 단락에서는 잎이 떨어져 앙상하게 줄기를 드러낸 나무, 허옇게 흉한 모습을 보이는 뜯겨 나간 공장의 지붕과 망가져 구부러진 철책이 보이는 도시의 풍광이 그려진다. 이와 같은 가을 풍경 속에 언제 바람에 날려 사라져 버릴지도 모르는 위태롭게 생긴 투명한 구름이 하나 걸려 있다. 모든 것이 소멸된 가운데 한 덩이 구름마저 없어져 버릴까 봐 아쉬워하는 시적 화자의 심정이 잘 표현되어 있다. 네 번째 단락에서는 도시의 풍경을 관찰하던 화자의 행동이 묘사된다. 풀벌레 소리를 발로 차보기도 하고, 허전한 마음을 진정하지 못하고 허공에 돌을 던져 보기도 한다. 그러나 그 돌팔매도 쓸쓸한 풍경 속에서 더욱 허전함을 덧보태며 제자리로 돌아올 뿐이다.

이 시는 현대 문명에 대한 비판과 모더니즘 기법이 조화되어 세련된 시적 방법론으로 새로운 이미지의 공간을 보여 준다. 김광균의 다른 시들과 비교할 때, 이 시는 회화 기법과 이미지 구사 방법이 탁월하게 나타난다. 특히 이 시는 모더니즘 경향의 하나인 이미지 기법을 잘 보여 주고 있다.

김광균(金光均, 1914~1993)경기도 개성에서 출생하여 송도상업학교를 졸업하였다. 고무공장 사원으로 군산과 용산 등지에 근무하면서 어린 시절부터 시를 쓰기 시작하였다. 불과 열세 살의 어린 나이에 『중앙일보』에 시 「가신 누님」(1926년)을 발표하고, 『동아일보』에 시

「병」(1929년), 「야경차」(1930년) 등을 잇달아 발표한다. 이들 작품은 습작기 작품에 해당된다. 곧이어『시인부락 』(1936년),『자오선』(1937년) 동인으로 가담하면서 본격적인 시단 활동을 한다. 특히 1938년『조선일보』신춘문예에 「설야」가 당선되면서 시단에서 확고한 위상을 차지하게 된다. 그 뒤 그는 시집『와사등』(남만서점, 1939),『기항지』(정음사, 1947),『황혼가』(산호장, 1959)를 낸다. 그러나 그의 시작 활동은 1952년 죽은 동생의 사업을 맡아 회사를 경영하면서 중단하게 되고, 실업가로 변신하여 국제상사 중재위원회 한국위원회 감사, 무역협회 부회장, 한일경제협력특별위원회 상임위원 등을 역임하기도 하였다. 늦은 나이에 다시『와사등』(근역서재, 1977)을 재출간하고, 1982년 「야반」 등 5편의 시를『현대문학』에 발표하면서 문단활동을 재개하였다. 그 뒤 문집『와우산』(범양사, 1985)과『추풍귀우』(범양사, 1986) 등을 발표한다. 1993년 11월 23일 뇌졸중으로 사망한다.

그는 정지용, 김기림과 함께 한국 모더니즘 시 운동을 선도한 시인으로 도시의 감수성을 세련된 감각으로 노래한 기교주의 시를 대표한다. 그는 암담했던 30년대 도시적 비애의 내면 공간을 인간성 상실의 회복으로 극복하고자 했다. 그는 감성이 풍부한 시인으로 고독과 슬픔 속에서 실존의 중요성을 강조하고, 삶의 의미를 긍정하고 있다. 그의 시는 세련된 감각 이미지와 신선한 비유를 통해서 서정시의 새로운 국면을 개척하고 있다.

남사당(男寺黨)

― 노천명

나는 얼굴에 분(粉)칠을 하고
삼단 같은 머리를 땋아내린 사나이

초립에 쾌자를 걸친 조라치들이
날라리를 부는 저녁이면
다홍치마를 두르고 나는 향단(香丹)이가 된다.
이리하여 장터 어느 넓은 마당을 빌어
램프불을 돋운 포장(布帳) 속에선
내 남성(男聲)이 십분(十分) 굴욕되다.

산 넘어 지나온 저 동리엔
은반지를 사주고 싶은
고운 처녀도 있었건만
다음 날이면 떠남을 짓는

처녀야!

나는 집시의 피였다.

내일은 또 어느 동리로 들어간다냐.

우리들의 도구(道具)를 실은

노새의 뒤를 따라

산딸기의 이슬을 털며

길에 오르는 새벽은

구경꾼을 모으는 날라리 소리처럼

슬픔과 기쁨이 섞여 핀다.

— 출전:『삼천리』(1940. 9, 제12권 8호) 전문

이 시는 유랑 극단 패거리인 남사당의 애환을 통해서 서민들의 설움과 괴로움을 노래하고 있다.[69] 이 시의 표현상 특징은 서술의 대담한 생략으로 헤어짐의 쓸쓸함을 더욱 절실하게 느끼게 한다. 떠도는 사람의 애환은 여기저기 삶의 흔적들과 공유한다. 그것은 슬픔과 기쁨을 함께하는 공동체의 인식으로부터 시작한다. 남자이면서 여자의 역할을 해야 하는 자신의 처지도 그렇지만, 그런 삶 속에 묻혀 가는 그들의 삶이란 말 그대로 집시의 인생이었다. 떠도는 자의 비애는 날라리처럼 슬픔과 기쁨이 교차하는 것이다. 그들의 삶에 대한 진정한 애정이 이 시의 곳곳에 아스라이 남아 있다.

비슷한 시대의 여류 시인 중에서 모윤숙 시는 만화경의 시각으로 외적인 것을 특징으로 하고 있는 반면에, 노천명의 시는 다분히 내향

---

69) 신경림, 『모가지가 길어서 슬픈 사슴은』, 지문사, 1984. 참조.

성을 지향하고 또한 말을 조심스럽게 쓰고 있는 절제형의 시작 태도를 보인다. 1930년대 후반 신고전주의 기법을 익힌 후, 노천명의 시는 화자의 절제된 감정이 객관적 상관물을 통해 간접적으로 노래하는 방법을 택한다. 이를 바탕으로 주지주의 모더니즘으로 일컬어질 수 있는 선명한 심상의 제시가 깃들여짐으로써 노천명의 시는 기존 시인들과 변별되는 독특한 개성을 지니게 된다. 노천명은 그 무렵까지 여류 시인과는 다르게 감정을 심상으로 제시할 줄 아는 시인이었다.[70]

아쉽게도 노천명의 친일 행각은 널리 알려져 있다.[71] 1942년에 문화의 내선일체를 내세우면서 조직된 조선문인협회에 모윤숙, 최정희 등 다른 여류 문인과 함께 신인의 자격으로 간사가 되었고, 그것이 일제의 침략전쟁 수행에 총력을 경주할 목적으로 조선문인보국회로 개편 조직되었을 때도 다른 여류문인과 함께 적극적으로 가담했다. 또한 황군 의문사절단의 자격으로 북지를 돌기도 했고, 일본의 침략전쟁을 찬양하는 시들도 여러 편 발표했다. 그의 친일은 문단 선배들인 이광수, 주요한, 김동환, 조용제, 최재서, 유진오 등의 비호 아래 자연스럽게 이루어졌다. 노천명의 친일 행각을 우리는 몇 가지로 나누어 살펴볼 수 있다. 첫째는 살아남기 위해서이다. 실제로 당시의 형편으로는 일제에 협력하지 않고는 살아남기가 어려웠다. 둘째는 이른바 당시의 인텔리 여성, 신여성의 허영심, 장식 취미 같은 것에 따른 행위이다. 일제강점기에 대부분의 인텔리 여성이 친일을 했다는 사실에서 이러한 추측을 가능하게 한다. 셋째는 유치한 현실인식이다. 그

---

70) 김용직, 「두 여류시인 ― 모윤숙과 노천명」, 『한국현대시인연구』(하), 서울대학교출판부, 2000.
　　　정영자, 「노천명의 시세계」, 『한국여성시인연구』, 평민사, 1996.
71) 신경림, 앞의 책, 참조.

녀는 다른 외래문화에 중독이 된 인텔리 여성과 마찬가지로 거의 민족의식 같은 것은 찾아볼 수 없고, 그의 친일 행각이 민족의 앞날에 어떠한 영향을 미치며 그것이 도덕적으로 어떻게 평가되리라는 것은 전혀 생각하지도 못했다. 50년대 중반부터 60년대 말까지 모윤숙은 여성해방운동, 즉 페미니즘과 관계된 시를 쓰기도 했다.

노천명(盧天命, 1912~1957) 황해도 장연 출생. 아버지 노계일과 어머니 김홍기 사이에서 4남매 중 셋째로 태어났다. 1917년 소학교를 입학하고, 부모의 강요에 의해 남장을 한 채로 학교를 다녔다. 그가 남장을 하게 된 까닭은 남동생 보기를 원하는 부모의 바람 때문이었다고도 하고, 여섯 살 때 크게 홍역을 앓고 난 후, 명이 짧게 태어난 계집애는 남장을 하면 명이 길어진다는 속설 때문이라고도 한다.

또 어릴 때 홍역으로 사경(死境)을 넘겼다고 해서 원래 이름인 '기선(基善)'에서 '천명(天命)'으로 개칭했다고도 한다. 어쨌든 그녀는 이런 차림을 몹시 싫어해서 걸핏하면 울고, 학교에 가지 않았다고 한다. 어린 시절의 남장에 대한 수치심과 증오심은 오랫동안 그녀의 콤플렉스로 자리 잡고 있었는데, 이것이 시 「남사당」에서 여장을 한 남자의 굴욕감으로 표출되기도 했다. 그녀는 소학교를 입학하고, 이듬해 겨울에 아버지가 사망하자, 그녀의 가족은 서울 창신동으로 이사를 하고, 그녀는 진명보통학교에 편입한다. 노천명의 학교 성적은 매우 우수해서 1926년 6년 과정을 채 마치지도 않고 검정시험에 합격하여 진명여자고등보통학교에 편입하고, 1929년에 이화여전 영문과에 입학한다. 그의 본격적인 고독한 생활 그리고 본격적인 문학수업은 바로 이때부터 시작된다.

1932년에는 변영로가 편집장으로 있던 『신동아』지에 이화여전 교수이던 김상용의 소개로 「밤의 찬미」, 「포구의 밤」 등의 시를 발표함으로써 새로운 여류시인으로서 큰 촉망을 받게 된다. 1934년 이화여전을 졸업하고, 『조선중앙일보』 학예부 기자로 근무하면서 동인지 『시원』의 창간호에 「내 청춘의 배는」을 발표하지만, 문단의 큰 관심을 끌어내지는 못했다. 그 뒤 1937년 신문사를 사임하고, 북간도의 용정, 연길 등지를 다니며 여행을 했고, 돌아와서 첫 시집 『산호림』(1938년)을 자비로 발간한다. 이어 그녀는 『조선일보』에 입사하여 월간 『여성』지의 편집일을 하면서 이화여전 재학 시절부터 흥미를 가지고 있던 연극을 하게 된다.

1938년 '극예술연구회'에 가담하여 서항석, 이헌구, 모윤숙, 김복진 등과 교류를 가진다. 연극을 하면서 만난 전문학교 교수였던 유부남 김광진과의 스캔들은 『이혼』이라는 소설의 소재가 되기도 했다. 1942년 『여성』지의 편집일을 그만두고 이듬해 『매일신보』 문화부에 들어가 두 번째 시집 『창변』을 발간한다. 해방 후에도 『서울신문』, 『부녀신문』 등에서 근무하다가 1947년 『부녀신문』 차장을 그만둠으로써 기자 생활을 끝마쳤다. 한국전쟁 때는 목숨을 보전하기 위해 문학가동맹에 가입하여 공산 치하에서 이른바 부역을 하기도 한다. 이 일을 빌미로 그녀는 20년의 실형을 언도받게 된다. 그러나 김광석, 김상용, 이헌구 등 민족문학 진영의 문우들의 도움으로 1951년에 석방되었다. 출옥 후 외롭고 비참한 말년을 보내다 1957년 6월 16일 마흔일곱 살의 아까운 나이로 삶을 마쳤다.

한역(寒驛)

― 권환

바다 같은 속으로
박쥐처럼 사라지다.

기차는 향수를 싣고

납 같은 눈이 소리 없이
외로운 역(驛)을 덮다.

무덤같이 고요한 대합실
벤치 위에 혼자 앉아
조을고 있는 늙은 할머니

왜 그리도 내 어머니와 같은지?
굴껍질 같은 두 볼이

젊은 역부(驛夫)의 외투 자락에서
툭툭 떨어지는 흰 눈

한 송이, 두 송이 식은 난로 위에
그림을 그리고 사라진다.

— 출전: 시집 『자화상』(1943. 8.) 전문

이 시는 『자화상』 전체를 관통하는 분위기를 잘 나타내 준다. 이 시는 카프활동으로 첨예하게 현실과 대립하던 작가가 현실과의 대결 의지에서 한 걸음 물러나 농촌의 서정, 미래 지향적이며 아름다운 심상을 시화하고 있다. 이 시는 한 폭의 그림을 보는 듯한 인상을 준다. 늙은 할머니가 졸고 있는 역의 한가로움은 일제 식민지라는 현실을 훌쩍 뛰어넘는 평화의 세계를 시화하고 있다. 이 한 폭의 그림 같은 시를 통하여 작가가 지향한 순수의 서정 세계를 읽을 수 있다. 눈이 내리는 겨울 시골 정거장의 풍경이 그림 그리듯이 자세하게 묘사되어 있다. 차가운 정거장, 끝없이 쏟아지는 눈송이 속으로 기차가 달리고, 텅 빈 대합실의 벤치 위에 혼자 앉은 늙고 찌든 할머니의 모습, 눈 덮인 외투를 입고 난로를 쬐는 역부(驛夫)의 모습 등이 고독과 우수와 음울한 분위기를 자아낸다. 그 속에서 유일하게 생활의 활기를 뿜고 있는 것은 외투 자락을 털며 들어오는 젊은 역부의 모습이다. 이 시는 눈이 내리는 겨울 시골 정거장을 배경으로 하여 회화적 이미지를 살린 작품으로 이미지즘 계열의 시에 속한다.

전체 7연으로 구성된 이 시에서 도치법을 사용하여 겨울 정거장의 외롭고 쓸쓸한 이미지를 강조하고 있다. 1연은 어둠 속을 빠르게 사라지는 기차를 박쥐에 비유하였고, 2연과 3연은 향수를 싣고 가는 기차를 통해 노스탤지어를 불러일으킨다. 4연과 5연은 쓸쓸한 대합실의 정경과 그 안에 초라한 할머니의 모습을 통해 겨울 정거장의 외롭고 음울한 분위기를 보여 준다. 그러나 마지막 6연과 7연에서 눈 덮인 외투를 입은 역부의 모습에서 그러한 분위기가 상쇄된다.

그의 시는 몇 가지 특징이 있다. 첫째로 1930년대 시에 국한된 것이기는 하지만, 지나치게 검열을 많이 받은 흔적이 보인다. 이를 통해서 그의 시는 격렬한 선전 선동의 문구를 많이 사용했다는 것과 동시에 계급의식과 혁명 의식을 강조하였다는 사실을 알 수 있다. 둘째로 그는 다양한 시적 변모를 꾀하여 대부분 서정시이지만, 특징적인 몇 편의 산문시와 단편서사시도 보인다. 셋째로 그의 시에는 화자를 둘러싼 가족에 대한 시가 두드러지게 많다는 점이다. 위에 실린 「한역(寒驛)」과 같이 할머니, 어머니 등의 등장을 통해 치열한 현실과 맞서 싸우는 시인의 부끄러움이 가족을 통해 나타난다. 넷째로, 시의 표현상 특징을 살펴보면, 흰색과 푸른색 등 색채 이미지를 많이 사용하고 있다는 점이다. 그리고 이들 색채 이미지는 화자가 추구하는 이상 세계를 표상하고 있다. 이를테면 「한역(寒驛)」에 나오는 눈은 화자가 추구하는 순수 세계의 지향을 상징하는 것이기도 하다. 이러한 순수 세계의 지향은 현실의 척박함을 극복하기 위한 하나의 몸부림이었으리라 생각된다.

권환(權煥, 1903~1954)경남 창원 출생. 본명 권경완(權景完). 휘문중학 졸업. 도일 후 일본 쿄토[京都] 제국대학 독문과에 입학하여 공산

주의와 사회주의 사상에 심취하게 되었다. 재일본 유학생 잡지인『학조(學潮)』에 최초의 작품인 소설「앓고 있는 영(靈)」과 희곡「광(狂)」을 발표하였다.『학조(學潮)』필화사건으로 구속되고, 조선프롤레타리아 예술동맹 동경 지부에 가입한 뒤 귀국한다.『중외일보』기자 생활을 거쳐 조선프롤레타리아 예술동맹 중앙집행위원회에 선임되었다. 극좌파 동경 유학생 안막, 김남천, 임화와 함께 카프의 제2차 방향 전환의 중심인물로 활약하며 카프 기관지『전선(戰線)』을 발행하려다 일본 경찰에 의해 금지당했다.『카프 시인집』(1931년)에「정지한 기계」가 수록되었다. 두 차례나 카프 사건으로 검거 수년간 옥고를 치렀다. 박영희, 윤기정 등과 함께 전향을 서약, 3년간의 형 집행이 유예되어 풀려났다(1936년). 이 시기 카프 진영의 사회주의 문인 대다수가 친일로 전향하였다. 이후 조선의학강습소(경성여의전 전신) 강사를 지내고,『조선일보』,『중앙일보』기자로 근무하였으나 폐결핵에 따른 투병 생활과 극한 생활고에 시달렸다. 제1시집『자화상(自畵像)』(1943년), 제2시집『윤리(倫理)』(1944년)를 발간하였다. 경성제국대학 부속 도서관 촉탁위원으로 근무하였다(1944년). 해방 후 이기영, 윤기정, 한효, 한설야, 이동규, 윤규섭, 송영, 홍구, 김승구와 함께 조선프롤레타리아 문학동맹을 결성(1945. 9. 17.)하고 조선프롤레타리아 문학동맹 위원으로 활동하며 홍구와 협력하여 문학건설본부와 문학동맹의 합동위원회를 개최(1945. 12. 3.)하여 문학건설본부와 문학동맹의 통합(1945. 12. 6.)에 핵심적 역할을 하였다. 해방 후 전국문학가동맹의 서기장에 임명되었다. 조선문학가 동맹의 핵심 인물인 홍명희, 임화, 이태준의 월북으로 그는 마산에서 칩거한다. 한국전쟁 이후 폐결핵과 생활고에 시달리며 마산공립중학교에서 독일어 강사를 하면서 지역

문인들과 교류하였다. 폐결핵으로 투병 생활을 하다 1953년에 사망하였다. 카프에 가담한 좌파 작가라는 이유로 남한문학계에서 접근 자체가 금기시되다가 120여 명의 월북문인 작품이 해제된 1988년 해금 조치 이후 시전집 등이 발간되며 소개되기 시작하였다. 황선열 편, 『아름다운 평등－권환전집』(전망, 2002)이 출간되었다.

광야(曠野)

— 이육사

까마득한 날에

하늘이 처음 열리고

어디 닭 우는 소리 들렸으랴.

모든 산맥들이

바다를 연모(戀慕)해 휘달릴 때도

차마 이곳을 범(犯)하던 못하였으리라.

끊임없는 광음(光陰)을

부지런한 계절이 피어선 지고

큰 강물이 비로소 길을 열었다.

지금 눈 내리고

매화 향기 홀로 아득하니

내 여기 가난한 노래의 씨를 뿌려라.

다시 천고(千古)의 뒤에
백마 타고 오는 초인(超人)이 있어
이 광야에서 목놓아 부르게 하리라.

- 출전: 『자유신문』(1945. 12. 17.) 전문

이 시를 내용에 따라 살펴보면 1연에서는 천지가 개벽하는 태초의 상황을 묘사하여 광야의 원시성과 신비성을, 2연에서는 자연물을 의인화하여 광활한 광야가 지닌 웅대한 기상을, 3연에서는 계절의 순환성에 의거해 광야의 역사성에 대한 인식을 나타내고 있고, 4연에서는 눈과 매화향기를 대립시켜 혹독한 상황 속에서 시인이 지닌 신념과 의지와 굳센 지조의식을 표현하고 있다. 마지막 연에서는 미래에 대한 확고한 역사의식과 긍정적 확신을 가지고 새 시대의 도래를 기대하고 있다.[72]

이 시는 고난과 역경에도 굽힐 줄 모르는 시인의 의지를 초인의 목소리를 통해 들려주고 있다. 백마 타고 오는 초인은 현실의 상황을 초극한 존재로서 화자의 '가난한 노래의 씨'를 영원한 시간과 무한한 공간 속에 재생시킬 수 있는 능력의 소유자이다. 이러한 초인의 이미지는 상징적인 성격을 지니게 되는데, 이것은 현실의 상황을 초극한 존재로 작가의 의지를 에둘러 표현하고 있다. 초인은 화자의 분신으로서 화자의 극한 상황을 해결하거나 소원을 성취시켜 주는 대상이다. 이때 초인은 인류의 구원자로서 초인이 아니라, 자기를 확인하게

---

72) 김혜니, 『한국 현대시문학사 연구』, 국학자료원, 2002, 45쪽.

해 주는 동반자이기도 하다.[73]

　　다음으로 이 시에서 사용한 시어들의 특징을 살펴보자. 이 시는 '광음', '매화향기', '눈', '계절', '백마', '광야'와 같은 시어를 사용하여 강한 언어의 울림을 준다. 그는 이런 강인한 시어들을 통하여 자신의 저항의지를 더욱 강렬하게 보여 주고 있다. 그리고 '－리라'라는 어조를 사용하면서 단호한 결의를 보여 주고 있으며, 자신의 의무가 무엇인지를 다짐하게 하고 있다.[74] 또한 이 시의 특징으로 한시의 기승전결의 방식을 사용하여 시적 상승구조를 엿볼 수 있다. 이러한 상승구조와 함께 그의 시는 여성성보다는 강한 남성성과 대륙지향의 시어를 사용하고 있다.

　　이육사(李陸史, 1904~1944)경북 안동에서 아버지 이가호와 어머니 허길 사이에서 이퇴계의 14대손으로 태어났다. 본명은 이원록(李源祿)이다. 일곱 살 때부터 고향에서 조부로부터 한학을 배웠으며, 열여섯 살 때 도산보통 공립학교를 졸업하고, 스물두 살 때 독립운동 단체인 정의부, 군정서, 의열단에 가입하였다. 1932년에 조선혁명 군사정치 간부학교를 설립하였다.

　　그 후 북경에서 조선 군관학교 1기로 졸업하여 귀국 후 시를 발표하였다. 1930년 1월에 이활이라는 필명으로 『조선일보』지에 시「말」을 발표한다. 그는 열일곱 번의 옥살이를 치르는 고난의 길을 걸었다.

---

73) 채만묵, 『1930년대 한국 시문학 연구』, 한국문화사, 2000, 300－302쪽.
74) 박철석, 『한국현대시인론』, 민지사, 1998, 215쪽.

그가 남긴 시는 서른네 편에 불과하지만, 그 편편이 주옥같은 작품들
이다. 백부의 장례식에 참가하기 위해 압록강을 건너다가 일경에 피
검되어 1944년 1월 북경 감옥에서 최후를 맞이하였다.

별 헤는 밤

— 윤동주

계절이 지나가는 하늘에는
가을로 가득 차 있습니다.

나는 아무 걱정도 없이
가을 속의 별들을 다 헬 듯합니다.

가슴속에 하나 둘 새겨지는 별을
이제 다 못 헤는 것은
쉬이 아침이 오는 까닭이요,
내일 밤이 남은 까닭이요,
아직 나의 청춘이 다하지 않은 까닭입니다.

별 하나에 추억과
별 하나에 사랑과

별 하나에 쓸쓸함과
별 하나에 동경(憧憬)과
별 하나에 시(詩)와
별 하나에 어머니, 어머니,

어머님, 나는 별 하나에 아름다운 말 한 마디씩 불러봅니다. 소학교 때 책상을 같이했던 아이들의 이름과, 패(佩), 경(鏡), 옥(玉) 이런 이국 소녀(異國少女)들의 이름과, 벌써 애기 어머니 된 계집애들의 이름과, 가난한 이웃 사람들의 이름과, 비둘기, 강아지, 토끼, 노새, 노루, '프란 시스 잼', '라이너 마리아 릴케', 이런 시인의 이름을 불러 봅니다.

이네들은 너무나 멀리 있습니다.
별이 아슬히 멀듯이

어머님,
그리고 당신은 멀리 북간도(北間島)에 계십니다.

나는 무엇인지 그리워
이 많은 별빛이 내린 언덕 위에
내 이름자를 써 보고,
흙으로 덮어 버리었습니다.

딴은 밤을 새워 우는 벌레는
부끄러운 이름을 슬퍼하는 까닭입니다.

그러나, 겨울이 지나고 나의 별에도 봄이 오면, 무덤 위에 파란 잔디가 피어나듯이 내 이름자 묻힌 언덕 위에도 자랑처럼 풀이 무성할 거외다.
　　　　　－ 출전: 시집『하늘과 별과 바람과 시』(민음사, 1948) 전문

　이 시는 윤동주 시의 자아성찰과 부끄러움의 미학을 가장 잘 보여주고 있다. 1연에 제시된 가을이라는 시간적 배경은 고독과 성찰의 시간을 말하고 있으며, 별은 화자가 지향하는 이상향의 세계를 상징한다. 별은 과거의 추억을 회상하게 하고, 자신의 현재를 돌아보게 한다. 화자의 가슴 속에 남아 있는 별들은 추억과 사랑과 고독과 동경과 시의 바탕이 된다. 그 별들은 소학교 때 책상을 같이 했던 소녀들의 이름을 호명해내고, 가난한 이웃과 시인들의 이름을 떠올리게 한다.

　별의 속성과 밤의 속성이 겹치면서 어둠 속에서 빛나는 별의 이미지가 잔잔한 파문을 일으키며 다가온다. 밤의 고독이 추억을 불러일으키고, 그것은 자신의 삶을 성찰하는 하나의 계기가 된다. 이러한 성찰의 자세는 가장 순수한 사랑의 모습을 보여주는 어머니를 통해서 그리움의 정서로 나타난다. 그 순수한 사랑의 상징인 어머니를 호명하는 순간, 화자의 부끄러움은 극도에 달하게 된다. 그래서 별빛이 내린 언덕에 쓴 이름을 흙으로 덮어버리는 것이다.

　그런데 화자의 부끄러움은 직접적으로 드러나는 것이 아니라, 간접적으로 드러난다. ‘밤을 세워 우는 벌레’는 화자 자신의 모습이다. 부끄러운 이름을 슬퍼하는 벌레와 같이 화자는 끝없이 자신의 내면적 성찰로 나아가고 있는 것이다. 이러한 심각한 내면 지향성으로 머물렀다고 한다면 이 시는 패배자의 절망으로 끝났을지도 모른다. 그런데 마지막 연에서 그 부끄러움을 딛고 새로운 희망의 봄을 예견함

으로써 반전의 효과와 함께 시적 의미의 층위를 고조시키고 있다. 여기서 무덤은 죽음과 같은 현재의 상황을 상징한다. 그래서 화자는 '무덤 위에 파란 잔디가 피어나듯이' 새로운 희망의 세계가 열릴 것이라고 한다. 죽음과 생명의 역동적 변화를 통한 새로운 세계에 대한 희망은 화자의 자기 반성과 내면적 성찰을 통해서 확고하게 예견하고 있다. 따라서 이 시의 전반부에서 보여준 철저한 자기 반성과 성찰, 내면을 향한 부끄러움의 미학은 결국 이러한 희망적 전언을 위한 몸부림이었다는 사실을 확인하게 된다. 이 시는 식민지 지식인으로 겪은 부끄러움과 자아 성찰의 과정을 통해서 새로운 희망을 꿈꾸고 있다.

윤동주(尹東柱, 1917~1945)만주 북간도 명동촌에서 아버지 윤영석과 어머니 김룡의 맏아들로 태어났다. 그는 태어나자 유아세례를 받았으며, 아명은 해환, 본명은 동주(東柱)이다. 『카톨릭 소년』지에 동요를 발표할 때, 동주(童柱)라는 필명을 쓴 적이 있다.

1928년 열두 살 때인 명동소학교 4학년 무렵에 서울에서 간행되던 『어린이』, 『아이생활』과 같은 아동잡지를 정기적으로 구독하였으며, 열세 살 무렵에 급우들과 함께 『새명동』이라는 등사판 문예지를 만들어서 그 문예지에 동시를 발표했다. 이때부터 그는 문학과 인연을 맺고 있었다. 1931년 3월, 명동소학교를 졸업하고 중국인 학교를 1년간 다닌 적이 있는데, 이때의 기억이 그의 시 「별헤는 밤」에 나오는 패, 경, 옥의 이국 소녀들로 나타나 있다. 1932년 용정의 은율중학교에 입학하여 교내 문예지를 발간하고, 운동과 웅변 등 다양한 활동을 했다고 한다. 1934년 「삶과 죽음」, 「초한대」, 「내일은 없다」 등 3편의 시를 발표하였으며, 이날 이후부터 자기 작품에 날짜를 기록하고 있다. 1935년 3월, 용정중앙교회 주일학교에서 유년부 학생들을 가르쳤고, 9월에는 평양 숭실중학 3학년에 편입 수학하며 시작에 몰두하였다. 20세가 되던 1936년 신사참배 거부로 숭실중학교가 폐교되자 다시 용정으로 돌아와 광명학원 중학부 4학년에 전입하였으며, 이때 연길에서 발행하던 『카톨릭 소년』지에 동시를 발표하기 시작했다.

22세 되던 봄 연희전문 문과에 송몽규와 함께 입학하였고, 연희전문을 졸업하던 1941년(25세)에 자선시집 『하늘과 바람과 별과 시』를 졸업 기념으로 출간하려다 뜻을 이루지 못했다. 1942년(26세)에 도일하여 릿교대 영문과에 입학하였다가, 가을에 도오지샤대 영문과로 편입하여 하숙생활을 하였는데, 1943년 7월 첫 학기를 마치고 귀향길에 오르기 직전 일경에게 피체되었다. 1944년 2월에 기소되고 3월에 불온서적 소지 혐의로 2년 형을 언도받고 수감되어 있던 중 1945년 2월 옥사한다.

황선열 ──────────────────────────────

경남 창녕 출생
영남대학교 국문학과 동대학원 문학박사
문학평론가
부경대학교 외래교수 역임
1997년 매일신문 신춘문예로 등단

2001, 2006년 한국문예진흥원 자료발굴조사연구비 수혜
2004년 부산시 문예진흥기금 수혜
민족문학작가회의 회원
부산작가회의 지역문학위원회위원장
계간『동화읽는가족』기획편집위원 역임
현) 계간『신생』편집위원
　　청소년종합문예지『푸른글터』편집주간
　　『작가와 사회』편집주간

<편저>
『권환 시전집』(1998)
『독립군시가집』(2001)
『권환전집』(2002)
『광야의 노래－만주연변지역 독립군시가집』(2006)

<저서>
『빛과 그늘의 문학』(2004)
『따져 읽는 어린이 책』(2005)
『경계의 언어』(2008)
『아동청소년문학의 새로움』(2008)
『동화의 숲을 거닐다』(2009)
『일제시대 독립군시가연구』(2005)

현대시와
시인을
만나다 1

초판인쇄 | 2011년 3월 2일
초판발행 | 2011년 3월 2일

지 은 이 | 황선열
펴 낸 이 | 채종준
펴 낸 곳 | 한국학술정보㈜
주   소 | 경기도 파주시 교하읍 문발리 파주출판문화정보산업단지 513-5
전   화 | 031) 908-3181(대표)
팩   스 | 031) 908-3189
홈페이지 | http://ebook.kstudy.com
E-mail | 출판사업부 publish@kstudy.com
등   록 | 제일산-115호(2000. 6. 19)

ISBN   978-89-268-1997-5 04810 (Paper Book)
        978-89-268-1998-2 08810 (e-Book)
        978-89-268-1995-1 04810 (Paper Book Set)
        978-89-268-1996-8 08810 (e-Book Set)

이담 Books 는 한국학술정보(주)의 지식실용서 브랜드입니다.